U0735522

本书获长沙理工大学出版资助

中国现代话剧
古代女性形象之婚恋研究

黄莹 著

吉林大学出版社

图书在版编目（CIP）数据

中国现代话剧古代女性形象之婚恋研究 / 黄莹著 .—
长春：吉林大学出版社，2019.7
ISBN 978-7-5692-5042-8

Ⅰ．①中… Ⅱ．①黄… Ⅲ．①话剧－女性－人物形象
－戏剧文学评论－中国－现代②女性－婚姻问题－研究－
中国－古代 Ⅳ．① I207.34 ② D691.91

中国版本图书馆 CIP 数据核字 (2019) 第 134704 号

书　　名	中国现代话剧古代女性形象之婚恋研究
	ZHONGGUO XIANDAI HUAJU GUDAI NÜXING XINGXIANG ZHI HUNLIAN YANJIU

作　　者	黄　莹　著
策划编辑	黄国彬
责任编辑	张宏亮
责任校对	张鸿鹤
装帧设计	刘昌凤
出版发行	吉林大学出版社
社　　址	长春市人民大街 4059 号
邮政编码	130021
发行电话	0431-89580028/29/21
网　　址	http://www.jlup.com.cn
电子邮箱	jdcbs@jlu.edu.cn
印　　刷	三河市华晨印务有限公司
开　　本	880mm×1230mm　1/32
印　　张	8
字　　数	170 千字
版　　次	2019 年 7 月　第 1 版
印　　次	2019 年 7 月　第 1 次
书　　号	ISBN 978-7-5692-5042-8
定　　价	59.80 元

版权所有　翻印必究

目

录

绪　论

一、研究缘起

本书的研究对象，是与中国现代话剧中古代女性婚姻恋爱的相关问题，主要涉及以卓文君、西施、花木兰这三个古代女性形象为主角的三组现代话剧作品。

在中国传统伦理秩序中，尽管婚姻对于女性的意义非常重大，婚配对象往往直接决定了女性一生的命运，然而女性通常对此并没有主动选择权。在现代文明思潮的影响下，随着解放女性的观念渐成潮流，女性的婚配自主选择权，以及婚姻选择中的价值标准成为判断社会进步程度的重要标尺。同时，在传统伦理秩序中居于统治地位的男性婚姻选择取向同样成为考察社会文化发展形态的重要参考。现代剧作家们在话剧作品中对古代女性形象婚恋问题的诠释，对于探讨知识分子在现代中国文明进程中所体现的思想特征无疑是一个有效的入口。

之所以选取中国现代话剧中的卓文君、西施、花木兰这三个古代女性形象作为具体研究对象，是因为笔者在对以古代女性形象为主要人物的中国现代话剧作品材料的搜集过程中发现，与关于其他女性题材的作品相比，根据卓文君、西施、花木兰故事创作改编的现代话剧作品数量最多，作家身份层次及其创作背景特征最具代表性。

本文将讨论的关于卓文君的现代话剧作品有四部，分别是寒蝉的《中古时代之文明结婚》（1917）、郭沫若的《卓文君》（1923）、陈学昭的《文君之出》（1927）和恽涵的《卓文君》（1940）；关于西施的现代话剧作品有五部，分别是顾一樵的《西施》（1932）、林文铮的《西施》（1934）、舜卿的《西施》（1935）、陈大悲的《西施》（1935）和孙家琇的《复国》（又名《吴越春秋》，1943）；关于花木兰的现代话剧作品有四部，分别是左干臣的《木兰从军》（又名《女健者》，1928）、易乔的《巾帼英雄》（又名《木兰从军》，1940）、周贻白的《花木兰》（1941）和赵清阁的《花木兰从军》（1942）。在上述作品涉及到的十三位剧作家中，在性别比例上，有五位女性作家：陈学昭、舜卿、恽涵、孙家琇、赵清阁；在身份背景上，有著名的现代诗人、戏剧家郭沫若、职业戏剧家陈大悲、理工科出身兼顾文学戏剧创作的顾一樵，也有业余执笔的西洋美术史教授林文铮、莎士比亚研究专家孙家琇、中国戏曲史理论家周贻白，还有通过写剧表达自己思想观念的中国青年党人左干臣、抒发自己情感困惑的留法学生陈学昭等。此外，在创作时间的分布上，关于卓文君的代表性剧作出现在20世纪20年代初，关于西施的代表性剧作集中于20世纪30年代，关于花木兰的代表性剧作主要创作于20世纪40年代初。可以说，以卓文君、西施、花木兰形象为题材改编创作的这三组现代话剧作品，对于研究中国现代话剧古代女性形象的特征，乃至整个中国现代话剧的发展特征，都具有非常难得的学术研究价值。

其次，这三人在古代女性形象中又分别属于三种既典型又独特的类型：才女、美女、女杰。与各自所从属的同类人物相比，她们具有更为鲜明的社会特征：卓文君有才而寡居，在琴挑后与司马相如私奔；西施因其美貌，被作为迷惑吴王的工具，使越国得以顺利灭吴；花木兰武艺高强，女扮男装替父从军，立下显赫战功。在传统的文学叙述中，她们无论是在生理表征，还是在社会伦理行为上，均显示出十分鲜明的女性特征，相关的戏剧情节也完全是围绕着她们的上述女性特点展开的。

某些戏剧作品中的人物角色即使加以性别置换，如将小丫头变换成小伙子，也不会对剧情的发展、冲突的展开产生关键性的影响。而在关于卓文君、西施、花木兰的戏剧作品中，主人公的寡居身份、以色为饵和女扮男装恰恰是全部戏剧冲突的引子；离开了"她们是女性"这一点，所有情节与冲突就失去了依托，角色所特具的传奇色彩也随之消失。

卓文君既是才子佳人俗套中能抚琴吟诗的佳人，同时又具有被所谓"妇道"严苛束缚的寡妇身份；西施是传说中古代绝世美人，因而又充当了决定两国你死我活的"美人计"里一枚举足轻重的棋子；花木兰是驰骋沙场的女性将领，却与穆桂英、梁红玉、秦良玉等这些以公开女性身份出征的巾帼英雄不同，她不仅英勇善战，更深深隐藏着女扮男装的身份秘密。因此从共性上来看，这三个女人都是中国古代女性形象中的杰出代表;从个性上来看,她们身上都有其他女性形象无法效仿的唯一性(寡居、阴谋、易装)。这些鲜明的性别伦理特征不仅使她们的故事成为千古传颂的历史传奇,也给她们对恋爱婚姻的选择带来极其精彩的戏剧性,具有宝贵的研究价值。

这三个古代女性形象所面临的婚姻选择问题,还具有逐层递进的逻辑关系。在"琴挑·私奔"的故事中,寡妇卓文君面临的是单纯家庭内部的伦理规范问题;在西施被送入吴国后书写的"红颜祸水"故事中,不仅这位先前的民间女子个人的婚姻命运急转直下,更导致了两个国家的运命彼消此长,进而改变了无数人的命运,甚至改写了一批国家的历史;在花木兰女扮男装、替父从军的故事里,花木兰虽与西施一样,也是以女性之躯直接参与了政治军事斗争,但她又并非如西施那样利用美貌改写历史,而是出于忠孝之心,毅然驰离民间女子"本分持家,相夫教子"的必然轨道,克服了常人难以想象的困难,投身到纯粹男性世界的兵营和战场,完全掩埋了自己的女性特征。

因此,三个古代女性形象并非简单公式化的并列关系,而是存在着从民间伦理纲常到官方政治斗争,从被动卷入社会政治到主动参与社会政治的层次变化。中国现代话剧既是现代新文学中反对旧道德、提倡新道德的艺术先锋,也是紧密参与社会变革的文艺工具。以这三个古代女性形象作为研究对象,不仅能从伦理道德观念与社会政治地位这两个重要维度展开中国现代话剧中古代女性形象的类型研究,而且有助于从不同角度、层面考察中国现代话剧的思想内涵与发展特征。

卓文君、西施、花木兰在中国古代文学史与戏剧史上原本就具有十分重要的地位，围绕她们的戏剧创作传统由来已久。从婚恋的角度考察这三个古代女性形象在现代话剧中的流变特征，比照相关的古代戏剧作品，不仅能对中国现代话剧中的女性观念作出更为深入的考察，对于古代戏剧与现代话剧之间的传承影响和发展走势也能获得更为连贯的信息和系统的认识。

二、研究现状

关于中国现代话剧中的古代女性形象，目前尚未见系统的梳理与研究，对现代话剧中古代女性形象的研究分析大多零散地参杂在对中国现代话剧女性形象以及中国现代文学女性形象的整体研究中。对于现代话剧中关于女性的爱情与婚姻的描写，通常被笼统地表述为：揭露了男权统治下的封建社会对女性的压迫与束缚，体现了女性对旧的封建伦理道德的反抗和对恋爱婚姻自由、个性解放、女性解放的追求。对于中国现代话剧体现的女性与婚恋关系的这种认识未免失之于笼统和简单化了，而且对于中国现代话剧中的古代女性形象整体面貌，也缺乏相对独立而全面的剖析。

就中国现代话剧中单个古代女性形象的研究现状来看，本文研究的三组剧作的已有研究状况也值得做一番分析和比较。

（一）现代话剧中的卓文君形象研究：一剧独尊

关于卓文君题材的中国现代话剧作品的研究，从 20 世纪初至今，几乎完全集中于对 1923 年郭沫若创作的《卓文君》一剧的研究上。该剧与作者随后写成的另外两部剧作《王昭君》、《聂嫈》一起并称为"三个叛逆的女性"，历来被作为郭沫若自己、同时也是中国现代历史剧的早期代表作。《卓文君》不仅是研究郭沫若早期文学创作情况的重要文本，同时也是中国现代戏剧研究中被讨论得最多的剧本之一。

对于郭沫若的《卓文君》一剧，由于其引领和代表了当时反抗封建礼教、追求个性解放与女性解放的思想潮流，因此支持和拥护新文化运动的评论者们对于剧中所传达的反抗封建礼教束缚女性这一要求的正确性并没有存在什么分歧。如钱杏邨在《诗人郭沫若》（1928年）一文中评论了包括《卓文君》在内的"三个叛逆的女性"，肯定其为"狂暴精神的反抗作"，"不仅表现了女性的反抗，同时也暗示了一种力量——命运要自己去开拓"[1]；王以仁在《沫若的戏剧》一文中也称赞其"确是这更生时代的唯一的产物"[2]。对于郭沫若的《卓文君》所体现的抨击封建伦理道德的反抗意识与追求个性自由解放的激进姿态，从该剧问世起一直到现在，在认同和支持新文化运动的人们当中几乎不曾存有异议。可以说，对于该剧所体现的具有时代精神的进步思想观念，现代与当代的评论者一般都持肯定的态度。

争论的焦点在于郭沫若演绎卓文君这个古代女性形象所使用的艺

---

[1] 钱杏邨：《诗人郭沫若》，原载：李霖编：《郭沫若评传》，上海：开明书店，1936 年。收：王训昭，卢正言等编：《郭沫若研究资料（中）》，北京：中国社会科学出版社，1986 年，第 94 页。

[2] 王以仁：《沫若的戏剧》，收：黄人影：《郭沫若论》，上海：上海书店出版社，1988 年，第 64 页。

术手法，有论者质疑其方式是否运用得当，甚至有人认为其说教程度过重以致谈不上是艺术手法。钱杏邨在前文中肯定了作者在人物个性构造和人选方面上"创作用心的艰苦"，指出剧作明显受到王尔德的《莎乐美》和易卜生的《玩偶之家》等西洋戏剧的影响，认同了作者"要借古人的骸骨来，另行吹嘘些生命进去"的主张。除此之外，对该剧的人物处理、主题表达持批评意见甚至抨击态度的论者也大有人在。如顾仲彝在《今后的历史剧》中批评《三个叛逆的女性》"有明显的道德或政治的目标"，"带着偏见激论而借古人作传音机"，"郭沫若君的三出历史剧全是为所谓革命思想和反抗思想而作的，以昭君为反对帝国主义的先锋，以文君为反叛礼教的勇士；昭君文君而有知，不晓得要怎样的呼怨呢"[①]。向培良则专门写了《所谓历史剧》一文，完全否定了郭沫若的《三个叛逆的女性》在戏剧艺术上的处理方式："郭沫若是要把这当作一部妇女运动宣言"，是"借历史上的人物来发挥二十世纪的新思想"，"他根本上已经不了解戏剧不了解艺术了"，"我们绝对不能在他的剧本里看见他所创造的人物，有生命的，有个性的，只看见一些机械的偶像"[②]。类似的观点至今仍然存在于有关郭沫若历史剧缺陷的各种论述中。

与对郭沫若《卓文君》一剧的热烈争论形成对比的是，同是写卓文君的私奔，早于郭剧六年前发表于《上海时报》的五幕新剧脚

① 顾仲彝：《今后的历史剧》，收：王训昭，卢正言等编：《郭沫若研究资料（中）》，北京：中国社会科学出版社，1986年，第263页。
② 向培良：《所谓历史剧》，收：王训昭，卢正言等编：《郭沫若研究资料（中）》，北京：中国社会科学出版社，1986年，第272页。

本《中古时代之文明结婚》和由年轻的女作家陈学昭于 1927 年在巴黎留学期间写作的四幕剧《文君之出》，几乎从一开始就完全被研究界忽略了。这两个剧本的被忽略，究其原因，可能是因为剧中人物的叛逆程度低于郭剧，而且它们的作者在当时知名度不高；此外，也由于这两个剧本未能搬上舞台，仅停留在文本层面，难以产生较大的社会反响。

1940 年"孤岛"时期的上海，女作家恽涵根据郭沫若的《卓文君》进行改编和扩充，创作了七幕剧《卓文君》。该剧不仅以郭沫若著名的同名剧作为改编底本，且在改编后有剧作协社进行搬演，并作为毓文书店的"历史剧丛书"之第一种，出版发行了单行本。然而，恽涵的这部剧作同样在研究中遭遇了冷落。直到进入了 21 世纪，关于这部七幕话剧《卓文君》的评介才出现在有关"孤岛"时期话剧研究的零星几篇论文中①，而且也仅是作为列举的剧目而被一笔带过。

不可否认，郭沫若的《卓文君》在当时确实产生了石破天惊的巨大影响，但从戏剧人物形象的流变来看，研究某一类题材的戏剧创作特征倘若只强调其中一部作品而完全忽略其他作品，显然难以得出客观公允的结论。同样，从现代话剧史的书写来看，研究某一时期的现代话剧创作特征，应对这一时期产生的相关创作现象进行尽可能全面的考察。即使某部剧作在当时未能获得演出，或未能得到前人的重

---

① 如：王家康：《孤岛时期阿英及其他作家历史剧中的女性叙事》，《文学评论》，2007 年第 4 期；解志熙：《历史的悲剧与人性的悲剧——抗战时期的历史剧叙论》，《中国现代文学研究丛刊》，2007 年第 2 期。

视与肯定，其作为一种客观存在的戏剧现象，仍然具有值得深入的研究价值。卓文君剧目研究中的"一剧独尊"，体现出郭沫若历史剧研究作为现代话剧研究中的"显学"所拥有的地位，同时也显示出现代话剧研究目前存在的疏漏偏颇与潜在空间。当有更多同名文本进入卓文君形象在现代话剧中体现的思想观念这一研究视野时，研究者面前自然会展现出更为丰富的新景象。

（二）现代话剧中的西施形象研究：亟待深入

根据笔者针对本选题搜集到的中国现代话剧相关剧目的情况来看，西施是本书所涉三个古代女性形象中拥有剧目最多的一位。本书将集中讨论五部以西施为主人公的现代话剧作品，除了剧本均在当时以连载或单行本的形式出版发行之外，其中至少有三部被搬上了舞台，并在当时产生较大反响。1935 年，林文铮创作的五幕剧《西施》由杭州国立西湖艺专的学生进行演出，郁达夫在该校大礼堂观看了艺专剧社的演出后，撰写了《〈西施〉的演出》[1]一文，对该剧的剧本与表演给予了高度评价；同年，陈大悲带领乐剧研究所的学生排演由自己创作的五幕剧《西施》，并先后在上海、南京等地进行公演，获得了媒体与评论者的广泛关注；1941－1942 年间，孙家琇在《浣纱记》的基础上，改编创作了四幕剧《复国》，剧本由商务印书馆印行了单行本，1944 年在重庆出版发行，1946 年又在上海出版发行，并

---

[1]　郁达夫：《〈西施〉的演出》，原载：杭州《东南日报·沙发》，1935 年 2 月 16 日。收：郁达夫：《郁达夫文集·第六卷：文论》，广州：花城出版社，1991 年，第 243—245 页。

在成都进行了公演。可见西施不仅是一位备受现代剧作家们青睐的古代女性形象，同时也在现代话剧舞台上受到各地观众瞩目。

然而对于现代话剧的西施题材创作之研究，至今仍停留在相当粗浅的层面上。如前面提到的林文铮《西施》剧本，据笔者调查，目前仅在吉林省图书馆存有孤本，且由于管理问题而很难借阅到。对于该剧，一般情况下只能通过董健主编的《中国现代戏剧总目提要》中提供的剧情概要，获得一些粗略的了解。至于陈大悲的《西施》一剧，虽在演出期间引起了较多的关注与争议，然而评论文章仅集中于当时。随着抗日战争的全面爆发，对于该剧的讨论很快就销声匿迹了，这沉寂一直持续到现在。孙家琇的《复国》是这位女性戏剧研究家唯一存世的剧作，但也未引起研究者的重视，直到近几年才有一位收藏到该剧本的藏书家发出一句喟叹①。此外，1935 年以"舜卿"为笔名的一位女性剧作家在上海基督女青年会主编的《女青年月刊》上发表了三幕剧《西施》，据笔者推测，该剧很有可能是现代女剧作家濮舜卿的作品，然而在关于濮舜卿创作情况的研究论述中，该剧从未被提及过。

在本文讨论的五部关于西施的现代话剧作品中，顾一樵（即顾毓琇）的四幕剧《西施》在近年的现代话剧研究中得到的关注，略比

_____

① 张泽贤："从孙家琇的经历看，戏剧专业的功底相当深厚，可惜留存在世的剧本数量太少，好像只见到过《复国》一种，很可惜。如果，在她的身后有着数十种戏剧剧本，那么她无疑会成为中国著名的戏剧女大师。"《中国现代文学戏剧版本闻见录续集（1908—1949）》，上海：上海远东出版社，2010 年，第 287页。

其他四部剧作多了一些。这部以爱国为主旨的剧作在当时并未获得太多的肯定与赞誉，1936 年《大公报》上发表的常风的评论，就对西施与夫差之间的爱情描写嗤之以鼻，认为该剧是一个香艳的爱情剧，而且有关殉情的描写十分突兀。由于顾一樵于 1950 年出国并最终定居在美国，在新中国成立后的很长一段时期内，对于顾一樵戏剧的研究一直处于沉寂之中。1990 年，北京的商务印书馆根据台湾商务印书馆 1960 年的版本重版了《顾毓琇戏剧集》，其中收录了包括《西施》在内的八部剧作。此后，作为现代戏剧发轫者之一，顾一樵在中国现代戏剧史上的地位与价值开始引起研究者的关注。进入 21 世纪以来，有关顾一樵戏剧创作的一些专题论文相继发表，如陈军的《顾一樵——中国现代戏剧的先驱者——论历史视域下的顾一樵戏剧》①、《顾一樵——中国现代戏剧的先驱者》②；刘志华的《论顾一樵的历史剧创作》③ 等。然而，关于顾一樵的《西施》一剧的研究成果却仍不尽如人意。在涉及顾一樵《西施》的研究论文中，刘志华的论文对《西施》一剧的探讨，主要集中于确认该剧在体式上并非属于"历史剧"，而对剧作本身的思想内涵特征，刘文并未作进一步探讨。陈军的两篇关于顾一樵的论文，在对《西施》一剧的评价上竟出现了截然相反的两种观点。其在 2002 年发表的论文中认为：

----

①　陈军：《顾一樵——中国现代戏剧的先驱者——论历史视域下的顾一樵戏剧》，《世界华文文学论坛》，2002 年第 4 期。

②　陈军：《顾一樵——中国现代戏剧的先驱者》，《苏州杂志》，2003 年第 1 期。

③　刘志华：《论顾一樵的历史剧创作》，《四川戏剧》，2011 年第 1 期。

《西施》一剧，在以西施为中心结构全剧，歌颂西施的爱国主义精神的同时，整个剧作还以不少笔墨描写了勾践卧薪尝胆，十年生聚、十年教训的故事，这不仅没有冲淡对西施的刻划，还增强了剧本的历史感。更为难得的是，对西施的刻画还能深入其内心世界，写西施内心的矛盾、冲突和斗争，以揭示其行为的动机，这在早期的现代话剧中是颇为少见的。由于加强了剧中人物的心理描写，不仅使人物显得不再那么单薄，而且有了立体感。

而在 2003 年发表的论文中，该论者又评价道：

《西施》一剧本是歌颂西施的爱国主义精神的，应以西施为中心结构全剧，但整个剧作却以不少笔墨描写勾践卧薪尝胆，十年生聚、十年教训的故事，这就冲淡了对西施的刻画，有喧宾夺主之嫌。即使对西施的刻画，也很少深入其内心世界，写西施的内心矛盾、冲突和斗争，其行为的动机也很少交代，这样人物就显得比较表层。

陈军的两篇论文并未对戏剧文本作出具体的分析，让人不太容易相信这前后对立的两种关于《西施》艺术成就的评价来自论者对作品认识的深化。这也让笔者感到，对西施题材的现代话剧作品的研究，亟待以文本阅读为基础继续展开。这一方面需要对剧作及相关资料进行尽可能全面的搜集整理，以解决研究资料匮乏（如剧本难寻，史料甚少）所带来的问题；另一方面更需要对文本进行尽可能细致深入的研读分析，以严谨的治学态度与理性的思维方式对剧作特点与价值作出客观公允的评价。

鉴于学界对西施题材的现代话剧创作实绩一直缺乏相对整体的考察，笔者在硕士学位论文《现代转型中的历史剧面貌——以现代西施剧为个案》（北京师范大学，2007 年）中，对包括歌剧在内的以西施为主人公的现代戏剧作品作了整体性研究。该论文所选取的考察角度是戏剧中历史题材的现代转型，重点在于解读这些剧作中体现的各种现代观念，如人本意识、现代国家意识、阶级意识等。关于女权意识，该文虽有所涉猎，但对于这些剧作中所涉及的婚恋问题尚未作出集中的梳理与分析。因此，笔者试图通过本论文的写作，将现代话剧中西施形象的研究继续推进，并以此获得对其中蕴含的女性观念更为深入的认识。

（三）现代话剧中的花木兰形象研究：恰逢契机

根据花木兰故事改编创作的现代话剧作品，最早进入学术研究视野中的是由周贻白创作、并于 1941 年被搬上舞台的四幕剧《花木兰》。该剧起初并未获得研究者过多关注，通常只是与其他一批抗战时期的话剧作品一起被笼统地概括为"借历史上的人物和故事，宣扬民族正义和反抗的精神。"①

随着对周贻白研究的不断深入，周贻白的话剧作品《花木兰》开始得到较多的关注。教育部科研项目《周贻白研究》的承担者董旸发表了有关周贻白史剧创作的专题文章《寄情千载分前后，大胆摊

---

① 田本相主编：《中国现代比较戏剧史》，北京：文化艺术出版社，1993 年，第 618 页。

书尽古装——谈周贻白史剧精神内核》①。文中将周贻白编剧的话剧
《花木兰》与欧阳予倩编剧的电影《木兰从军》从人物形象塑造的角
度进行了比较，认为其共同之处是：两者都弥补了《木兰诗》中没
有正面描写木兰在军中杀敌过程的缺陷；不同之处在于：欧阳予倩在
电影中设置了木兰和战友刘元度的感情戏，而周贻白的话剧则重点展
现了花木兰与军中奸细张明的明争暗斗，以此集中体现出花木兰的智
勇双全和不怕死的烈性。此外，杨雪在其硕士学位论文《戏剧中的历
史与历史中的戏剧——周贻白戏剧观研究》中引述了周贻白之子、戏
剧研究学者周华斌对《花木兰》一剧的看法："他的古装戏永远要有
些影射，他的《花木兰》我说简直成了《红色娘子军》了，向前进，
向前进了。"② 关于周贻白的研究增强了研究者对其剧作《花木兰》
的注意，不过对花木兰形象研究起到更大推动力的，却是 1998 年美
国迪斯尼公司一部商业动画片《花木兰》的问世。

迪斯尼动画片《花木兰》的推出，使花木兰形象成为东西美学
比较研究，乃至中国古代女性形象研究中的热门话题。相关的期刊论
文大量发表，随后十多年中涌现了一批以花木兰形象为选题的硕士学

<hr />

① 董旸：《寄情千载分前后，大胆摊书尽古装——谈周贻白史剧精神内
核》，《中国戏剧》，2005 年第 2 期。
② 杨雪：《戏剧中的历史与历史中的戏剧——周贻白戏剧观研究》，中国艺
术研究院硕士学位论文，2009 年，第 129 页。

位论文①。在这场花木兰研究热潮的带动下，现代话剧中的花木兰形象研究也获得了一些值得赞许的进展。具有代表性的是台湾学者余君伟的论文《从乐府诗到迪斯尼动画——木兰故事中的叙事、情欲和国族想象》。该文在论及现代话剧中的花木兰形象时，分析了易乔的《巾帼英雄》（又名《木兰从军》）与周贻白的《花木兰》，提出了抗战时期"女战士"与"奇女子"一体两面的观点，指出花木兰形象的女性情欲在周贻白的话剧《花木兰》中已被全部消解："……木兰在剧中的核心任务仿佛就是发现奸细，并无半点情欲。她从军的主要目的是向男子看齐，证明女子可以做和男子一样的事业。"②

　　胡玲的硕士学位论文《性别视角下木兰形象及其叙事的流变研究》借鉴了余君伟的观点，并对话剧中木兰叙事母题的不断丰富进行了多方面论述，提出：花木兰对皇权的反抗是对夫权和父权反抗的缩影；花木兰在女儿身被识破之后还能继续走向战场，也是对木兰叙事母题的进一步扩展；而皇帝最终放归木兰所显示的个人私欲不得不服从于国家利益，又从侧面宣扬了爱国主义。论者还对左干臣的《木兰从军》（又名《女健者》）一剧作了分析，认为该剧中的花木兰明确

---

①　如：魏邵飞：《木兰形象的文化变迁——从乐府〈木兰诗〉到卡通〈花木兰〉》（四川大学，2006），胡玲：《性别视角下木兰形象及其叙事的流变研究》（陕西师范大学，2008），孙丹：《花木兰的跨媒介传播现象分析》（陕西师范大学，2011），沈思：《从〈木兰〉到〈花木兰〉：文化转换与文化资本的博弈的个例分析》（吉林大学，2011），杨晓琦：《从中国经典到美国通俗电影——论迪斯尼对〈木兰诗〉的改写》（首都师范大学，2012）等。

②　［台湾］余君伟：《从乐府诗到迪斯尼动画——木兰故事中的叙事、情欲和国族想象》，原刊于《中外文学》，2001年第8期，收：李扬编：《作家文学与民间文学》，北京：中国海洋大学出版社，2004年。

地反映出女子自主意识的觉醒，花木兰出走的结局有作者有意模仿娜拉结局的痕迹。这些论述已经较多地涉及到与花木兰的婚姻选择相关的问题，笔者将在后文中作进一步辨析和讨论。

与周贻白的《花木兰》相比，关于左干臣的《木兰从军》与易乔的《巾帼英雄》的研究成果显得十分匮乏；而赵清阁的《花木兰从军》除了出现在赵清阁创作年谱之外，目前尚未发现更进一步的相关论述。对于这些几乎已被彻底遗忘的现代话剧作品，笔者试图通过对其文本的深入解读，激活其中蕴藏着的文化想象与创造，揭示其在现代话剧史与人物形象流变史上的地位与价值；更希望通过理解剧作者在特定历史背景下关于女性、婚姻、命运的思考，获得对婚姻伦理观念的更迭与传承的更为深入的认识。

三、研究方法

中国现代话剧作品中的古代女性形象在婚姻选择上的表现，通常被概括为"反抗男权统治下的封建伦理压迫，追求恋爱婚姻自由、人性解放与女性解放"。这种评价确实阐明了现代话剧乃至现代文学在女性形象创作上的一大特征。然而这并不意味着实际情况已被全面而真实地揭示出来。古代女性形象在导入中国现代话剧时所被赋予的特点，并不止于上述评价那样简单。

话剧人物与小说人物在创作手法、表现形式、面向对象上均存在着区别，现代话剧中的古代女性形象与现代女性形象之间，也存在着来自题材特征、表现形态、审美习惯等各方面的不同。想要脱离对研究对象的简单化认识，真正贴近和把握中国现代话剧所呈现的古代女性形象的思想特征，就必须使对现代话剧中古代女性形象的研究不再依附于现代文学女性形象研究甚至现代话剧女性形象研究，而是通过对话剧艺术表现手法进行专业分析，使现代话剧中的古代女性形象获得独立的研究地位。这需要在广泛搜集相关文本资料的前提下，首先立足于现代话剧的艺术特性，系统而深入地分析剧作中塑造人物形象与设置戏剧冲突的艺术手法，并以此为基础，结合对社会背景特点的综合分析以及对剧作家创作动机的细致剖析，重新描绘出古代女性形象作为一个具有熔古铸今特色的形象群体在中国现代话剧舞台上展现的丰富面貌。

从上述研究理念出发，对于中国现代话剧中的古代女性形象婚恋问题这一研究对象，本书将以对卓文君、西施、花木兰形象的个案研究为点，以20世纪20年代、30年代、40年代的历史研究为线，以三个古代女性形象所代表的类型研究为面，结合社会文化背景与作家创作特征，以文本分析的方式对现代话剧中的古代女性形象被赋予的思想特征与形象塑造方面的艺术手法进行尽可能深入的研究。通过分析现代剧作家对这三个具有代表性的女性形象的婚姻选择的设置与展现，考察中国现代话剧涉及的婚恋问题，总结古代女性形象从古代文学戏剧到现代话剧的流变特征，呈现中国传统伦理秩序与现代文化观念之间缠绕交织的冲突与共生状态，并对其生成原因进行探讨。

本书将在第一、二、三章从婚恋的角度分别讨论中国现代话剧中卓文君、西施、花木兰形象的思想特征；第四章将以宏观的视野，对本书研究对象的现代文学史、现代戏剧史及现代历史剧创作的价值与意义进行总体审视与多维思考。

第一章 卓文君：反抗礼教，
追求自由

以卓文君形象为题材的古代戏剧文学作品主要取材于西汉司马迁所著《史记》。关于卓文君私奔相如的过程，在《史记·司马相如列传》中是这样叙述的：

会梁孝王卒，相如归，而家贫，无以自业。素与临邛令王吉相善，吉曰："长卿久宦游不遂，而来过我。"于是相如往，舍都亭。临邛令缪为恭敬，日往朝相如。相如初尚见之，后称病，使从者谢吉，吉愈益谨肃。临邛中多富人，而卓王孙家僮八百人，程郑亦数百人，二人乃相谓曰："令有贵客，为具召之。"并召令。令既至，卓氏客以百数。至日中，谒司马长卿，长卿谢病不能往，临邛令不敢尝食，自往迎相如。相如不得已，强往，一坐尽倾。酒酣，临邛令前奏琴曰："窃闻长卿好之，愿以自娱。"相如辞谢，为鼓一再行。是时卓王孙有女文君新寡，好音，故相如缪与令相重，而以琴心挑之。相如之临邛，从车骑，雍容闲雅甚都；及饮卓氏，弄琴，文君窃从户窥之，心悦而好之，恐不得当也。既罢，相如乃使人重赐文君侍者通殷勤。文君夜亡奔相如，相如乃与驰归成都。家居徒四壁立。卓王孙大怒曰："女至不材，我不忍杀，不分一钱也。"人或谓王孙，王孙终不听。文君久之不乐，曰："长卿第俱如临邛，从昆弟假贷犹足为生，何至自苦如此！"相如与俱之临邛，尽卖其车骑，买一酒舍酤酒，而令文君当炉。相如身自着犊鼻裈，与保庸杂作，涤器于市中。卓王孙闻而耻之，为杜门不出。昆弟诸公更谓王孙曰："有一男两女，所不足者非财也。今文君已失身于司马长卿，长卿故倦游，虽贫，其人材足依也，且又令客，独奈何相辱如此！"卓王孙不得已，分予文君僮百人，钱百万，及其嫁时衣被财物。文君乃与相如归成都，买田宅，为富人。[①]

卓文君私奔相如，以一种惊世骇俗的极致方式表现对爱情的追求，从而成为中国古代倍受欢迎的文学题材。除广泛渗入诗词吟咏、小说巷谈之外，卓文君与司马相如的故事早在中国戏剧初具规模的形

---

① ［汉］司马迁：《史记·司马相如列传》，北京：中华书局，1959 年，第3000—3001 页。

成时期就成为戏剧题材①。据周贻白《中国戏剧史》的统计，卓文君与司马相如的戏有十六个；又据现代剧作家吴祖光说，他所知道这个题材的剧作，已"绝不下于三十三个"②。

这个颇具离经叛道色彩的爱情故事之所以能在古代戏剧创作领域长盛不衰，离不开前代文人不断对其进行刻意梳理和再创作。元末明初的无名氏所作的南戏《司马相如题桥记》中，司马相如和卓文君之间根本不存在对封建礼教的突破，两人是在卓王孙的允许下，通过明媒正娶成了眷属。不过卓文君对贫寒文人司马相如带给她的清苦生活毫无怨尤，并以自己的深情使二人情感经受住了分离的考验，最终夫贵妻荣皆大欢喜。

在明代孙柚所作的传奇《琴心记》中，卓文君的暗夜私奔不仅没有被省略，而且文君在该剧中有两次出奔：第一次是为了能与司马相如成亲；第二次是在司马相如潦倒入狱后，为抵抗卓父将自己再嫁给县尉，卓文君在听到相如已死的谣言后，决绝离家上山，准备出家为尼。孙柚传奇中的卓文君虽然违抗了父命，但对司马相如而言乃是"从一而终"，并非"新寡"之妇，这显然是站在封建礼教的男性立

---

① 在继承唐代的大曲发展而来的宋代歌舞剧中，有一种形式称为"转踏"。它的组织形式，是用一曲连续歌唱，有每首咏一事者，有多首合咏一事者。其中，郑仅的《调笑转踏》，分咏《罗敷》《莫愁》《卓文君》《桃花源》十二事；无名氏的《调笑集句转踏》，分咏《巫山》《明妃》《班女》《文君》等八事。参见刘大杰：《中国文学发展史》第二十一章《宋代的各种戏曲》，上海：上海古籍出版社，1982年，第750页。

② 魏朗：《漫谈卓文君与司马相如传奇故事的戏剧》，《文史杂志》，1996年第5期。

场上对卓文君形象进行的一种贞节操守上的美化。

清代文人在戏剧中为卓文君的夜奔行为作了更进一步的延伸和辩护。黄燮清在清传奇《倚情楼七种曲》之《茂陵弦》中，增加了卓王孙先允婚而后悔婚的情节，通过卓文君与司马相如的婚约缔结在先，使文君夜奔具有了"合法"性。在椿轩居士的清传奇《椿轩六种曲》之《凤凰琴》中，同样增加了卓王孙悔婚的情节；不仅如此，王承华还在为该剧所作的序中明确辩护道："腐史诬以新寡，未闻文君先有前夫；诬以夜奔，相如已先为贵客；明明王吉作合于前，卓王孙嫌贫于后，致佳人才子蒙受不白之冤。"① 在这里，卓文君不仅不是寡妇，而且与司马相如之间还有了媒妁之言、父母之命（虽然后来反悔），文君出奔与封建伦理道德之间的冲突几乎完全消解了。

由此可见，在上述中国古代戏剧作品中，卓文君与司马相如之间的爱情故事一开始并不具有自觉反抗封建礼教的色彩。即使是对父命的违抗，也是出自对丈夫（未婚夫）的忠贞不二。然而，当历史进入五四新文化运动时期，卓文君形象在现代话剧中，在郭沫若的大胆加工下，表现出与古代戏剧中的卓文君迥然不同的性格特征，发生了前所未有的巨大变化。

---

① 魏朗：《漫谈卓文君与司马相如传奇故事的戏剧》，《文史杂志》，1996 年第 5 期。

第一节　对古代戏剧中卓文君形象的颠覆

一、郭沫若剧作中的卓文君

1923 年 2 月 28 日夜，郭沫若创作的一部名为《卓文君》的三景剧脱稿。该剧以西汉卓文君私奔相如一事为题材，通过三个场景，表现了一位寡居女性对父权压迫的彻底反叛和对婚姻自由的热烈追求。

该剧第一景通过卓文君与侍女红箫及文君的弟妹之间的对话，交代了事件的起因：曾被迫嫁给目不识丁的程家姑爷的卓文君，在寡居归省期间爱上了才子司马相如。卓文君月夜登楼聆听司马相如的琴声，表达了对爱情的向往和对"普天下的儿女都是做父母的把他们误了"的愁怨。第二景写卓父为宴请县令王吉，不得已向王吉之友司马相如也发出了邀请。卓父拒绝了卓文君关于请司马相如来家教琴的建议，奚落司马相如是穷文人，并告诫卓文君遵守妇道。这一出戏表现了卓父的封建腐朽、追名逐利以及卓文君的公公程郑酸腐转文、色欲难掩的性格特点，展示了卓文君在追求自由爱情道路上面临的阻碍。第三景写红箫的情人秦二向周大泄露了文君私奔的计划，卓文君对赶来阻拦的卓父和程郑发表了一番激烈言论，表示要反抗由男子、老人制定的旧礼制，走向新生；随后，红箫杀死了泄密的秦二后自刎，气急败坏的卓父、程郑被吓退，卓文君与司马相如在剧终聚首。

郭剧中的卓文君不仅是寡居在家，而且还在夜奔计划被泄露之后，对父亲和公公发表了一番痛快淋漓的教训："我不相信男子可以重婚，女子便不能再嫁！"——这是对女子守节观念的打破；"我以前是以女儿和媳妇的资格对待你们，我现在是以人的资格来对待你们了。"——这是对封建父权统治的抵制；"我自认我的行为是为天下后世提倡风教的。你们男子们制下的旧礼制，你们老人们维持着的旧礼制，是范围我们觉悟了的青年不得，范围我们觉悟了的女子不得！"——这是对整个封建旧礼教、整个男权统治秩序的否定；"你要叫我死，但你也没有这种权利！""我如今是新生了，不怕你就咒我死，但我要朝生的路上走去！"——于是，五年前鲁迅在《我之节烈观》中为之鸣不平的由父兄丈夫的口舌造就的死节烈女，在这里全然挣脱了精神与肉体的枷锁，大步迈向新生了：追求个人自由与爱情的卓文君，在惊骇失措、颓然如朽木般的父亲与公公面前，光明正大地出走了！

郭沫若剧中的卓文君鲜明而激越地表达了当时要求反抗封建礼教、解放女性的时代情绪，成为这一时期反封建文艺斗争中的代表之作。除了封建伦理道德的护卫者对该剧深恶痛绝外，具有反封建思想观念的人们，尤其是新文化运动的积极倡导者们在思想立场上是与该剧一致的；即使有人批评该剧，也只是站在"不应完全以宣传取代艺术"，或"不应完全用现代人的观念和语言来塑造历史人物"的角度①，而对剧中所表达的反封建思想观念的正确性并未提出质疑。郭沫若的话剧《卓文君》以其反封建礼教的进步性，一时成为引领女性解放新风气的代表之作。

二、寒蝉剧作中的卓文君

实际上，郭剧中着重表现的卓文君的"寡居"、"不从父"的特点，早在1917年的一部同题材新剧中就已露出了端倪。

1917年2月，上海时报馆余兴部编辑出版的第25期《余兴》上，刊载了一部新脚本《中古时代之文明结婚》，作者寒蝉。全剧一共分为五幕，分别是"琴挑"、"私奔"、"觅女"、"计定"、"分资"。该剧写卓文君与司马相如在相爱私奔后，贫困潦倒；卓文君利用卓父爱面子的心理，故意当垆沽酒；最终卓父只得资助了小两口大量财物，以免女儿继续抛头露面给自己丢人。

剧中不仅与古代戏剧相反，毫不避讳地写到了"姑太太现在新寡"，还充分地表现了卓文君对卓父的"不从"。卓文君对卓父不仅没有表现出封建礼教所要求的女儿对父亲的服从，自顾自地追随着所爱之人一走了之，而且还利用了卓父怕丢脸的心理，回过头来算计了卓父一把：

　　文君：我父向来爱面子，他今晓得我私奔，所以一钱不分。如今

---

　　① 如本文绪论中所引顾仲彝《今后的历史剧》，向培良《所谓历史剧》等文对该剧的批评。

我就利用他爱面子的机会，用一条妙计，包你金钱潮涌而来。

（说罢，微笑向门首四下一望，似防属垣有耳。轻声道。）

文君：我想一条妙策，你须一一依我而行，方不致误。

相如：那自然道理。请说，请说。

文君：凡富家翁，只怕丢脸。我父因我私奔而不分一钱者，就是顾他自己的面子。现在你我有意到临卭，有人问起，只说向昆弟们假贷，到了那边，没有借到，就把车马一切零星对象一概售卖，得来钱租一所小房子，买些不尴不尬旧货摊不收的破烂家伙，总算开一爿酒店。我自己身穿围裙，头包蓝布，在大庭广众当垆卖酒，你穿楗鼻裈夫在堂倌们洗碗抹桌，照呼客人。

相如：不对，如此说来，我堂堂武骑常侍岂可以同市人为伍？

文君：笨伯，正要你武骑常侍当酒保，卓王孙之女文君当垆哄传于市，使得我父听得难过，然后钱怕不分给我们吗？

相如：好的，好的。就照此办法。明天就起身到临卭。倘若财产分给之后，如何办法？

文君：没有别的，同归成都，白头偕好了。

　　剧中的文君不仅对于谋划父亲的钱财毫无愧疚之心，而且对使自己"牺牲名誉，爱才私奔"的丈夫在经济上的无能嗤之以鼻。她埋怨司马相如：在生计陷于绝境之时，"你还是做你的歪诗"。被她唤作"笨伯"的司马相如心甘情愿地听从了她的计策,最终随她一起过上了衣食无忧的富足生活。这里的卓文君不受传统礼教束缚,不以寡妇身份为意,甚至既不孝父、又不尊夫,是一位聪明狡黠、善于为自己的生活作打算的女性。

可以说,《中古时代之文明结婚》中的卓文君与郭沫若剧中的卓文君一样,都是不愿受到封建礼教束缚的具有反叛性的女性。不过前者并未如后者一样,与封建礼教的维护者直接发生正面激烈的冲突,而是念头一动,悄然溜走;后来又通过察其要害,以四两拨千斤,利用卓父在封建礼教影响下的虚荣心理,谋取了过上自由生活所需的物质条件,彻底摆脱了封建礼教对自己的束缚。

这两部关于文君出奔的戏剧,创作时间仅相隔六年整,塑造的人物形象同样是不服从封建礼教的"逆女",然而影响却是天壤之别。除了作者的声誉高低与刊物影响范围带来的差异之外,由创作动机决定的人物形象在气质言行上的巨大反差应该是前者泯然众人矣而后者一炮而红的根本原因。

《中古时代之文明结婚》的作者寒蝉,其身份背景尚不可考;不过就剧作本身来看,其创作重点主要在于演绎一段欢喜冤家式的风流韵事。卓文君不是作为一个开风气之先的精神领袖式的人物出现,她身上的精明甚至带着点市侩的气息。作为出现在二十世纪初的上海刊物上的女性戏剧人物形象,她更像是当时上海滩上小市民阶层中的一个善于谋划生活的居家主妇。

而郭沫若创作《卓文君》的思想动机则是相当明确的:

我的完全是在做翻案文章，"从一而终"的不合理的教条，我觉得完全被她勇敢地打破了。……她大归了，私奔了相如，这是完全背叛了旧式的道德，而且把她的父亲是十分触怒了的。这全部的事实虽不能作为"在家不必从父"的适例，但她在"不从父"的一点上的的确确是很好的标本。从来不满意她的道德先生们当然不止是不满意于她的"不从父"的这一节，不过这一节恐怕也是重要的分子，而这一节在我的剧本里面要算是顶重要的动机。①

郭沫若之所以选择卓文君作为戏剧创作对象，是为了借其表现对封建旧道德的批判。主题先行的创作方式虽然为剧作带来了关于历史真实性与戏剧艺术性方面的诟病，但却实际上保证了该剧在思想内容上能紧紧扣住时代的脉搏。

第二节　对叛逆的卓文君形象的续写与改编

一、陈学昭笔下出走后的卓文君

在五四新文化运动中，易卜生剧作《娜拉》（新中国成立后统一译名为《玩偶之家》）的引入为当时的反封建斗争注入了一针强心剂。该剧曾于1914年由春柳社在日本翻译并上演，而后春柳社又回

---

① 郭沫若：《写在〈三个叛逆的女性〉后面》，作于1926年3月7日。收：郭沫若：《郭沫若论创作》，上海：上海文艺出版社，1983年，第357—358页。

到上海上演了幕表戏,然而在当时并未引起太大关注。[①] 1918 年 6 月,剧本《娜拉》在《新青年》第 4 卷第 6 号第一次正式发表,在以《新青年》为阵地的戏剧改革讨论和学生演剧活动的推动下,在新文化运动者们的摇旗呐喊声中,娜拉成了五四时期反抗封建家庭压迫的女性纷纷效仿的对象,娜拉式的出走成为了冲破封建礼教束缚、追求女性解放的一种流行方式。

正如《娜拉》最初在春柳社的演绎下一度默默无闻,而四年后却由《新青年》重新出发,迅速席卷新文化界一样;具有反叛性的卓文君形象没有在寒蝉的笔下大获成功,而在六年后却通过激情诗人郭沫若的创造,一跃而成为中国现代话剧中最早引起巨大反响的古代女性形象。

娜拉和卓文不仅在登上中国现代话剧舞台的际遇上有所类似,而且这两个女性形象在性格特征上还有着更为密切的联系。在来自异域的"出走的娜拉"被倍加推崇而成为中国五四新女性竞相效仿的精神偶像之际,郭沫若从中国古代"出奔的卓文君"身上提取出了与之同质的反叛家庭的因素。郭沫若对卓文君的觉醒与叛逆意识加以充分创造发挥,将其演绎成为中国古代版的娜拉出走,在思想主题顺应时代潮流的基础上,又搭上了人物风貌与当红偶像颇为相似的顺风车。如此一来,在 1923 年 5 月上演了《娜拉》一剧的女高师学生同

---

① 陈晓飞:《〈娜拉〉的中国改写(1914—1948)》,天津师范大学硕士学位论文,2006 年,第 23 页。

样将郭沫若的《卓文君》搬上舞台，也就不足为怪了。

然而备受推崇、红极一时的娜拉式出走，并非解决女性问题一针见效的灵丹妙药。1923 年冬，敏锐的观察者鲁迅对"娜拉走后怎样"这一问题的提出，预告了仓促出走后的娜拉、卓文君们即将面临的严峻的现实问题。随着由文学叙述中的"出走"带来的浪漫激情逐渐退却，现实生活中的"出走"所引起的问题与困惑开始露出冰冷的面目。对现实真相的体悟与表述终将进入文学文本，而最先发现潜匿在海面下的冰山与礁石的，正是奋然冲出水底牢笼之后、在迎击着惊涛骇浪的女性解放之航中最先触礁的五四新女性自己。1927 年 12 月 25 日，21 岁的留法女学生陈学昭（1906—1991）创作完成的一部四幕剧，就从文学文本的层面表达了女性"出走"之后的困惑；而剧中的女主人公，正是四年前曾在郭沫若的剧本中挣脱了"水晶石的囚牢"、宣称今后要"向生的路上走去"的卓文君。

陈学昭的《文君之出》一剧分为四幕，时间跨度为一天。第一幕写私奔后的卓文君在家中等待司马相如夜归，却被司马相如来信告知，因风雨所阻，当晚将留宿在茂陵家。第二幕写茂陵与其友宴请司马相如，两人向司马相如非议自由恋爱之风，主张婚姻应该有父母之命、媒妁之言、正式的婚礼和法律的保障。席间茂陵还向司马相如介绍了自己的女儿，有撮合两人之意。第三幕写次日早晨，茂陵友劝司马相如识时务，娶富贵的茂陵女为正式的夫人，以卓文君为妾。司马相如虽不置可否，然意有所动。第四幕写司马相如归家后，卓文君收到信笺，得知司马相如已生背叛之意，遂留下诀别诗《白头吟》悲愤离去。

该剧幕启时，卓文君已和司马相如私奔成功，且共同经历了当垆沽酒的患难时期，此时的司马相如已因其文才获得了当地望族的尊重；然而，卓文君却没能实现自己当初追求的梦想：她被所爱的人抛弃了。

剧本虽然篇幅不长，但对于司马相如变心的原因，作者借配角之口做了相当全面的陈述。除了在第二幕中茂陵和茂陵友从封建礼教的伦理角度对自由恋爱大加批判之外，在第三幕中，茂陵友还从现实与欲望的层面出发，对司马相如进行了一番劝说：

> 茂陵友：你想，茂陵这般看得你起的，固然你能作赋，但哪里抵得上他的百万家资，又有这般大的名望，他的女公子还有重重的嫁资。文君终究不能算你的正式夫人，她现在自己的家庭还不承认她。这种女子，终是不对的，你就是不离掉她，那也可以将她做妾，帮助料理家庭里的事务，还可省用一个佣人。将茂陵女公子正正式式的娶去作夫人。你想想：我这些话，均是贴着你的利害关系而说的，茂陵公是不肯塌台的，你应该顾全他的场面。拿文君比较，文君算得什么？
>
> 长卿：（静默稍久。）但是，文君不是别的女子可比，我们曾经共过患难来，文君是能超脱功利的，我们彼此忠实到现在，我这一生也希望清贫的研究些学问……

茂陵友：学问？学者也要识时务呢！你别太不智了！学问要来是
　　　　要用的，用以发展的！我劝你别这样傻罢！你如今罢归
　　　　田里，在我们这个县里，莫说一根草，一株树，都受着
　　　　茂陵公的威力的，并且你替我想想，我是英雄无用武之
　　　　地呵！我是怀才不遇呵！（恳求的样子。）如今，为了我
　　　　是你的忠实的朋友，长卿！

长卿：（犹豫，意有所动。）总有点对不起文君罢……

茂陵友：现在世界上谁不是三妻四妾，这是可以并立的，就说是
　　　　恋爱。本来古礼是这样的，你是读透了古书的，难道还
　　　　不明白么？就说小说罢，八美，九美，那还是天地间之
　　　　韵事呢！况且说不定文君也会去爱别人，那时，文君将
　　　　她的爱情给你一半给别人一半，你呢，你得她一半，给
　　　　她一半，而你们彼此所得到的却还是整个的呢！

　　在茂陵友的这番话中，冲击卓文君与司马相如之间爱情的因素包
括：钱财的诱惑、权势的威慑、妻妾成群的男性欲望、落魄友人的警
诫与央告，以及关于爱情的不稳定论和交换论。这一系列因素从人性
欲望的角度冲击着司马相如的心理防线，使得曾经与卓文君共同对抗
封建礼教、开拓新生活的男性同盟者终于摇摆不定、缴械投降了。而
剧中笔墨不多的几句舞台说明，也展现了卓文君家和茂陵家在装设上
的对比，进一步突出了经济因素对于这场爱情悲剧的影响：一边只有
"一间陈设简单的客室"，以及一盏灯光黯淡的煤油灯；一边则是

"十分华丽，应有尽有。一大圆桌上杯盘狼藉。"出奔之后捉襟见肘的清苦窘迫和"迷途知返"后即将拥有的富贵荣华，两种处境的天壤之别，使得真正爱着司马相如的卓文君也能理解对方为何会"受人诱惑到这样"，以致放弃了对对方失去信义的责备，而选择留下一纸决绝，不告而别。1923 年曾在郭沫若笔下轰轰烈烈地离经叛道、果敢刚毅地追求女性解放的卓文君，在 1927 年，在苦苦寻求生存与独立的女青年陈学昭的笔下，遭遇了一场其痛苦难以言说的惨败。

相比起郭沫若剧中充满斗争精神的人物形象和洋溢着希望色彩的戏剧结局，陈学昭剧中的卓文君的气质是忧郁而迷茫的；在由两人历尽患难缔结起来的小家庭里，始终弥漫着压抑苦闷的气氛。这种反差正体现了五四新女性出走前的浪漫幻想与出走后的现实处境之间的强烈落差。相较于传统女性同龄人的待字闺中，五四新女性的出走意味着她们对传统婚嫁之路的放弃。这种选择也许一开始是主动的，然而由此带来的人生命运的转变，却往往演变成为被迫品尝的苦果。创作这部《文君之出》的陈学昭就是这些失意困顿的五四新女性中的一位代表。这位刚刚从封建礼教下挣脱出来的女性，对婚姻对象的选择失误，对传统礼教力量的判断误差，对现实困难的估计不足，使得她的婚姻选择对于她的人生走向产生了难以预料的深重影响。

中国新文学的第一代女作家陈学昭以自传性文学创作为特长。虽然她并非如卓文君一样为得到爱情而私奔、又为失去爱情而出走，然而这位成长于五四时期、女性意识已经觉醒的现代女青年，确实与卓文君形象之间有着一种精神上的联系。在《文君之出》中以迷茫的卓文君形象自况的陈学昭，曾是一位与郭沫若剧中的卓文君一样主动离开家庭、大胆追求自由和解放的新女性。然而只要追溯她的个人历程就不难明白，在郭沫若剧中大胆出走的卓文君的前景，在她的笔下何以会变得那样黯淡。

陈学昭出生于 1906 年，父亲陈典常从事教育事业，具有民主主义思想，反对女子缠足穿耳，主张女子应读书。陈学昭九岁时父亲去世①，兄从父命，将她送入南通县立女子高级小学。1920 年，陈学昭小学毕业后，二哥又将她送入了南通县立女子师范。然而 15 岁的陈学昭迫切希望早日毕业谋生自立，于是，她自己设法在次年转入了上海爱国女学，成为了文科二年级插班生。1923 年夏季毕业后，陈学昭仍寓居爱国女学中待业。这年初冬，她参加了上海《时报》举办的《我所希望的新妇女》征文。1924 年元旦，她的首次以"学昭"为笔名撰写的《我所希望的新妇女》一文在上海《时报》新年增刊上发表，并获征文乙等奖。这篇文章使她受到了该报主笔戈公振的鼓励和扶持，从此步入了文坛，并且奠定了她一生的创作主题：妇女解放与社会问题②。在这篇题为《我所希望的新妇女》的文章里，陈学昭将《娜拉》剧中的一段对白录入文中，以诠释她心目中的"新妇女"形象的面貌：

①　一说是在其六岁六个月时父亲去世。钟桂松：《个性·情感与气质——论陈学昭的创作》，《中国现代文学研究丛刊》，1999 年第 3 期。

②　参看：毛策：《陈学昭年谱简编》，《浙江师范大学学报（社会科学版）》，1991 年第 1 期。

海尔马：你就这样的弃了你的一家，弃了你的丈夫儿女去了么？世上将要怎样说你呢？你有没有想过？

娜　拉：我不能再管这个了，只想自己是不能不这样的。

海尔马：真是岂有此理！做这样事，你能够抛弃你的神圣的义务吗？

娜　拉：神圣的义务是什么呀？

海尔马：这也不知道吗？对于丈夫和儿女的义务。

娜　拉：我还有别的神圣义务。

海尔马：没有这种事，你说的义务是什么？

娜　拉：我对于我的义务。

海尔马：第一要紧，你是一个妻子，并且是一个母亲。

娜　拉：这些话，我如今都不信了，第一要紧我是一个人。这是如你一样。——我总想试试看，大多数人，都是和你一样的表现，我也晓得，书里也这样的写着，可是以后，人家说的话写的字，我不能满足，我要我自己来思想，自己来明白它。

　　陈学昭在文章结尾处这样评价这段台词："这才是新妇女的行为！这才是真正的妇女解放！我们如果要做领袖人物，那么，至少我们须象这样的人，象这样的妇女！"①

不仅如此，《娜拉》剧中不曾提到的出走之后将要面临的经济问题，同样引起了这位追求解放的现代女青年的高度重视。鲁迅曾在1923 年 12 月 26 日在北京女子高等师范学校文艺会上发表题为《娜拉走后怎样》的演讲，明确提出"自由固不是钱所能买到的，但能够为钱而卖掉"，指出了经济权对女性解放的重要性；就在几天之后的1924 年元旦，陈学昭的《我所希望的新妇女》一文就在上海《时报》上发表了，这名 17 岁的女青年在文中也明确提出：

原来要恢复女子固有的人格，最要紧的是自立，自立必须要经济独立，倘仍困守家庭，除了饮食男女而外，还有什么发展可言！

在少女时期就开始主动寻求独立自主的个人经历，使陈学昭能够较早意识到鲁迅所指出的女子经济权问题，对于女性健全人格的实现必须以自立为前提、而"自立必须要经济独立"具有十分清醒的认识。在这位"出走"热潮中的现代青年身上，散发着令人赞赏的理性的光线。

这篇在陈学昭的创作生涯中具有标志性意义的文章，强烈地表达了这名希望主宰自己的命运的五四新女性对出走的娜拉的推崇与赞

①　原载 1924 年《时报》新年增刊，收：陈学昭：《海天寸心：陈学昭散文集》，杭州：浙江人民出版社，1981 年，第 2—3 页。

美。然而不久之后，随着"五四"激情的逐渐消退，抒发"新青年"们寻找出路而又四处碰壁的幻灭凄凉情绪几乎成了陈学昭文学创作的唯一主题。"五四"退潮时期，陈学昭在《妇女杂志》上陆续发表了一系列散文，她这时的作品明显浸润着一种由悲哀凄怆与愤怒激昂交织在一起的、孤傲而悲凉的情绪①。陈学昭早期文学创作中的这种特色，是其在少女时期就离开家庭独自奋斗的生活经历、"五四"思潮退却后给现代新青年带来的幻灭感、以及作为一名聪慧敏感、情感细腻的女性而极易体察到的孤独体验共同造成的。她曾在 1926 年 8 月写下这样一段叙述内心孤独的话：

　　我这微渺的人生，有时候，精神与抱负似乎将充塞于天地，而有限的能力还是跳不出这狭隘的、无形束缚的，这种无形的束缚，却似无形的桎梏。人们自觉的感到快乐了么？然而，追随着快乐之后的，就是悲哀的阴影，这种阴影，谁也不能驱逐掉它，至多也只能让快乐来得突然而迅速，使这阴影追赶不上。我对于一事一物，从来没有得到自始至终的好印象，不知道是它们不能了解我，还是我不能了解它们。……然则，人与人之间的能相了解是必然的了。但是不幸，人类各具有一个异样的神秘的心，使在最亲爱的中间，也隔着一重牢不可

---

① 丁茂远：《陈学昭研究专集》，杭州：浙江文艺出版社，1983 年，第 298页。

破的薄膜，人事就是这样的。[①]

　　带着这种对人与人之间、甚至是最亲爱的人之间始终存在着隔膜的孤独感，悲观而迷茫的陈学昭在师友们的影响下，将希望寄向遥远的异国。她依靠自己写作散文获得的版税，于 1927 年 5 月赴法国留学。

　　尽管陈学昭为实现自身价值、主宰自己命运而付出了艰苦的努力，然而作为突出封建重围、刚刚走上社会的年轻女性，她没能避开来自婚恋方面的坎坷与陷阱。

　　从目前关于陈学昭婚恋经历的已有研究成果中可以得知，陈学昭在 20 世纪 20 年代的婚恋状况对她个人而言是一场悲剧的开始。1925－1927 年间，陈学昭在母兄的影响下，与孙福熙确定了恋爱关系。尽管陈学昭心里并不爱他，但为了顺从母兄的意志，她决定妥协，打算与孙福熙结婚。然而孙福熙却将陈学昭看成自己的附属品与私产，对她的行动加以严密监视。在陈学昭出国留学后，孙福熙疑心她与曾经的追求者季志仁交往，不断写信冷嘲热讽。尽管陈学昭自觉而虔诚地履行了对孙福熙的诺言，避开了同在法国留学的季志仁，然而孙福熙仍然不断猜忌并造谣，致使其兄写信责骂她，并让她立即回国。陈学昭本想抗争，可是其兄竟然去信让《大公报》的编辑不给

---

　　① 陈学昭：《中元夜》，作于 1926 年 8 月 22 日旧历中元夜。收：陈学昭：《海天寸心：陈学昭散文集》，杭州：浙江人民出版社，1981 年，第 105 页。

她寄月薪，以断绝经济来源的办法逼她回国与孙福熙结婚①。

就是在这样的背景下，在 1927 年的圣诞节夜里，刚来到法国半年的陈学昭怀着黯淡苦闷的心情在巴黎冷落的客舍中写下了四幕剧《文君之出》。剧中的卓文君虽然用尽全力挣脱了来自旧家庭的束缚，然而在对婚姻伴侣的选择上，却是遇人不淑、所托非人，没能找到一个能够坚定不移、与她并肩作战的男性盟友，最终只能黯然离去。

于是，中国现代话剧中曾被作为反抗封建礼教之女性代表的卓文君，在此带着悲哀与怨愤再次出走了。而这一次，是从她历尽艰辛努力建造、然而却在现实面前仍不堪一击的新家庭中被迫出走的。卓文君形象在现代话剧中的这一变化，折射出在挣脱封建礼教束缚、争取女性解放与独立的道路上，五四新女性遭遇激情退却、梦想破灭时四顾茫然的侧影。

二、恽涵对郭沫若《卓文君》的改编

历史进入 20 世纪 40 年代，中国现代话剧迎来了黄金发展期。自抗战爆发以后，以历史题材为主的现代话剧的创作和演出在数量和质量上都获得了引人瞩目的发展。在抗战救亡的严峻形势和迫切需求下，这些剧作在主题上大多表达了民族御侮的抵抗意志和感时忧国的国难情怀。在 20 年代创作了《卓文君》的郭沫若，此时也不再眷恋于"三不从"的反抗封建旧礼教的女性解放主题，转而创作了《棠

---

① 单元：《从陈学昭的婚恋悲剧看中国的女性解放》，《嘉兴学院学报》，2006 年第 4 期。

棣之花》（1941）、《屈原》（1942）等体现并超越了抗日救亡时代主
题的历史剧作品，达到了他个人戏剧创作乃至中国现代历史剧创作的
高峰。

反封建思想启蒙运动此时已不再处于中国现代历史舞台的核心位
置，女性解放问题在社会文化发展中的关注度也随之降低。在以民族
救亡为主旨的文艺思潮的影响下，这一时期现代话剧中的中国古代女
性形象大多为誓死不屈的烈女，或以身报国的巾帼英雄。因此，1940
年，卓文君形象在上海孤岛上的一部七幕剧中的再次出现显得有些独
特。创作该剧的作者恽涵是一位女性，她以郭沫若在 1923 年创作的
《卓文君》为蓝本进行了一番改编创作，又重新提起了"女性解放"
这个话题。

恽涵在该剧的前记中转引了一段有关与谢野晶子的话，以表明她
创作该剧的初衷：

记得张娴在写与谢野晶子论文集的序文上有这样的一段话：

"我所以要译与谢野晶子夫人的文章，也正如夫人所说，并不是
出于我是女性，她也是女性的性的差别观念；是为了她的极进步，极
自由的思想，极真挚①，极诚恳的态度，极正大，极公平的议论，已
经感化了她的国中的青年男女，觉得对于我国多年受了束缚囚拘而热
烈地希求解放的青年男女，实在有一度介绍的必要，才敢不度德，不

---

① "挈"应作"挚"。

量力地大胆翻译的。"

我写这一本剧本的动机，这是正代替了我要说出写这本书的动机，可说完全相符。[①]

与谢野晶子是日本近代杰出的女作家，曾写下大量关于提高女性地位、实现男女平等的社会评论文章。早在1918年，她的有关"贞操贵于道德"的评论，就被周作人以《贞操论》为题，翻译发表在《新青年》杂志第4卷第5号上。在《贞操论》中，与谢野晶子对在中国封建伦理规范中被视为女性最重要的道德品质的"贞操"作了这样的评价：

我对于贞操，不当它是道德：只是一种趣味，一种信仰，一种洁癖。既然是趣味信仰洁癖，所以没有强迫他人的性质。我所以绝对的爱重我的贞操，便是同爱艺术的美，爱学问的真一样，当做一种道德以上的高尚优美的物事看待。

与谢野晶子在中国新文化运动中的突出影响，在于她对贞操的道德属性的否定。而历史上的卓文君，正是因其"贞操问题"而遭受着非议。郭沫若在话剧中将卓文君写成以"寡妇"、"逆女"的身份

---

① 恽涵：《卓文君·前记》，作于1940年5月10日，上海：毓文书店，1940年，第1—2页。

与司马相如公然出走，以体现对封建伦理道德的反抗，使这个古代女性形象具有了追求女性解放的精神特质。因此，恽涵认为自己改编郭沫若笔下"争取自由"的卓文君形象的动机，与张娴翻译倡导女性解放的与谢野晶子的论文的动机，"可说完全相符"。

恽涵对郭沫若创作《卓文君》以表现"推倒旧礼教，旧风俗"的创作目的是肯定和拥护的；她还提出："现在，时代已激变了，我们女子亦随着时代而获得争取自由的机会，我们要争取自由，争取胜利，当然要我们努力。"她看到：相较于郭剧诞生的20世纪20年代，40年代的中国女性已获得了更多争取自由的机会；然而"未免太鄙视我们女性"的情况依然存在，女性解放斗争还远未实现最终的胜利。因此，郭沫若笔下的卓文君形象并未过时，仍然值得继续搬上现代话剧的舞台。

同时，恽涵也指出了郭剧中存在的一些不足，这便是她重新改编郭沫若《卓文君》的原因：

……不过郭沫若先生在当年，或许仅是偏重文艺的鉴赏，所以在第二幕的台词，比较很难适于演出性，如果认为戏剧不是少数人鉴赏的，这种台词未免太深了，简直使观众不能了解。

根据恽涵的自述，改编的目的是对郭沫若原剧中不适于演出的台词进行加工，使其更便于演出和观看。其中所提到的郭剧中的第二幕的台词，应该是指卓文君的公公程郑为在县令王吉面前表现自己的

"无征不信",每言必引用《论语》中的句子,以致讲话诘屈聱牙、令人不知所云的这场戏。郭剧通过这种引经据典、大掉书袋的方式展现了程郑的酸腐可笑,然而这种表现人物的方式的确更适合于文字书写而非舞台表演。

实际上,郭剧中程郑的台词之所以被恽涵指出不易接受,除了在舞台表演与接受上存在的困难之外,很可能还包含着来自时代文化变迁的背景性因素。郭沫若在 20 年代塑造程郑这样一个丑角式的人物形象,是为了表达对当时食古不化的所谓"考据派"的嘲讽,具有"提倡新文学、反对旧文学"的新文化运动的思想特征;而这种文学上的影射与讽刺对于 40 年代"孤岛"上的戏剧家与观众而言,显然已经失去了现实意义。

因此,恽涵将郭剧中的腐儒程郑的身份作了改变,将其塑造成了一个奸商。作者是这样解释这一变动的:

至于在此时此地,写这个恋爱剧未免无补现实,在每个场面上,把程郑就作为奸商,文君虽然在当年,决不是为了郑程①是奸商,所以不愿嫁给他的儿子,这剧本特别这样的强调,无非针对现实而写,这点是作者特别要提出的,不过考据史实,郑程②也确是一个贩卖古董的商人,所以还不是故意的穿插。

---

① 原文将"程郑"误作"郑程"。
② 同上。

恽涵在改编中将郭剧对腐儒的嘲讽换成了对奸商的批判，一方面是因为腐儒形象的原有台词不适于演出及其讽刺意义的过时，另一方面则是如其所说，"针对现实而写"。对于何谓"奸商"，恽涵在剧中通过文君之口作了这样一番描述：

> 文：听说，程家的行业，不是正当的商人，专门囤积货物，赚来的，不顾到别人家的死活，连米也会大量的囤积，现在不是都招冤，份份人家，都说他太自私了，地方上有了他，真害死了。无处为生，那他有了钱，有什么用，（低着头）这种人家，我不愿意嫁。

恽涵在剧中批判的奸商是指囤积居奇的大资本家。在战争期间，尤其在"孤岛"上，这种掌握着经济命脉而又唯利是图的垄断资本家是造成普通民众生活陷入绝境的社会毒瘤。恽涵将这一社会现实写入剧本中，使这个"恋爱剧"增加了针对黑暗的经济现实的批判性因素。剧中还借红箫之口明确地表明了这种阶级立场："我们要反抗我们这大众的公敌，当你可不嫁，否则，不是你也是大众的公敌了！"① 于是，剧中的女主角卓文君不仅反抗封建礼教、追求女性自由解放，而且能针对资产阶级进行批判，卓文君对自己婚姻对象的选择，由此而带上了反抗阶级压迫的政治色彩。

---

① 恽涵：《卓文君》，上海：毓文书店，1940 年 6 月，第 51 页。

除对卓文君的公公程郑的身份作了改变之外，恽涵剧作对郭沫若剧作的最大改动是在郭剧原来的三幕戏之前新增了四幕，将郭沫若的三景剧扩充成七幕剧，在原有戏剧情节的基础上，补充了卓文君从待字闺中到归省之前的经历。

新增的第一幕写卓文君爱慕才子司马相如，卓父却坚持要将其许配给囤积居奇的奸商程郑家的程公子，卓文君以自杀相抗争。第二幕写卓文君暗约司马相如偕逃，秦二递送密信，却不慎被周大发现；周大向卓父告密并献计，导致卓文君与司马相如未能如约碰面。第三幕写卓文君婚后侍奉重病的程公子，在其临终前表示不恨对方，只恨误了儿女的父母。第四幕写程郑调戏儿媳卓文君的意图败露，卓文君在婆婆的庇护下得以归省，回卓府守寡。

在这新增的四幕中，作者不仅使在郭剧中不曾上场的程公子和直到剧终才出现的司马相如成为了重要的场上人物，而且将人物之间的关系作了一些调整。

首先，卓文君与司马相如从一开始就两情相悦。待字闺中的卓文君明确表示希望嫁给才子司马相如，但被卓父否决；随后卓文君密约司马相如私奔，然而由于秦二不慎、周大从中作梗，计划破产。该剧使卓文君与司马相如之间的私奔行动增加到两次，更体现了卓文君追求自由爱情愿望的强烈。

其次，将卓文君与程公子之间的关系表现为难友的关系，强调双方都是封建家长制迫害下的牺牲品。相比郭剧忽略程公子而仅表现作为女性的卓文君的被压迫，该剧强调了封建礼教对包括男女青年在内的所有天下儿女的迫害，因而在反抗封建礼教的道路上走得更远。

再次，将周大破坏计划的动机设置为周大对爱而不得的红箫和自己憎恶的情敌秦二的报复。在郭剧中，周大纯粹是出于无聊、想看好戏而挑拨离间，文君私奔计划的泄露带有一些偶然性因素；而这里则通过人物三角关系的设置将周大的心理动机表现得更为生动可信，以戏剧性的表现手法增强了卓文君私奔计划失败的必然性。

最后，剧中增加了程郑的妻妾等角色，进一步表现了程郑的淫欲，以此展现卓文君在封建旧家庭中不幸的婚姻生活。

由此可见，恽涵的剧作不仅延续了郭沫若《卓文君》剧中反抗旧礼教、追求女性解放的主题，并且通过对幕次和人物角色的增加，以及对人物身份与关系的再创造，加强了反抗封建家长专制的色彩，突出了卓文君婚姻经历的不幸和她对自由爱情的向往；同时，恽涵结合当时的现实，增加了针对资产阶级的批判性因素，使卓文君形象在婚姻对象的选择上体现了有别于以往的阶级立场与政治倾向。这是恽涵对郭沫若《卓文君》主题的继承与拓展，也是从 20 世纪 20 年代到 40 年代，现代话剧中的卓文君形象获得的新的时代特质。

第三节　婚姻观念在卓文君形象中的不同体现

一、女性作家笔下卓文君具有的传统女性特征

在恽涵对郭沫若《卓文君》剧本的改编中，还有一些问题值得继续思考。例如，郭剧中的卓文君是在寡居期间出于对司马相如的爱

慕而决定私奔的；而恽剧则将卓文君决定与司马相如私奔的时间提前到了嫁入程家之前。尽管该剧的高潮同样在于寡妇对所受禁锢的冲破，然而卓文君对司马相如的爱情的专一与持久，使人物形象的思想性格内涵发生了微妙的变化。

在恽剧中，一开场，卓文君就拿着从红箫处得来的司马相如文集，一边翻阅一边赞叹，难掩对才子的钦慕之情。这时卓父提出要让她嫁给本县的首富程家。卓文君在批判了程家的为富不仁之后，又向父亲含羞表示："我要嫁有才学的人，像……像司马相如这种人"。然而卓父却对司马相如大加嘲讽了一番，并向前来提亲的程郑许下了亲事。卓文君见自己婚事已定，认为与其嫁给无耻奸商做媳妇，不如死了干净，遂上吊自杀，旋被众人救下。红箫劝告她："光明是要斗争中得来，不能消极的自杀，自杀是获不到自由幸福的！"于是在第二幕中，红箫将卓文君的密信交给秦二，要他转交给司马相如，相约私奔。可是密信被秦二不慎遗失，并被周大拾获，私奔计划流产。卓文君误以为司马相如无意与其私奔，在痛苦中接受了只能嫁入程家的现实。恽剧中的这段情节固然强化了封建父权制度对青年男女自由爱情的压迫，然而也从另一方面弱化了卓文君在婚姻选择上表现的叛逆性。

郭剧中的卓文君是以寡妇的身份决定与司马相如私奔的，这是郭剧比古代戏剧、也比恽剧更为反叛的地方。两宋以降，随着程朱理学的创兴，"夫为妻纲"被高度推崇，女性贞操被逐渐强化。寡妇持节受到鼓励，寡妇改嫁被严厉抨击，寡妇被允许的人生归宿除了"从一而终"，便是自尽殉夫。这也是为什么在古代戏剧中卓文君的寡居身份会被刻意掩盖，甚至有人专门为其进行"辩诬"。郭沫若笔下的卓文君，在寡居期间不守"本分"，对司马相如心生爱慕后一奔了之，这种对自然人性的肯定，对个体意志的张扬，正显示出对旧的贞操观念的彻底叛逆。

而恽涵剧中将卓文君与司马相如的爱情设置为在卓文君嫁入程家之前就已开始，这就使整个人物关系发生了质的变化：卓文君在婚前和寡居后的两次私奔计划，都源于她对司马相如的专一的爱情。在第一次计划由于小人作梗而互生误会，导致错失了与有情人成为眷属的机会之后，成为了寡妇的卓文君不愿再放过第二次实现爱情理想的机会。当计划被再次泄露，她直接挺身而出，向卓父和程郑痛陈了自己不愿再受束缚、要掌握自主权利的心声，最终毅然实现了与司马相如的出奔。

这一处理意味着：与郭剧中的卓文君不同，恽剧中的卓文君早在婚前就已对司马相如芳心暗许，甚至有了相偕私奔的想法和行动，她在感情上是始终忠实于司马相如的。卓文君在婚前以死相抗的行为，不仅是因为不愿嫁入自己所嫌恶的程家，还包含着自恨无法嫁给所爱之人的绝望。这样就使卓文君在守寡后与司马相如的私奔行为实际上增加了一些合情合"礼"的成分：卓文君的两次私奔，不仅是出于对司马相如的爱慕，而且是出于对司马相如的始终如一的爱慕，含有女子忠贞的意味。对于卓文君而言，司马相如是她从一开始就以心相许的对象，不是一名"新欢"；而对于司马相如来说，在剧终与卓文君的聚首，也意味着"原本属于他"的爱人的"失而复得"。于是，郭剧中的卓文君一见钟情后决然出奔的叛逆个性，在此被调和为女性对坎坷爱情的忠贞坚守。

现代话剧中的卓文君形象身上存留的传统伦理意识，除了体现为女性对男性的忠贞之外，还有女性在既成婚姻关系中的软弱和忍让，这一点更为明显地存在于另一位女性剧作家笔下的卓文君形象中。

曾于 1927 年年底在巴黎写下《文君之出》的陈学昭，其塑造的卓文君的性情不再像郭沫若剧中临出走前那般慷慨激昂，她显得郁郁寡欢，多愁善感。这一方面可归因于在"五四"退潮期影响下的迷茫低落、以及孤身漂泊处境中的苦闷彷徨等情绪因素，另一方面则可能与作者对在婚姻关系中女性屈从地位的认同有关。

在该剧中，从一开始，苦等司马相如归来的卓文君就心烦意乱地抱怨煤油灯火飘摇不定，疑心有种气息"要把这阴暗的屋子窨塞了似的!"在司马相如刚到家时，她的满足与喜悦也化作了一番缠绵的哀怨：

> 文君：长卿！你终究归来了！我疑心昨夜的风雨会将我们阻隔了呢！谢天！你终究归来了！如此之久的我们别离的时间，我希望这一次是我们一生中最末一次的别离，也是我们第一次的别离！呀！我们此后再没有别离了！

司马相如对她的幽怨与柔情心存愧疚，欲言又止；而她毫不察觉，只是体贴地站在对方的角度说道：

文君：长卿！你为什么这般悒悒？你有什么不快意没有？真的，
　　　我不该再说这些感伤话了，你旅途必很劳倦了！

在送司马相如进内室休息后，她终于得知了司马相如背叛自己的
真相。此时，她的悲泣也是哀伤而低回的：

文君：（且拆且看，渐渐变色，）你出去罢！（女侍出。）（在桌边
　　　的椅上坐下了，流着眼泪。）时代的男子！时代的男子！
　　　（喊着，重起首看信。）呀！长卿！长卿！我不料你也受人
　　　诱惑到这样！完了！完了！往日的深情那里去了！可曾还
　　　想到我当垆设店的时日，那些患难共处的时日？我不责你
　　　没信义，别了！长卿！在你们所认为幸福的幸福，我决不
　　　妨碍你们，别了！长卿！别了！（且泣，且刷泪，且说。）
　　　时代的男子！时代的男子！（她立起，取了放在左边茶几
　　　上的纸笔，重又向原位坐着，俯首疾写，写成折做一叠。）
　　　云儿！
女侍：（进来。）
文君：你将这纸条交呈司马先生，我往——往邻家去……
（女侍将纸条拿进内室去时，文君就向右门出去了。）

卓文君没有当面质问司马相如，没有对追求自由爱情道路上的背叛者发出声色俱厉的控诉。尽管自己是无辜受伤的一方，然而她不愿责备对方的忘恩负义，在司马相如追求"所认为幸福的幸福"时，她选择了成全对方，决然而黯然地退出。剧中的卓文君在司马相如面前的姿态始终是卑微的，即使是在被迫离去时，对于这个辜负了她所有付出的司马相如，她也仍带着一些隐忍与体谅，而这也正是剧作者陈学昭在其不幸的婚姻生活中始终作为一个弱者的真实写照。

由于未婚夫孙福熙的造谣中伤，陈学昭的兄长写信阻止《大公报》给她发稿费，以迫使她回国与孙福熙成婚。陈学昭的经济来源被断绝，在法国的学业与生活难以为继。1928 年 9 月，为解决《大公报》稿酬和封建婚姻的压力，她无奈之下只得归国。[①] 在被孙福熙彻底抛弃后，她才得以重返巴黎继续完成学业。正如陈学昭在剧中解释卓文君被司马相如抛弃的原因时，特别强调了卓文君至今不被认可、被人鄙视，而司马相如才华得到公认、荣归故里这两者之间形成的反差；在恋爱中受挫的陈学昭不再看好女子与各方面条件比自己强的男子之间建立的爱情关系。在创作于 1928 年的小说《南风的梦》中，她借女主人公克明之口大胆宣称："宁可做一个跌倒在十字路口的饿莩，受人们，受大众的无情的冷酷讥笑及践踏，也不要匍伏在某一个

---

① 毛策：《陈学昭年谱简编》，《浙江师范大学学报（社会科学版）》，1991年第 1 期。

男权的威势与玩弄下而吃一口安稳饭。"① 1931 年，陈学昭出于怜悯，同时也出于对自己在婚姻中仍旧保持独立性的期待，与自己并不爱的患病拮据且纠缠她的何穆结婚了②。有学者分析："她天真地以为找一个各方面比自己弱的男子作丈夫，就不会丧失女子的独立人格，就不会依附男子，这实在是太天真太浪漫的幻想。在中国这样一个男尊女卑、男权中心主义根深蒂固的国度，即使是一个最懦弱最无能的男子，也可成为家庭中主宰妻子、儿女命运的统治者，她婚后的处境正是如此。……1941—1942 年，当她屈从于何穆又生下一个孩子时，何穆却另有新欢，并用骗她服下过量安眠药的恶毒手段，企图害死她，但她仍然没有主动提出离婚，最后还是何穆提出分手，她才被动地结束了这噩梦般的婚姻。"③ 陈学昭一方面极力主张女性的独立自主，试图在婚姻中继续保持女性的独立性；另一方面却仍受到夫权统治的影响，缺乏与男性平起平坐的自信与从容，在婚姻中认同了女性的屈从地位。

陈学昭在婚姻选择中的屡屡犯错以及在婚姻生活中的委曲求全，

① 陈学昭：《陈学昭文集》第一卷，杭州：浙江文艺出版社，1998 年，第 220 页。

② 在几十年后写的回忆录《天涯归客》中，陈学昭这样评价她与何穆的婚姻："我和他是不适合的，我不爱这样的人，不但不爱，甚至厌恶；各人所从事的工作也是不同的，他根本不理解我，只不过从我身上想捞到一点帮助，幻想我这个女人有名有利。"见：陈学昭：《陈学昭文集》第四卷，杭州：浙江文艺出版社，1998 年，第 92 页。

③ 单元：《从陈学昭的婚恋悲剧看中国的女性解放》，《嘉兴学院学报》，2006 年第 4 期。

其实在她创作的这部《文君之出》中就已透露出一些讯息：在明白自己已被抛弃的真相后，卓文君没有将责任归罪于司马相如，而只是认为他是"受人诱惑到这样"；她认为对方负心的行为只是由于他是"时代的男子"，将原因归结于这个辜负女性所有努力的时代。卓文君没有真正憎恨不义的司马相如这个人，她的愤然离去更多地是对"时代的男子"这个群体乃至整个社会的失望。对于"时代的男子"感到无比失望的卓文君在再次出走后是否还能继续相信爱情相信婚姻，剧作者并没有给出回答。然而，在创作出《文君之出》的十五年之后，在不到四十岁的陈学昭终于从错误选择的无爱婚姻中走出来之后，她便再也没有踏入婚姻。传统道德中男尊女卑与贞操观念的潜在影响，和对"时代的男子"的整体失望，使这位曾经左奔右突、渴望掌握自己命运、实现独立解放的女性从此关紧心门，清心寡欲，不再追求爱情婚姻可能带来的幸福。这位女性剧作者个人的婚姻经历，使其早在 1927 年创作的《文君之出》中的卓文君形象在今天看来，更增加了一层孤独凄凉的悲剧色彩。

二、不同的司马相如形象

以卓文君形象为女主角的现代话剧作品中所体现的对传统婚姻观念的认同，还表现在卓文君选择的婚姻对象司马相如的形象特征中。

郭沫若的剧作一直是以来自幕后的琴声来暗示司马相如这个人物的存在。剧中对这个男性形象的塑造，几乎完全来自场上人物对他的议论，如卓文君对他的赞美、红箫与卓文君弟妹对他的叙述、卓父与王吉对他的评价、周大与秦二对他的非议等。直到剧终，郭沫若才终于使这个男性形象上场，对其作了惊鸿一瞥式的描写：

> 红：（星眼微启，声低微。）小姐……他……不死的人……来了。
>
> （死）
>
> （相如着白色寝衣，长一身有半，徐徐自都亭中走出。）
>
> （文君昂首望相如，相如至文君前俯视者久之，幕徐徐下。）

这个令卓文君拼死追随的重要人物，直到剧终也没有一句台词；其衣着动作，甚至带有一种脱离凡尘、飘飘欲仙之感；甚至是以往文学戏剧中最为重要的"琴挑"一出，也被剧作者完全摘除了。这是因为：卓文君与司马相如之间的情感交流并不是作者想要表现的重点。如前所述，郭沫若创作该剧的动机只是借卓文君出奔这个行为来表现对封建旧礼教的叛逆与反抗，而司马相如实际上只是反封建斗争胜利果实的象征。因此在郭剧中，司马相如被简化成了一个单纯的符号。

而在恽涵的剧作中，司马相如的形象被立体化了。他与卓文君之间有交集，有误会，他是在卓文君出嫁之前就曾有意与之偕逃的男主角。作者甚至在照搬郭剧的后三幕时，又在第五幕（即郭剧中的第一景）中增加了一段司马相如溜进闺阁与卓文君私会的情节：

> 司：（司马相如走入花园，躲上漾虚楼）
>
> （相如吻文君之书及翻阅）

（文君偕红萧①远远走来，上漾虚楼）

司：（急躲在门角里）

红：（开窗，用尘拂尘）

文：（惊疑）啊，谁来翻过我的书？

司：（从容走出来，向文君行礼）小姐，小生有礼了。

文：（大吓身子向后倒退）啊！红萧，红萧，有……有……

红：（假装庄严地上来，指着司马相如）你是谁？到这里来干么？

司：（向红萧作揖）红萧姐，一切要仗你照应。

文：红萧，叫他出去，

红：我不会叫，您自己叫。

司：（多情地）小姐，您忍心叫我出去吗？

文：（低头沉思）

司：（从容地翻阅架上书籍②）

红：（对两人看看，悄悄地溜下楼）

（司马相如与文君同坐在椅上，突然相如吻文君之手。）

（红萧时时抬头望漾虚楼）

卓：（远远地走来领幼子——弟弟）

红：（坐在楼下凳上纳闷，手中玩着雅草）

弟：（走到池边，停止看鱼嬉水）

---

① 原文把"萧"当作"箫"，下同。

② 原文把"藉"当作"籍"。

卓：（单独走进漾虚楼，见红萧不知，暗在头上打一下）小丫头，为什么坐在这儿？

红：（仓皇失措，急立起来）啊！老爷，老爷。

卓：小姐在楼上吗？我好久不上漾虚楼了，想去望望月亮，红萧，你照应公子（要上去）

红：（急拦住）老……老爷，不可以上去。

卓：（心疑）为什么不可以上去。红萧，小姐在上面吗？

红：在……在上面，因为小姐正在做诗，恐怕人去打断她的诗兴，所以不许人上去，老爷，我也是被小姐赶下来的。

卓：（以为是真的，微笑地）文儿也真会装神作鬼，我上去没有关系的，（仍要上去）

红：（仍坚决地阻住）不得小姐同意，老爷上去了，她要怪我的，小姐！小姐！

（高声地）老爷来了，你快下来啊！

（相如与文君亲热情形，听红萧喊声，两人大吃一惊，连忙立起来，相如机警地躲入桌子底下）

红：（在楼下又高声喊："小姐！小姐！老爷要上来了！"）

文：（含羞地匆匆下来，见卓王孙头低下）爸爸！

卓：文儿，你在上面做，……

红：（抢着说）小姐，是不是您在上面做诗，不许人上去的，老爷一定要上来，所以我喊您下来。

文：是的，我在楼上做诗，有人看了，就做不好，所以我不欢喜人看的。

卓：现在总做好了，我去看看，

文：（暗暗吃惊）爸爸，还没有做好。

卓：那也不要紧，那末，我去望望月亮，（要上楼去）

文：（着急非凡，又不能阻住）

（卓公子在池旁奢①着，一个失脚跌在池旁，大声哭叫。）

红：（看见卓公子跌倒，面现喜色，急拉主人）老爷，老爷，公
　　子掉在池塘里了。

卓：（大吓）匆匆奔出来）啊！三儿……三儿。（将公子抱起）
　　你跌伤了吗？

小：（仍哭个不住）唉，唉，唉。

卓：（领公子去换衣服）

（卓文君揩去额上急汗）

（急闭幕）

　　这是一段典型的偷情戏。在这段戏中，司马相如不再是一个具有
理想色彩的象征性人物，他与卓文君偷情时的放纵与欢愉、他险些被
卓父撞见时的抱头鼠窜，都使其在郭沫若剧中洁白纯净的理想性特征
消解了。两人之间的私会虽然也体现了对封建礼教的叛逆，但更多地
具有一种情欲的色彩。剧中的司马相如虽然上台次数很多，然而作者

---

　　① 原文把"奢"当作"看"。

并没有对其腹有诗书才华横溢的特征多加表现，而只是在这场偷情戏中，淋漓尽致地展现了其追逐情欲、纵情恣意的世俗姿态。有学者在论述中国古代小说中的偷情与爱情的区别时认为："偷情的中心情节是偷，是对社会禁忌的反抗，或是对父母之命、媒妁之言的冲破等，这中间自然有许多曲折和冲突，但这种曲折和冲突多是外在的环境的冲突，并没有涉及男女之爱本身的内容。而爱情的中心动作是爱，真正的爱情小说着眼的是男女内在的性格冲突和本性冲突，是两性结合的可能与不可能。偷情小说写的是性禁忌的状态中对性爱自由的追求，爱情小说则是在爱情自由的前提下对性爱本身的探究。"① 这一论述同样适用于对该剧这段偷情戏的评价。

在这段戏中，二人的偷情行为与外在环境（卓父忽至）之间的矛盾构成了最关键的戏剧冲突，即将败露的真相在小人物的机智周旋下终于被蒙混过关。这里表现的重点并非卓文君的爱情内涵，人物勇于反抗封建礼教的性格特征也并未在此得到深化。卓文君自主选择的婚姻对象司马相如，从其语言、动作、情态来看，与其说是反抗封建道德、展开着对所谓爱情的追求，不如说是在个人情欲主宰下，不自觉地成为了离经叛道者。这种人物情节设置，会使熟悉传统戏剧的观众感到似曾相识，而作为一部改编自郭沫若早期剧作的现代话剧作品，剧中原有的女性主体地位与叛逆性格都被大大弱化了。红箫不再是指引卓文君反叛礼教束缚的精神引路者，而成为了《西厢记》中

---

① 李书磊：《重读古典》，石家庄：河北人民出版社，1997年，第67页。

穿针引线、铺床叠被的红娘；卓文君不再是大胆追求婚姻自主的反封建斗士，而是一个面对心上人娇羞不已、矜持有加的闺阁小姐；司马相如则更是从反封建传统束缚的理想象征沦为了一个好色偷香的凡夫俗子。这种对传统戏剧中人物情节模式的模仿照搬，不仅体现了该剧偏离女性解放主旨而注重情色刺激的戏剧审美趣味，而且实际上反映了该剧对通常存在于传统戏剧中的传统两性关系的认同。

三、女性作家笔下婚姻家庭中的其他女性

在陈学昭的《文君之出》中，一方面如前所述，剧作者没有让卓文君真正憎恶背叛了她的丈夫司马相如；而另一方面，剧中的另一个女性形象却被作了明显的丑化处理，这就是卓文君的情敌，使司马相如动摇信念、欲娶其为正室夫人的茂陵家的女儿。

剧中对茂陵女的介绍非常简短，但却十分明确地表达了褒贬态度：

茂陵女：（浓妆，矮胖身材，不十分自然，带着骄倨的样子。）
伯父也在这里，今天真是个嘉会呢！

剧中对茂陵女的外形描写，显然是带着鄙视和否定的态度的。"浓妆"意味着有钱而庸俗，"矮胖身材"呈现的是外貌的笨拙丑陋，"不十分自然"表现其举止上的做作，"带着骄倨的样子"流露了其内心的轻浮。与此形成对比的是剧中司马相如对卓文君的评价："但是，文君不是别的女子可比，我们曾经共过患难来，文君是能超脱功

利的，我们彼此忠实到现在，我这一生也希望清贫的研究些学问……"与庸俗肤浅的茂陵女相对照，卓文君被描述为一个超脱功利、恪守清贫的坚贞女子。

剧中将卓文君与茂陵女一褒一贬，使两人的形象与性格完全对立，从戏剧冲突的效果来看，突出了司马相如选择茂陵女的原因：他所谋求的是茂陵家的名望权势和财产，是物；所抛弃的是能与之同甘共苦的忠实伴侣，是人。在物质与感情之间，司马相如选择了前者。

然而，从性别审美的视角来看，茂陵女的被丑化则显示出以男权文化为中心的审美视角。对茂陵女的矮胖可笑、矫揉造作的形象刻画，体现了剧作者对男权社会规定下的"窈窕淑女""举止得体"的女性特征的认同。这种对人物形象的处理，将戏剧中的女性形象置于男性话语的统治之下，体现了以男性为中心的审美心理特征。

同时，女性剧作家对于女性形象的这种反面塑造，还隐含着对女性自身的否定性批判。作为被唤上来拜见客人的主人家的女儿，作为一个仅出场说了一句台词的女性角色，茂陵女并没有任何过失之处。即使将出身富贵的茂陵女塑造为一位知书达理、美丽大方的正面女性形象，也无碍于表现司马相如对与其共患难的卓文君的辜负。剧作者将茂陵女定位为一个庸俗可笑的否定性角色，显然不是站在既得利益者司马相如的立场上，而是站在遭遇婚姻爱情中"不正当竞争"的受害者卓文君的立场上，通过对卓文君的同性竞争者的丑化而为卓文君谋求一种来自精神优越感的补偿性满足。这种女性（包括女性形象及其背后的女性剧作家）通过对同性的妆容、身材与仪态的讽刺而获得优越感的倾向，以及在婚姻关系出现问题时仅仅针对同性竞争者的敌意，从另一个角度显示出男权中心话语对女性自我意识的控制与束缚。

与此类似的被丑化的女性争宠者形象还包括恽涵剧中程郑的众妾。这些由恽涵在郭沫若剧本基础上新增加的女性形象，其面貌是平面化的，她们整体表现出妖媚粗俗、自私冷酷的特征。为了抢夺程郑的宠爱，她们在病重的程公子床前争风吃醋，闹得不可开交。尽管恽涵增加这一场景的初衷是为了展现程郑的"性好渔色"①，如卓文君在剧终批判他时所说："娶了无数的妻妾，还不满足，常常迷恋着我的身体。"然而，这种对女性人物形象加以丑化的处理方式，同样包含着对男性优势地位的认同，其实质是与剧作者在该剧前记中所提出的女性解放的创作主旨相违背的。在前记中，关于女性的不被尊重，恽涵写下了这样一段话：

"文君私奔"，在旧小说中，平剧中，均有之，正史上亦有见绪。但事至今日，我写好这本剧本后，在四马路某家书店，还曾看到一本小说，它的书名是这样的：《风流寡妇，夜半私奔，——卓文君》，我看到这本书，真使人气煞了，到了现在，还要这样受人欺，受人鄙视，也未免太鄙视我们女性了。

① 剧中对程郑的人物说明是："年四十八岁，是爱钱如命，性好渔色之奸商。"

恽涵不满于卓文君被称为"风流寡妇，夜半私奔"，认为这种叙述和评价对大胆追求个人自由与爱情的女性而言是一种侮蔑。然而她在剧中塑造的程郑的众妾形象，同样也是风流骄纵，为争夺"我的权利"而大呼小叫，丑态毕现。在这场抢夺丈夫过夜权的戏里，程郑的妻子被众妾气得大哭大闹，咒骂道："老死尸，你好，贱货，这等窑子里的贱货，总有一天死在我手里。"虽然程妻与众妾都是男权社会一夫多妻制的受害者，但在同一屋檐下，在唯一的男性统治者面前，女人们却将怨恨的矛头指向了彼此。对传统的封建旧家庭的批判与对实际上处于受压迫地位的女性的丑化，在此扭结在一起，形成了这部以女性解放为主题的剧作在思想内涵上的复杂性和矛盾性。

在恽涵的剧中，卓文君的婆婆程妻这一形象的出现，使该剧在反抗封建旧家庭的主题上继续产生了一些暧昧与模糊。

如前所述，程妾的设置，直接体现了剧作者表现卓文君的公公程郑"性好渔色"的创作意图；而程妻的设置，则出于剧作者有意将这对夫妇设置为互相对立与牵制的矛盾双方，以便展开戏剧冲突，从而进一步表现人物的性格特征的艺术手法。

显然，程妻这一角色的功能是对家长程郑肆无忌惮的渔色行为加以约束与对抗，从而突出程郑的反面形象；然而这一角色的存在同时又使剧中抨击封建旧家庭压迫女性的主旨发生了某种游移。程妻一方面对包括众妾在内的程郑大加咒骂，暴露出封建旧家庭内部的污秽不堪；另一方面则多次使程郑意欲调戏卓文君的行为得以制止，展现出女性在封建旧家庭中所能寻觅到的喘息空间。例如在程公子卧病时，卓文君推醒翁姑，请他们回房睡觉。程郑醒来见到卓文君，色迷迷地劝她不要叫醒程妻。卓文君见状忙忙狠命推醒婆婆，使程郑只得随程妻一同离开。又如在程公子死后的一个夜里，程郑在寡居的卓文君门前窥视并叩门纠缠，不肯离开，天亮后卓文君向程妻告假回家。虽然卓文君在程郑阻止她离开之时，并未吐露被程郑骚扰的真相，但程妻在察言观色之后心知这是由于程郑的缘故，于是便出面作主，使卓文君得以回家归省，避开了程郑的骚扰：

　　程：（对文君）你既然是我家的人，那末一切要受我的支配，夫死不久，马上要回娘家，这是万万做不到。

　　程妻：（注意丈夫的神气，似有所会意）。

　　文：公公，我回到娘家去，又不是干什么不好的事情，公公，你要明白，我是嫁到您家来的，不是卖到您家来的。

　　程妻：（仍注意他们的话有所推会）。

　　程：总之，我不同意你回去。

　　文：不同意我回去，您留我在这里干吗？

　　程妻：（似明白地）死尸，我明白了，你不同意，你为什么？

　　程：（面现惭愧，不发一声）。

　　众妾：（在门外窃听，都掩嘴暗笑）。

　　文：（很恨恨地，现轻视的态度）！

　　程妻：我让你去吧。（温和地走到卓文君面前）少奶奶，不过你去了，要早回来！

文：（点点头），婆婆，我晓得。

（卓文君，在房内略事整理衣着）。

程：（失望地，叹气）。

　　此后，当程郑呆望着卓文君的背影失望地叹气时，程妻上前拉住丈夫的胡须，说："做什么看痴了。"程郑惭愧地叹道："真岂有此理。"幕下。

　　尽管程妻也曾因程郑与众妾的关系而恼恨不已，但在这里，她成为了让程郑不能恣意妄为、调戏儿媳的约束力量。从程郑不敢让卓文君叫醒程妻的心理，以及程妻敢于拉住程郑的胡须教训他的动作来看，程郑有一些"妻管严"的倾向。尽管这是传统戏剧中对男性加以矮化的一种表现形式，然而程妻作为能够制衡程郑的力量而出现的人物设置，使得卓文君身上的反抗色彩明显减弱了。由于有了程妻的庇护，卓文君便不需要在程郑面前表现出激烈叛逆的一面以与之相抗衡。于是，与郭沫若剧中的卓文君相比，恽涵剧中的卓文君表现出了顺从的一面：当程郑骚扰她时，她不是声色俱厉地怒斥或毅然决然地回家，而是通过推醒婆婆、告假回家等委婉的方式回避程郑对自己的侵犯。甚至对于自己被迫嫁给的病重的程公子，卓文君也能尽心尽责地完成着妻子的本分。剧中关于她服侍程公子的动作描写有："有两仆上，进入房中拼命地把锡箔抛入焚化，程妻嘱文君一同跪在地下叩头。""（文君）立起帮助喂茶，面仍暗暗流泪。""（文君）暗暗淌泪，呆立在床前。"在这幕戏中，当程妻、众妾和程郑在病床前闹得鸡飞狗跳时，卓文君除了流泪，始终未发一言。她俨然已是一位遵守着封建旧家庭旧礼法的旧式媳妇，在郭沫若剧中意气风发、挥斥方遒的叛逆精神此时在她身上已全然不见踪影。

由于程妻成为了制约程郑的一方，卓文君对程妻这个能在一定程度上庇佑她安全的人，表现出了尊敬、顺从与感激。程妻作为一个心存善意的婆婆，为媳妇在这个封建旧家庭中的生存赢得了一些空间。这反映了一个事实：尽管以男权统治为基础的封建礼教对女性施加了严重的禁锢和压迫，然而在实际的以传统伦理秩序组织和维系的婚姻家庭生活中，女性也能够通过某些方式获得一些庇护与自由。正如古典戏剧《赵五娘》中，媳妇与婆婆甚至公公之间也可以是相依为命、而非等级压迫的关系；因属于旧道德而被大加批判的旧式婚姻家庭伦理秩序，其中也有可供女性获得凭靠的合理性成分。卓文君形象反封建的叛逆精神在恽涵剧作中的一度被消解，传统女性观念在其与程公子的婚姻生活中的一度回归，虽然也许是作者的无意为之，然而却反映了传统婚姻家庭伦理观念与秩序在现代中国产生的深刻影响。

两位女性剧作家对卓文君与婚姻家庭中其他女性的关系的设置，均显示出传统婚姻观念与伦理秩序留给她们的某种不自觉的影响。

第二章　西施：牺牲自我，以身报国

　　西施位居中国古代"四大美女"之首，相传在春秋越国的光复大业中起到重要作用。在中国现代话剧中，她是颇受欢迎的古代女性形象。关于西施的出身，一般认为她是来自苎萝山的一个村女。据赵晔《吴越春秋·勾践阴谋外传》记载："乃使相者国中，得苎萝山鬻薪之女，曰西施、郑旦。饰以罗縠，教以容步，习于土城，临于都巷，三年学服而献于吴。"①《越绝书》中也有记载："美人宫，……勾践所习教美女西施、郑旦宫台也。女出于苎萝山，欲献于吴"②。作为越国消灭吴国的计策中的一个工具，西施的情感与志向在史书记载中是空白的。这既因为她作为出身卑贱的村女，无法像受过教育的

---

　　①　［汉］赵晔：《吴越春秋·卷五》，北京：中华书局，1985年，第187－188页。

　　②　［汉］袁康：《越绝书·越绝外传记地传第十》，上海：上海古籍出版社，1985年，第59页。

富家才女卓文君那样写出抒情言志的诗文；也因为她以色侍君、失去贞节的遭遇，使她在男权文化话语中只能一方面被觊觎其绝世美色而另一方面又被咒骂为红颜祸水。

古代戏剧作品中的西施虽然被赋予一些性格描写，但大多带有负面否定的色彩，大多数剧作对西施的未能守贞大加贬损，甚至让西施在剧终被沉于湖，以谴责其有辱妇道。明代梁辰鱼创作的昆曲《浣纱记》是关于西施题材的古代戏剧作品中成就最高、影响最广的一部剧作。该剧一反其他剧作的作法，将西施塑造为正面人物形象，并赋予她与范蠡归隐五湖的美好结局。然而剧中西施入宫的主要原因，是曾与之定情的范蠡坚持要将她献给吴王以实施灭吴计策，西施答应入吴实是被逼无奈，勉强应承。面对越国君臣的拜送，西施虽心存惶恐地表示了忠君之意，却在临走前郁郁寡欢，涕泪涟涟。这是因为：她入宫侍奉吴王并非真正出于自觉的报国之心，而是因美获祸，不得已而为之；在私底下，她心里更挂念的是自己的婚事："奈终身未了，眉儿常蹙。"①

与古代戏剧中卑微顺从、被动牺牲的西施形象不同，现代话剧中的西施是怀着爱国理想放弃了个人婚姻幸福、为完成国家使命而进宫侍奉吴王的；不仅如此，对于西施为国牺牲个人爱情的情节，现代剧作家作了有别于传统的创造性改编；此外，在对西施最终归宿的处理上，现代剧作家也显示出了不同于古代剧作家的观点和态度。

---

① 〔明〕梁辰鱼：《梁辰鱼集·第二十七出：别施》，上海：上海古籍出版社，1998 年，第 523 页。

第一节　为夫差殉情的西施：爱国与爱情的冲突

一、顾一樵剧作中的西施

顾一樵（1902—2002）于 1932 年 5 月 4 日再稿后出版的四幕剧《西施》[①]，使西施这个爱国女性的爱情归宿发生了与古代戏剧截然不同的变化。

该剧第一幕写范蠡正在寻访进献给夫差的美人，其恋人西施得知后自告奋勇，愿以身许国；第二幕写勾践在吴国受辱，范蠡进献西施以换回勾践；第三幕写夫差听信西施而将伍子胥赐死，西施酒醉后流露出对夫差的愧疚和爱意；第四幕写勾践誓师伐吴，西施在夫差殉国后自杀殉情。

在第一幕里，当西施得知越国需要向吴王进献一位美人以换回越王时，她不顾恋人范蠡的不舍，慨然陈词：

西：先生，你想在范大夫心目中，西施可是越国最美的女子？

范：（吃斤量了）自然是，我想范大夫心目中，西施姑娘自然是越国最美的女子。

西：那么他为什么不来找西施姑娘呢？

---

① 据作者自述："1926 年秋，顾谦吉（用'青海'笔名）以所编《西施》稿寄来，我完全改写。……（1932 年）5 月 4 日，写《西施》再稿，先在《新月》杂志发表，1936 年 3 月由商务出版。"顾毓琇：《戏剧与我》，收：《顾毓琇戏剧选》，北京：商务印书馆，1990 年。

范：因为他爱西施，他怎忍舍得把她去献给吴王！

西：这是国家大事，范大夫怎样可以为了私而忘公？

范：天下的人爱了一个女子，谁也是自私的。何况范大夫是那样的多情！

西：可是，范大夫可知道西施也是爱国的女子？

范：这个自然。西施不但是美人，而且是英雄。范大夫当然知道如此，所以才不敢轻易来见西施！

西：（忽取佩玉给范）先生，这是范大夫给西施定情的宝玉，烦你带还了他吧。你可以告诉范大夫，西施已经许身报国，他要是不让西施去，他就同宝玉一样再不要见西施的面了。

范：（吃惊无法，但故作镇静。）原来就是西施姑娘，失敬失敬。这宝玉万万不能代收的。我一定马上去告诉范大夫，我想他一定会不顾一切成全你的志愿的！

西施知道对方正是久别重逢的范蠡，但却假装没有认出，询问范蠡在忙于什么公干。当得知范蠡正在寻找进献越王的绝色女子后，西施向他连发四问，以此表明了自己的想法。她先问范蠡心目中最美的女子是谁，范蠡明白西施已将她自己与进献的最佳人选联系起来，在心慌中险些暴露了自己的身份。西施又追问范蠡为何不进献西施，范蠡表明因为西施是他所爱的人，他舍不得将她送给吴王。范蠡的回答表达了他对西施的爱，然而西施却从国家大局的角度，反问范蠡怎么可以为私忘公。在这一质问下，范蠡重申了爱情自私的本质，并强调自己对西施的浓烈爱情。西施却又从爱情中最看重的彼此理解这一点出发，询问范蠡是否理解西施也是爱国女子。范蠡回答"这个自然"，并说正因他理解西施"不但是美人，而且是英雄"，所以才不敢轻易来见西施。这时西施停止了追问，忽然取出两人的定情信物佩玉，平静而决绝地告知对方：如果反对她许身报国，就不必再来见她。西施的这一决定令范蠡大感意外，被西施的为国牺牲精神所折服的范蠡表示自己会尽全力成全她的志愿。

西施在个人爱情和国家利益面前，坚决地选择了牺牲个人，维护国家。这种牺牲不是出于被迫，而是作为一个英雄对实现爱国信仰的主动追求。西施在范蠡面前的表现，完全不具有传统女性的弱势与依附，她的冷静、果断、决绝，体现出其人格的独立。而范蠡在西施的追问面前显出的局促和被动，也透露出两人在恋爱中的关系并非传统模式中的夫唱妇随。为了突出西施的爱国情操和牺牲精神，反衬西施在处理个人爱情时的果断坚决，剧中的范蠡流露出对心上人的眷恋不舍，这与古代戏剧《浣纱记》中关于范蠡进献西施前双方心理活动的描写有较大出入。

在《浣纱记》第二十三出《迎施》中，范蠡是将西施进献吴王的主要谋划者，尽管他对西施心存眷顾，但考虑得更多的是如何劝西施答应进吴宫，好为越国效力。在对越国与西施的取舍问题上，范蠡的内心独白是："想国家事体重大，岂宜吝一妇人？敬已荐之主公，特遣山中迎取。但有负淑女，更背旧盟，心甚不安，如何是好？"范蠡认为西施只是不应吝惜的"一妇人"，在国家大事面前，其成为首当其冲的牺牲品是理所应当之事。他主动将西施推荐给越王，然后奉命前来带其回宫。在西施的婚姻与命运完全被他决定之后，他才考虑到自己违背了当初的誓言，毕竟辜负了对方，心里感到了不安。然而即便如此，他仍想着："先见此女，备述我主公访求之意，令其心肯意从，然后将车马奉迎，却不是好!"他一心谋划如何使西施听命，好实现整个复国计划，除了因对西施背信弃义而感到良心上的不安之外，他对西施并没有出自爱情的眷恋不舍。而已被决定了命运的柔弱顺从的西施在得知范蠡的计划之后，先是推说自己"不过是田姑村妇，裙布钗荆"，又表明自己"当时既将身许"，希望范蠡能"别访他求"。可是范蠡告诉她，如果她能赴吴救越，则两人也许后会有期；如果她不去，国遂灭，"我和你必同做沟渠之鬼，又何暇求百年之欢乎?"西施尽管百般不愿，终于还是自叹薄命，勉强应承，被动接受了范蠡对自己命运的安排。

顾一樵剧作中的西施自告奋勇、许身报国，表现出与古代戏剧中迥然不同的人物心理与性格，这与顾一樵创作该剧的时代背景密切相关。1931年九一八事变之后，中国东北被日本侵占，亡国的威胁开始逐步笼罩中国。顾一樵在1932年1月即以中央大学工学院院长的身份带领学生送十九路军出征"一·二八"淞沪抗战。在民族矛盾日趋尖锐的时代背景下，早年进行过大量戏剧创作活动[1]的顾一樵迎来了他的话剧创作上的一个高峰期。在1932年创作出版的几部话剧

---

[1] 参看：顾毓琇：《戏剧与我》，收：《顾毓琇戏剧选》，北京：商务印书馆，1990年。

作品中，他歌颂了一系列顶天立地、千古不朽的古代英雄形象①；而完成于 1932 年 5 月 4 日的《西施》，自然也包含着借这一古代女性形象表现爱国女性义无反顾、许身报国的创作动机。因此，在西施被献于吴这件事上，剧作者特意强调了西施的主动牺牲。在剧中，除了突出西施为国牺牲的精神之外，还通过越王夫妇及众平民关于"十年生聚、十年教训"的议论，作了大量关于备战方法的宣讲。这种将历史题材直接服务于现实的创作方法，既是顾一樵历史剧创作的一个特征，也是社会矛盾激化或民族矛盾严峻的时代背景下，现代话剧创作经常出现的一种现象。

然而该剧的主题并非仅仅在于宣传"国家兴亡、匹夫有责"。随着剧情继续向前发展，顾一樵剧中的西施迥异于古代戏剧的变化才彻底显现出来。在这部从一开始就不断申明为国牺牲、同仇敌忾是何等重要的现代话剧作品中，忽然出现了戏剧情节与人物关系上的大逆转：在第三幕后半场，当西施完成了劝夫差赐死忠臣伍子胥的任务后，她开始懊悔了，因为她爱上了夫差，这个她为了报国而前来设计祸害的敌国君王。她为吴王而醉酒，说愿意忘记自己是越国的女子，

① 顾一樵回忆："1932 年 1 月，抗日救国运动风起云涌，淞沪战起，我偕中央大学师生送十九路军出征杀敌，上海各界群众也都出门欢送，其场面十分壮观。归来翻阅荆轲旧作，不觉黯然，一幕'风萧萧兮易水寒，壮士一去兮不复还'的悲壮场景历历在目，数千年前的悲歌犹闻，内心无比激动，文思喷薄而出，一部《荆轲》剧本在 2 月诞生，随即发行露面。自此，一发而不可收，四幕剧《岳飞》于 3 月疾书而成。7 月，包括《荆轲》《岳飞》、《项羽》、《苏武》等四部剧本的《岳飞及其他》全书出版。"邢霄若：《仁者风骨——记顾毓琇先生》，收：清华大学校史研究室编：《水木清华 群星璀璨》，北京：清华大学出版社，2001 年，第 251 页。

更愿意夫差不是吴国的国王。在西施若痴若醉之际，夫差将当初西施与范蠡定情的佩玉一剑劈开，要与西施各持一半以作为彼此的信物。西施不仅背叛了自己曾经的恋人，更意识到自己现在所爱的人正是国家的敌人，这使西施陷入内心分裂的痛苦中。在夫差终于战败之际，面对真爱自己的夫差，西施明确地说出了自己对夫差的爱，并在夫差殉国后自杀殉情。

顾剧中这段西施转而爱上吴王的设置，使人物关系和全剧结局发生了戏剧性的变化。这种新的人物关系与结局，在当时曾受到严厉的批评。1936 年 3 月，由该剧与顾青海的三幕剧《昭君》合印而成的《西施及其他》作为"文学研究会创作丛书"由商务印书馆甫一出版，5 月 8 日的《大公报》上便刊登了常风的一篇毫不客气的批评文章①。常风将该剧评价为一个香艳的爱情剧："到这剧的最后一幕，不在写牺牲自己救国家的奇女子，而在写受着夫差的爱的感化的西施了。这是最香艳的一幕。所以读到这剧的最后，我们怀疑这篇剧的主旨究竟是什么。"他认为该剧在主旨的处理上是失败的："作者自己也有一点茫茫然，在剧的开始他有一个主题，写了一半，他不觉又拣了另一个主题，他不曾坚牢地把住一个不变'目的'，这样他当然不会处理的好。"常风对顾一樵《西施》的批评确实道出了该剧的一个特点：从前半部分到后半部分，戏剧主题随着主要冲突的变化而发生了变化。不过，主题的这种变化并非如常风所说、简单地从"爱国精

---

① 常风：《西施及其他》，原载《大公报》1936 年 5 月 8 日。收：常风：《弃余集》，北京：艺文社，1944 年。

神"改变为"香艳爱情"，而是由单一的"爱国"主题改变成了"爱国"与"爱情"之间的冲突这个更为复杂的主题。

第三幕中，西施面对夫差，开始为自己的越国女子身份感到矛盾，一直忠实地执行着越国美人计的西施在此流露出了她对夫差的歉意与爱意。在第四幕即最后一幕中，西施先是犹疑地提醒夫差，越国可能会来报仇，然而夫差不以为意；当听到外面的厮杀声，估计越兵已到了城下，西施下决心告诉了夫差越国借粮报荒计策的真相，并帮助夫差穿上战袍，呈上宝剑，送夫差出战迎越军；当夫差被索取西施的范蠡刺成重伤、大败而归时，西施坚定地告诉夫差："大王，我是你的。"剧终，曾经一度在国家与爱情之间纠结矛盾的西施，终于在祖国灭吴大业实现之际，以殉情的方式实现了自己对爱情的追求，从而得以全身心地属于吴王。这尽管是一个悲剧，却是身陷内心分裂中的西施所能选择的最好结局。

在抵抗外族侵略、呼唤奋发民族意志的时代背景下，单纯表现"牺牲"、"报国"主题的剧作层出不穷，而顾一樵的剧作则借西施的矛盾处境提出了一个新的问题：在民族救亡背景下，当爱国使命的履行意味着对真情挚爱的背弃，同时拥有理性与情感的人将会如何矛盾和痛苦，在二者之间究竟又该何去何从。从人之常情的角度不难理解，作为一个被吴王极度宠爱的妃子，西施会爱上吴王确实是有可能的，甚至是难以避免的。尽管顾一樵剧中的西施一上场就表现出女战士一般的坚定决心，显得不如《浣纱记》中被利用和摆布的村姑西施那样淳朴自然；然而顾一樵在西施对吴王日久生情这一基于人情人性的可能性上的创造性发挥，使该剧中的西施形象与在《浣纱记》

中发出"当初慢留溪上语，而今误我楼头约"的幽怨的西施一样，同样体现出人物性格与情感发展的真实性。这种矛盾与痛苦是西施形象在现代话剧中体现的新特征，也是西施祸吴这个古老题材与现代人文观念相遇时的一次激活。

二、林文铮剧作中的西施

演绎西施爱上吴王的悲剧的现代话剧作品，还有林文铮（1903—1989）于1934年创作的五幕剧《西施》。该剧同样将西施写成了为报国而色诱吴王、却因爱上吴王而万分痛苦、最终在吴灭后自杀殉情的悲剧女性形象。不过林文铮在表现西施的理性与情感之间的冲突上，用力更为集中。他在剧中取消了顾剧中原有的范蠡与西施之间的恋爱关系，将西施的爱情更为专注地给了吴王夫差。

顾一樵剧中没有舍弃《浣纱记》里范蠡在西施入吴前就已是其恋人的人物关系，这就使西施对夫差的爱情从某种角度来看带有了移情别恋的性质。这一点让该剧的批评者抓住了把柄，指责顾一樵写的是一个三角恋爱剧。实际上，如果不揪住西施更换爱情对象这一点，而能注意到西施对前后两次爱情的处理态度，是不难看出剧作者对西施爱国情操的赞美的。在入吴前，西施在许身报国与自己和范蠡的爱情之间，毅然选择了前者，牺牲了自己和范蠡的爱情。在入吴后，西施在助越祸吴与自己和夫差的爱情之间，仍旧选择了前者，并独自忍受着对夫差又爱又愧的煎熬。直到越兵已经兵临城下，吴国大势已去，她才告诉了夫差真相，并追随夫差而去。可以说，西施两次将自己的爱情作为了牺牲，献给了祖国的利益。顾一樵一再表现西施在爱情上的为国牺牲，使这个在传统戏剧中作为弱质女子或红颜祸水出现的女性成为了有责任担当、能公而忘私的爱国英雄，西施形象由此而被赋予了悲壮凄美的色彩。

　　然而爱情毕竟是两个人之间的事。当西施为夫差殉情之后，在剧终如何处置她曾经的恋人范蠡就成为了摆在剧作家面前的问题。在顾剧的结尾处，当西施追随夫差自刎后，随后赶来的范蠡误以为西施是被夫差所杀：

夫：夫差为西施死了。

（夫差略挣扎，气绝。西施伏尸痛哭。忽取配剑自刎。）

西：夫差，西施亦为你而死了。

（西施倒地，死。）

（范蠡匆忙上，一路喊着。）

范：西施，我的西施！

（范蠡寻见了西施，惊慌万分，但已无法可救。）

范：嗳呀，这是西施，可怜为国牺牲的美人，终于遭了夫差的毒
　　手。唉，这是我们定情的宝玉。嗳呀，怎么只有一半了呢？

（范蠡又找到了夫差的死尸）

范：夫差，你亦在这里？你为什么害死了我的西施？

（东施上）

东：范大哥，西施妹妹呢？

范：夫差死了，西施亦死了。

东：可怜西施妹妹，她救了越国，牺牲了自己！

（军乐声，欢呼声，"越国万岁"声）

（幕落）

顾一樵没有让西施曾经的恋人范蠡得知西施已变心的真相，他使包括范蠡在内的所有人将西施的殉情误会成被敌君所杀。这样既保全了西施"救了越国，牺牲了自己"的英雄美誉，又使范蠡这个在西施的爱情中已经"多余"的男子不至于对她的真实选择产生怨愤，这是对于这个悲剧而言最为圆满的结局。

不过顾一樵的这番苦心仍旧受到了批评者常风的揶揄："及至西施为她的爱人而死了后，范蠡跑来寻见西施的尸体，还喊着：'嗳呀，这是西施，可怜为国牺牲的美人，终于遭了夫差的毒手。'在剧终东施说：'可怜西施妹妹，她救了越国，牺牲了自己！'我们不知道这是真诚的褒语，还是作者有意安排的一点讽刺？"①

林文铮的《西施》避免了顾一樵的剧作遭遇的这一尴尬。从一开始，范蠡就被塑造为一个老谋深算的越国老臣，而在西施入吴之前，西施也未表现出任何心理活动。在第一幕中，西施不仅与范蠡毫无交流，而且与越王勾践之间也只有纯礼仪式的应对。对于勾践在临别前像叮嘱器具般的"不要损坏了你们的美色"的一番嘱托，西施只有三句不带表情说明的台词："敬谢大王的天恩！""敬领大王的明训！""大王万岁！"可以说，剧中对于西施入吴之前的心理活动、尤

---

① 常风：《西施及其他》，原载《大公报》1936年5月8日。收：常风：《弃余集》，北京：艺文社，1944年。

其是感情生活的描写是完全空白的。当西施在吴国以国家大局为重，成功完成了祸吴的一系列任务之后，她才开始真正陷入对吴王的痛苦的爱中。相比顾一樵的剧作，林文铮剧作中的西施在爱情上避免了与范蠡之间的纠葛，显得更为纯粹专一，这样就使得西施的爱情与国家之间的矛盾冲突更为集中，人物形象的性格特点也更为明晰。

从表面来看，减去了西施与范蠡之间的牵扯，也就意味着与顾剧相比，林剧中的西施在爱国与爱情之间的抉择上减少了一轮戏剧冲突；然而从林剧中戏剧冲突的构成来看，实际情况却并非如此。不同于顾一樵将西施与范蠡、西施与吴王之间围绕爱情的两次冲突前后并列，林文铮将西施内心的两次涉及爱情的冲突进行了叠加。这两次冲突都放在了西施入吴之后，且都与吴王有关，使得关于"西施爱吴王"的戏剧冲突得到了更为充分和深入的展现。在这两次冲突中，第二次与顾一樵的剧作一样，发生在西施的祸吴任务完成之后；而第一次则是发生在西施进入吴宫之后、祸吴任务完成之前。

在西施在祸吴的过程中即体现出救国使命与个人爱情之间的尖锐冲突，这是林剧对顾剧的超越之处，然而这一点却难以通过西施与吴王的对话直接呈现。因此，林文铮设置了一个新的角色：郑旦——一个与西施一同被送入吴宫以执行祸吴计划的美人，通过西施与郑旦之间的对话，展现作为侍奉吴王的越国美人在面对爱国与爱情时将会面临的矛盾冲突。

在第一幕中，郑旦的所有舞台说明与台词都与西施完全一样。这一对像是孪生姐妹的女性形象，一开始都没有属于自己的情感，只是被物化的祸吴工具。然而到了第二幕，进入了吴宫的西施与郑旦在对吴王夫差的态度上发展成针锋相对、势不两立的矛盾双方，呈现出互相对立的两种情感选择。当西施故意劝夫差饮酒作乐时，郑旦劝夫差保重身体；当西施恭维夫差天下太平不妨纵情享受时，郑旦劝夫差学习夏禹王俭朴治国。与其说郑旦是作为对立的形象表现了西施内心中的冲突，不如说郑旦就是西施心中那个不忍祸害吴王的"情感的西施"，她与坚持助越灭吴的"理性的西施"一起，共同构成了一个内心完整、备受煎熬的西施形象。

郑旦、西施两人之间的冲突，或者说剧中关于"情"与"理"的冲突，在第二幕第六场终于集中爆发，西施与郑旦私下展开的一场争辩将该剧关于爱国与爱情的讨论推向了深入。这场争论主要围绕两个问题展开：一是该不该爱国；二是该不该爱吴王。

关于爱国，郑旦认为："古代的圣贤只说女子要三从，并没有说女子要爱国！嫁鸡随鸡，女子天性是向外的，身在吴宫，就是吴国的奴仆！""爱是女子的天职，男子是女子终身的寄托！女子没有国，只有家！"郑旦的看法代表着对女性必须依附于男性的夫权制度的遵守。在这种制度下，女性"没有国"并不是因为女性不需要服从国家的命令、不需要为国牺牲，而是因为没有社会地位与价值、只以"家"为生活范围的女性首先必须服从于夫权制家庭的需要、听从丈夫而非国家的命令。因此，西施所说的"我的心放在越国"以及对爱国使命的强调，实际上使女性超越了个人小家庭的范围，肩负起了对国家社会的责任，这种对女性的社会价值的肯定，使西施对郑旦的反对具有一定的女性解放色彩。

关于爱情，郑旦认为如果爱对方，就应该是全身心的投入，"卖身不卖心"是无耻的卖淫。然而正如她在爱国问题上体现出的以男性为尊的封建观念一样，她在爱情问题上也同样认为只有女性才需要向男性全身心地贡献自己所有的爱，而男性则并不需要给予女性以对等的完整的爱。当西施指出吴宫里不单只是她一个人，吴王的心"像千叶莲花一样可以一片片分散给许多女子"时，受着传统男权意识束缚的郑旦认为："他能够把他的心分一片给我，我就死心贴地奉侍他！"对此，西施表示："你的心真不值钱，人家一片心就可以换你整个心？我的可不能这样便宜！"从这里可以看出，对于爱情应该全身心地投入，西施和郑旦都是认同的。两人之间的分歧在于：在婚姻关系中，当男性没有给予自己完整的爱时，女性是否应该给予对方完整的爱。因此，与愿意毫无保留地爱夫差的郑旦不同，此时的西施认为不该爱吴王的原因，除了应以国家大局为重之外，还因为她认为吴王给她们的爱都是不完整的。

西施的这种观念，一方面说明她在婚姻中注重男女平等的爱与付出，表现了对单方面要求女性付出的男权意识的反叛；另一方面也解释了她后来为何会陷入对吴王的爱的痛苦之中：因为她发现吴王对她的爱是全身心投入的整个的爱，吴王是值得她爱的人，而她却无法给予吴王同样完整的爱。

西施与郑旦之间的矛盾冲突既是爱国与爱情之间的冲突，也是封建礼教对女性的贬抑地位与女性要求实现自身价值、追求平等的爱情关系之间的冲突。林文铮通过两个女性角色之间的对立，将顾一樵剧作有关爱情与国家两难选择中的"人"的矛盾，深化为爱情与国家两难选择中的"女人"的矛盾，从而使主题在现代性方面得到了进一步的开掘，西施这一形象也更具深度。

随着第二幕临落幕时，西施因唯恐郑旦泄露计划而哄骗夫差将郑旦送出宫去，西施面临的第一轮内心冲突暂时告一段落。从第三幕开始，西施开始陷入了新一轮更为激烈的矛盾冲突中——

> 西施：爱情像火一样不可以玩弄的！我当初奉了越王的使命来愚弄吴王，自以为有了亡国的仇恨做我的护身符，可以不受感情的传染，所以当年我还嘲笑郑旦没志气，忘记了国家的使命，把心思送给吴王，并且恐怕她泄漏我们的秘密，不得已才把她排斥出去……殊不料四年之后我也和郑旦一样被爱情的火燃烧着！
>
> 侍女：夫人这几年在吴国做了不少秘密的工作，总算是忠于越国了，现在稍微有点感情也不要紧……
>
> 西施：不要紧？爱情和国家的使命能够两全吗？并且爱情在女子的心灵上占着绝对的权威，女子可以终身没有得到真正的爱情，万一有一天她把心交给一个男人，她就无所顾忌，把整个生命送给所爱的人，现在我的心和我的使命站在两不相容的地位！唉！
>
> 侍女：为什么两不相容呢？夫人尽可以和吴王要好，同时为越国效一点劳，也未尝不可以……
>
> 西施：你简直不懂爱是什么东西！一个女子若是真心爱一个男子，她还能够忍心去破坏男子的家产，危害他的性命吗？

唉！自从爱情在不知不觉之中占据的了我心①，我不但没有勇气继续做些不利于吴王的事情，并且连从前所做的我也懊悔了！

侍女：这就是你近来不大高兴的原因……

西施：唉！没有感情同时被人爱慕的女子才可以快乐！假如爱着一个男子同时又做叛背的行为，稍有良心的女子也要觉得这种生活像在地狱一样苦痛！并且那个男子始终不知道他所爱的人是一个叛徒，魔鬼！

侍女：那么，夫人，你少爱他一点，岂不是可以减少你的苦痛吗？

西施：爱情可以由人减少或添多吗？

侍女：你当初干脆一点都不爱他就快乐了！

西施：唉！爱情的产生像泉水一样流露，像花一样开放，像果一样成熟，除非是天崩地裂或者加以人工的摧残，不然，它自身绝对不能做主的……

侍女：唉！夫人，我劝你忍耐保重罢！假如吴王有一天发现你的秘密，不但你自身有危险，并且祖国都要受累呵……

　　夫差对西施真挚而专一的爱使西施也渐渐爱上了夫差，她因吴王的真情实意而感动，同时也受到了良心的谴责。因为她不能像郑旦那样忘记国家任务而把自己的身心全都交给夫差；但同时又无法抗拒对

---

① 应为"占据了我的心"。

平等、完整、炽热的爱情的向往。国家大义的使命与身心合一的爱情都是她的理想，而且此刻都近在咫尺，然而二者却又处于完全对立的位置，令她难以取舍。与第一轮冲突中和郑旦争论的"该不该爱"不同，在这一轮冲突中，困扰西施的是"不能不爱"。爱情的本来面目在西施的台词中被一层层剥开，爱情中含有的非理性成分在此得到了正视与突显：真正的爱情一旦发生，就难以受到理性的控制；身心分离的爱、掺杂着欺骗的爱是与人的本性相违背的。正因为爱情的产生与发展是如此难以控制，被吴王爱着且爱着吴王的西施才会如此备受煎熬；也正因为这样，才更显出了西施最终选择以国家利益为先的精神之崇高与悲壮。

西施终究还是忍耐住内心的痛苦，保守住了祖国的秘密。直到剧终吴国终为越国所灭时，她才向吴王忏悔了自己对吴王的蒙蔽，她自认为是吴王最大的罪人，甚至愿意被吴王凌迟以赎罪。深爱西施的吴王未能明白她话中的含义，此时越王勾践已到，公开了西施是他最大的功臣的秘密：

> 勾践：（金甲盛服，态度轩昂）夫差，多年不见面了！想不到你也有这样的一天！哈哈！（望见西施）夫人，你还在这里等什么？你是寡人最大的功臣！越国借赖你，才有今天的胜利！你回去，寡人要封你做万户侯！哈哈！一个小小的西施可以亡了这样大的吴国！哈哈！
>
> 西施：（态度冷静，向越王）大王，西施可以无愧于越国罢？西施不用什么万户侯，西施尽忠于祖国不是为邀功的！从今

以后，西施永久是吴王的臣妾！（言讫即拔剑自杀倒地）

夫差：（仗剑俯身就西施之尸）西施，寡人终久不敢怨恨你！

幕疾下

剧终，面对志得意满的勾践的赐封，西施冷静地表示：自己尽忠只是为了无愧于自己的国家。然后，西施以生命为代价向夫差表达了她的忠诚，通过自杀最终实现了她对夫差的完整的爱。林文铮在关于创作该剧的自述中曾表明："世人皆闻西施之美与误人国。亦知其为何如人？以西施之美与慧，岂无志与情乎？情与志之冲突又岂不可能乎？西施与范蠡俱亡之传说，实不足信，吾亦不愿以此为悲剧之重心，吾欲以西施自身之矛盾为焦点，即大义与私情之对垒，酿成壮烈之牺牲。"[①] 林文铮没有让夫差死于西施之前，使西施在爱情面前的忏悔最终得到了夫差的宽恕，体现出对这位在为国牺牲之后又为爱献身的壮烈女子的赞美与同情。

第二节　与范蠡诀别的西施：抛舍个人婚姻的无奈选择

一、舜卿剧作中的西施

与顾一樵的《西施》相比，林文铮的剧作更为深入地探讨了西

---

① 林文铮：《作西施之前后》，收：《艺星》创刊号，杭州：国立杭州艺术专科学校艺星社，1934年，第27—28页。

施在面临国家使命与个人爱情时的艰难抉择。在对西施心理活动的具体表现上,顾一樵的剧作由于语言风格太过质直简陋、台词缺少戏剧性的内在冲突与人物个性而被批评者所诟病;林文铮的剧作中的西施台词则表现出了更强的文学性和戏剧性。不过,将西施的爱情心理刻画得更为纯真细腻的,是晚于林文铮的五幕剧《西施》一年问世的另一部现代话剧《西施》。该剧为三幕剧,作者笔名是舜卿。

三幕剧《西施》于 1935 年 4 月 15 日刊登在《女青年月刊》14卷 4 期上。在这本由上海基督女青年会编的月刊上,"舜卿"这个笔名很容易使人联想到以创作《人间的乐园》而闻名的现代女剧作家濮舜卿(1902—?)。《人间的乐园》取材于《圣经》中亚当、夏娃偷食禁果而被逐出伊甸园的故事,这一取材体现出基督教文化对濮舜卿的影响。尽管笔者无法确定三幕剧《西施》的作者"舜卿"就是著名的现代女剧作家濮舜卿,不过作为上海基督女青年会编的刊物,《女青年月刊》上的绝大部分作品均出自女性作者之手。因此,该剧作者为一位女性的可能性是相当大的。从剧作本身来看,关于西施的爱情及归宿的表现与设置,也显示出剧作者女性化的创作特征。

该剧与顾一樵的剧作一样,在第一幕中交代了西施与范蠡之间的恋爱关系。在表现人物心理动作的台词创作上,该剧比顾剧更为成功。舜卿的剧作通过西施与郑旦关于范蠡的对话,生动地展示出一位少女思念恋人时真挚细腻的感情。当郑旦怀疑三年未归的范蠡已经移情别恋时,西施坚定地说:"我敢相信范蠡的心,正如这颗明珠一样的皎洁,(抚项下明珠。)决不负我。我相信他是因为国难临头,君王困辱,没有心思顾及到儿女私情罢了。"并且她动情地许下了承诺:

"他就是二十年不来，三十年不来……一百年不来，我也等着他，我的心已经生生死死的归属于他了。"西施情深意切的这段台词，使其比顾一樵剧中的西施更显出了女性的柔情。正因西施深爱着范蠡，因此，当得知范蠡正在寻找进献吴国的美人而不得时，她体贴地安慰范蠡，要他慢慢地访寻；当范蠡说看中了郑旦时，她还天真地替他考虑到郑旦的意志力不够坚强，有可能完成不了使命；当范蠡面对她的询问欲言又止时，她误以为范蠡想告诉她已喜欢上了别的女人；然而范蠡却告诉她：她才是他心目中献给吴王的最理想的美人。至此，西施先是大惊，然后是激怒，随后是哀求。然而，无论她如何强烈抗拒，一再推脱，范蠡仍表现出救国非她不可的态度。最终，在范蠡和爱国女侠卫倩的反复劝告下，西施含泪答应了被送进吴宫的安排。

虽然与顾一樵的剧作一样将西施与范蠡设置为恋人关系，然而与顾剧中的西施自告奋勇主动赴吴不同，舜卿剧中的西施是在范蠡的迫使下无奈赴吴的，在这一点上，她与《浣纱记》中的西施有些类似。不过，在西施答应赴吴的原因中，还包含着比《浣纱记》更为积极的因素，即：西施意识到了报国的崇高性。"数百万人的自由和幸福，都在你的身上"是西施最终下定决心前听到的最后一句劝告，这就使舜卿笔下的西施比《浣纱记》中的西施更多了一份爱国的责任感。然而尽管如此，通观范蠡和卫倩劝西施的所有对白，范蠡献西施的心意已决才是迫使西施答应赴吴的主要原因。于是，顾一樵剧中的西施在爱国使命面前不顾与范蠡的爱情毅然选择牺牲的戏剧冲突没有了，取而代之的是不愿入吴的西施与爱国心切的范蠡之间的冲突。因此，这里的西施不再是富有牺牲精神的爱国女英雄形象，而是一个无奈地服从于爱人的意志、被迫提升了爱国精神境界的牺牲者形象。

在第二幕中，舜卿与林文铮一样，同样为身处吴宫的西施设置了一个对立的女性角色：郑旦。然而由于在舜卿剧中西施爱的是范蠡，而对吴王并没有爱情，因此，西施可以专心实现自己担负的祸吴使命而不必困扰于情感与理智之间的冲突。于是，该剧中的郑旦不再是西施内心矛盾的外化，对于她与西施之间冲突的实质，舜卿将其处理为女人的嫉妒。面对西施关于顾全大局、以国家为重的劝告，郑旦愤愤不平道："我知道你，害得吴王国亡身死之后，你仍旧去嫁你那个范蠡，我却……"对于郑旦这种狭隘的揣测，西施感到气愤而无奈。郑旦还威胁西施，如果继续祸害吴王，她就要告发她。于是，林文铮剧中关于西施在爱国与爱情之间两难的内心冲突没有了，在舜卿的剧作里，吴宫中一切矛盾冲突的根源，来自女性之间出于对男性的争夺、对婚姻归宿的追求而产生的嫉妒心理。

吴宫中的嫉妒甚至蔓延到了越国。在第三幕中，完成使命归来的西施原本打算与范蠡共同归隐，却被越后派人前来取命。原来越后怕越王娶西施，便决定以西施是亡国祸水为借口，先行一步将西施处死。对于这磨难之后的祸从天降，西施只能发出天问："我和越王后同是女人，何必逼得这样急！"接着，她对原本准备与之归隐的范蠡叹道："少伯！不想我们就这样缘悭！"最后，面对要上前处死她的越兵，西施正色道："不必你们动手。（愤慨地）狭窄的人类呀！我离开你们了！（急跳入江中）。……"完成使命后的西施原本可以实现功成身退、偕侣泛舟的美满结局，却在最终忽然发生了逆转，导致她不得不以饮恨自尽的悲剧收场。舜卿对西施命运归宿的这一处理，显示出她对影响西施命运的关键因素的独特诠释。

虽然该剧在一定程度上体现了对爱国精神的赞美和对封建统治者的抨击，然而真正构成戏剧冲突的发展与高潮、影响和决定西施命运的是郑旦对西施的翻脸无情以及越后对西施的斩草除根。这些戏剧冲突产生的根源是女性在婚姻选择面前对于同性的狭隘的嫉妒心。这种嫉妒心使西施在吴宫完成爱国使命时遭到了严重的威胁，也导致了本是越国功臣的西施回到家乡后最终殒命。一般来说，嫉妒是指人们在竞争过程中，对幸运者或强于自己的潜在的成功者怀有的冷漠、贬低、排斥、敌视的心理状态。舜卿剧中的嫉妒，主要表现为女性在婚恋问题上体现的对同性的敌视。对西施与范蠡恋情的嫉妒，使郑旦不顾国家使命，在吴王面前故意给执行任务的西施处处设障；对西施可能会被越王迎娶的嫉妒，使越后不择手段置这位功臣于死地。因此，西施在剧终对"同是女人"却相煎太急的感叹、对"狭窄的人类"的控诉，都属于对女性狭隘的嫉妒心的声讨。作为一位女性作者，舜卿也许更容易认识到女性之间由于婚恋而引发的嫉妒心理及其所带来的恶果；因此，将因婚恋引发的嫉妒作为戏剧冲突的核心来书写西施的悲剧命运，反映了舜卿从女性自身的角度对人性缺陷的思考与对人性阴暗面的批判。

二、陈大悲剧作中的西施

在以西施为主要人物的现代话剧作品中，陈大悲（1887—1944）

于 1935 年夏天创作的五幕剧①《西施》是其中影响最大的一部。作为上海剧院乐剧研究所的副所长，陈大悲组织乐剧研究所的学生排演了该剧，于 1935 年 9 月、10 月先后在上海、南京等地进行了公演并引起较大反响。②

陈大悲剧中的西施形象与顾一樵、林文铮、舜卿的剧作相比，在为国牺牲与爱情婚姻问题上，又体现出新的特点。

在入吴前，西施对于为国牺牲个人婚姻这件事的态度，既不同于顾一樵剧中的自告奋勇，也不同于林文铮剧中的谨遵王命；她与舜卿剧中的西施一样，是在恋人范蠡的要求下被迫答应的；然而与舜卿剧中的范蠡相比，该剧中的范蠡少了些对西施的眷恋不舍，多了些请君入瓮式的算计。

舜卿剧中的范蠡最初表示看中了郑旦，而西施则告诉他：郑旦意志不坚定，不是合适的入吴人选；当范蠡在说服西施入吴之时，其动作说明依次是："踟躇"、"低头深思然后注视西施之面"、"不答"、

---

① 关于该剧的体式，尽管陈大悲称其为五幕乐剧，并解释"把话剧与歌剧偕合而名之为乐剧"（见：石江：《〈西施〉的直觉报告》，收：韩日新编：《陈大悲研究资料》，北京：中国戏剧出版社，1985 年，第 167 页），然而从剧作实际来看，是在话剧的基础上加入了少量歌舞表演，且歌曲只起到了烘托气氛和人物抒情的作用，并非推动剧情发展的必要内容。田汉也曾指出，陈大悲定义的"乐剧"实质上是歌剧中的小歌剧，然而从剧中对话与唱歌成分的配合来看，《西施》也不能称之为纯正的小歌剧。（见：寿昌（田汉）：《评〈西施〉》，收：韩日新编：《陈大悲研究资料》，北京：中国戏剧出版社，1985 年，第 170 页）此外，该剧剧本刊登在《广播周报》第 141 期上时，也被注明为"话剧"。因此，笔者将陈大悲的五幕剧《西施》归入话剧的范畴。

② 参看：韩日新：《陈大悲年谱》，收：韩日新编：《陈大悲研究资料》，北京：中国戏剧出版社，1985 年。

"仍不答"、"仍不答"、"掩面而泣"、"拭着泪"、"欲言又止"；当西施答应成全他的计划时，范蠡"不自禁也哭了"，然后"凄然"地拿出两人的定情信物，表示"灭吴之日，就是我们重伸旧约之期！"尽管西施是被迫答应范蠡的请求，然而范蠡对西施也体现出了留恋与不舍。

而在陈大悲的剧中，范蠡对西施的感情却淡薄得几近虚伪。他不仅在西施推荐郑旦时断然否决，而且明确地表示，如果西施不愿听从他的计划去吴国，她也将得不到两人之间的婚姻爱情。

范蠡对西施的说服工作是一步一步展开的。他首先向西施表明自己是"奉了大王之命""为了我们两个人的事"来看她的。当西施误以为二人已被大王指婚而倍感惊喜时，范蠡却说：

范蠡：喔！（想了一想）喔，那是我们两人的私事，且慢一慢再谈。西施妹妹，你知道，你的范大哥早就以身许国，所以常常把自己的事丢开一边，专心为国。实在呢，我们的越国真的需要许多许多的人把自己的私事丢开，专心为国，这个越国才有复兴的希望。否则，人人为己，这越国早晚要受吴国的并吞，雪耻复兴，无非是做梦了！

西施：（恨不能要抱住他。）范大哥！我的范大哥！我爱你，就因为你能够爱我的国家！

范蠡：西施妹妹！你范大哥为了国家，这一条生命早就置之度外！你想命都不顾，还有甚么可以流连的呢！所以这一次回到苎萝村来，我负着两个使命：第一件事是为国的，第二件事才是为我一个人的——不——是为我们两个人的。
所以第一件事如果办不成功，第二件事也就不用提啦。①

范蠡先向西施灌输了一个道理：为了越国的复兴，应该把个人私事抛开。当单纯的西施被范蠡表现出的崇高的爱国精神深深打动时，范蠡马上表明自己有两个使命，第一件是为国，第二件才是两人的婚事，而且第一件如果办不成，那么他和西施的婚恋之事也就不会有结果了。接下来，当西施不断追问关于第一件事的具体内容时，范蠡有意闪烁其词，暗示此事十分重大、意义非凡，激发了西施作为女性不甘心被轻视的参与意识。当西施明白了自己才是最合适的人吴人选，然而心里却不舍彼此之间的爱情时，面对她的推脱作态，范蠡明确表示：既然如此，自己必须离开西施，去找一个能够为国牺牲的绝代美人。西施扑入范蠡怀中，问范蠡是否舍得自己，范蠡仍坚决地回答："为了国家，我的生命都得牺牲，我还能留恋你吗？"生命诚可贵，爱情价更高；然而从范蠡的回答中可以看到：在他心目中，西施的命运的重要性不仅低于国家，而且低于他自己的生命。当西施终于答应让他把自己送进吴国时，范蠡"喜欢得把她托了起来"："我范蠡的西施到底是一个非常的美人！"对于与恋人的生离死别，范蠡没有表现出一丝痛苦；对于西施即将付出的代价，范蠡也没有表现出半分怜惜；他只有循循善诱、步步为营的心计和说服成功后的欣喜若狂。范蠡对西施命运的决定与对她感情的利用，与《浣纱记》中的范蠡如

---

① 陈大悲：《西施》，收：南京《广播周报》1935年9月第141期—143期。

出一辙；而在爱人的设计下被迫成为政治牺牲品的西施，在此也与《浣纱记》中无奈顺从的西施极为相似。

尽管西施在入吴的决定上，几乎完全是出于对范蠡的爱与服从，并没有太多为国牺牲的考虑；不过在西施进入吴宫后，陈大悲仍赋予西施以爱国的情操，并且将这种爱国情操建立在痛恨一切杀戮的情感基础上，从而体现出《浣纱记》中的西施所不具有的精神境界。

陈大悲剧中西施身处吴宫时的情感与观念也同样是通过女配角郑旦的设置而得以表现的。不同于舜卿剧作中通过郑旦表现女性之间的嫉妒，陈大悲设置郑旦的目的与林文铮一样，是为了表现这一对越国美人在爱祖国与爱吴王之间的矛盾冲突。然而陈剧又与林剧不同，在陈剧中，西施爱的并非吴王，而是范蠡。人物关系的这一设置，使西施并未处于爱祖国与爱吴王两者之间的两难境地。于是，陈大悲剧中的人物情感关系出现了逻辑上的矛盾。在第四幕中，当郑旦表示不忍谋害对她们百般宠爱的夫差时，西施肯定地告诉郑旦：从个人角度来看，夫差值得被爱——

> 西施：不错。郑旦姊，夫差实在是一个英雄。而且他又能够那样诚心诚意的体贴我们俩个人，他又能够把女人看得和男人一样的高贵，和如今那一般看不起我们女人的书呆子大不相同。这样的人，我们本来就不应当天天陪着他饮酒作乐，应当规劝他上正路去专心为国，无奈有益于他国家的事，可巧就是有害于我们国家的事。

而在第五幕中，当越国攻入吴国之后，西施又对夫差说："天知道，我从来没有爱过你，你的年龄比我的父母还大得多，教我如何能爱你？"之后便是义愤填膺地声讨夫差的罪恶。

陈大悲既想像林文铮的剧作一样，展现西施在宠爱自己的敌君面前压抑个人情感以国家任务为重的冲突，又想采用舜卿剧中的西施始终爱着范蠡的情节，最终导致了这一前后矛盾的人物情感关系。

如果不考虑剧中人物形象的情感逻辑的前后矛盾，而只分析西施在台词中所表现的情感与观念，就会发现在面对爱情婚姻的选择时，陈大悲剧中的西施与其他剧中的西施的区别。

林文铮剧中的西施表现了对爱情专一性的重视。她嘲笑郑旦："你的心真不值钱，人家一片心就可以换你整个心？我的可不能这样便宜！"只有当郑旦被遣出宫，西施感到夫差对她的全心全意后，她才开始陷入对夫差的热烈爱情中。而陈大悲剧中的西施则在肯定夫差值得她们去爱时，举出的理由之一是夫差"能够那样诚心诚意的体贴我们俩个人"。对于夫差的爱情，陈大悲剧中的西施并不要求专一，可以接受"俩个人"共享夫差的爱。这种对一夫多妻关系的认同，是以男性为中心的传统婚姻观念的表现。

不仅如此，陈大悲剧中的西施十分重视作为一个女人而不被男性看轻所获得的尊严感，并以此作为爱一个男人的重要原因。她反感"看不起我们女人"的深受传统礼教观念影响的男性，希望对方"能够把女人看得和男人一样的高贵"，期待着男性对女性的尊严与地位的认同。除了针对吴王的这段台词，在她入吴前与范蠡之间的对话中，也处处显示出她对女性被男性轻视的不满。当范蠡故弄玄虚，不肯说出复国大计时，她语带酸意、佯装愤怒：

> 西施：（默念）"要一个绝色的美女，用惊天动地的手腕去把吴
> 　　　王的心转移过来……"嗳！范大哥，把吴王的什么心转移
> 　　　过来呢？
>
> 范蠡：（急忙摇头）呵！这——这——我可不能告诉你。
>
> 西施：（佯怒）喔！不错！这种话是不能跟我们妇女说的。是
> 　　　不是？
>
> 范蠡：（犹豫）嗯！是的。不是的！
>
> 西施：哼！你们既然这样的看不起我们女人，为什么还要叫一个
> 　　　女人去做呢？你不会派一个男子去做吗？
>
> 范蠡：（连连作揖）西施妹妹请你不要生气。你知道我不是那一
> 　　　种看轻女子的人，所以才会在大王面前献这样的计。
>
> 西施：那么，你为什么不肯告诉我说呢？
>
> 范蠡：不是我不肯告诉你说，实在是因为这件事情的关系太重
> 　　　大啦！
>
> 西施：（学他的口气）"这一件事情的关系太重大啦！"喔，因为
> 　　　太重大啦所以我们女人是不配知道的啰？

在重大事情前，能否得到男性的认同、配不配获得知情权甚至参
与权，这是西施非常在意的问题。因此，深知她性格的范蠡也在她面
前自诩"不是那一种看轻女子的人"。然而，西施对女性被男性认同
的这种追求，是建立在服从男性意志的基础上的。也就是说，西施对

范蠡的无条件信任和顺从、对夫差"千依百顺"（夫差台词）的服侍，是她换取这种不被男子轻视的尊严感的前提条件。正因为她对范蠡言听计从，才会有资格撒娇提问；也正因为她对夫差献媚欢愉，才换回了夫差把她"看得和男人一样的高贵"的宠妃地位。然而她却仍仰慕于范蠡"到底是一个非常的英雄"，满足于夫差对她的百般宠爱，认为这就是值得她爱的男人。这种对伴侣的判断与选择，再次体现了西施爱情观念中的传统男权意识。

此外，陈大悲还通过西施与郑旦的对话表达了对造成人与人之间自相残杀的暴政和战争的憎恶。剧中借西施自述从小不忍看到生命间残忍的"相杀相害"，表现其对挽救越国数百万老百姓生命的责任感，将西施为国牺牲的意义解释为对百姓生命的爱护。在夫差亡国后，尽管如西施后来所说，自己根本不爱夫差，然而她仍托越国兵转告越王说：吴王杀不得。这是她不忍看到残酷杀生的性格特征的再次表现。此时，西施对越国百姓生命的尊重上升为不分国界的对所有生命的尊重，体现了一种众生平等、追求和平的思想意识。与立足于诸侯争霸复国雪耻的《浣纱记》、表现君民一致团结救亡的顾一樵的《西施》、将忠君从爱国中剥离出来的林文铮的《西施》和展现女性嫉妒心危害的舜卿的《西施》相比，陈大悲的《西施》在批判吴王无道、歌颂越王有为的基础上，展现了西施从服从范蠡计策被迫入吴，到进入吴宫后的爱国、爱民、甚至怜惜吴王生命这一境界的提升，西施形象由此流露出"兼爱"、"非攻"的思想意识①。这是陈大悲剧中的西施比其他剧中的西施在人道主义方面更为进步的地方。然而，陈大悲的剧作在对西施命运结局的处理上，却体现出比其他剧作落后的女性意识，体现出传统的男权主义色彩。

当西施在吴宫完成任务，全身而退之后，面对前来接她的范蠡，西施感到无地自容：

西施：范大哥（猛推范），啊呀范大哥，我已经不是你的人啦！

范蠡：西施妹妹，恭贺你的大功告成！（跪抱。）

西施：范大哥，你的大功告成，你的西施妹妹已经完啦！（像发疯狂似的跑下台去，范在后狂呼："西施妹妹！你到那里去等我一等？"）

---

① 这种思想还曾体现在该剧第一幕里几个议论战争的吴国卫士的台词中。卫士乙："……早知道这样的结果，我们干甚么要拼命地杀越国人呢？越国的兵卒还不是跟我们一样的人吗？我有一个表弟，他就是越国人！那天在夫椒，我们打了大胜仗，追杀越国败兵的时候，我就像发了疯似的，把一个越国兵一刀砍作两段，那上半截身子倒下去的时候，还张开嘴来，叫了我一声'表哥'！到如今我眼睛里还常常看见我表弟那……那张可怕的脸！（瞪目惊向殿后指去。）你们看！那不是我表弟来了吗？啊呀！"对这段台词的表演曾获得评论者的肯定："全剧之中，我却看中卫士乙的表情特佳，（恕我不提扮演者的姓氏，免得落了捧人之嫌！）原因是：动作、语言和时间都扣得准，而且没有落到演说者的姿势！尤其是说到'……把一个越兵一刀砍作两段，那上半截身子倒下去的时候，还张开嘴来叫了我一声"表哥"……'那一段，他从一人的说白，渐渐引人到紧张恐惧之境，不是二重人格的陶炼，一定演不到此！"（苏平：《西施观后感》，《黄钟》1935年第7卷第9期，第39页）

西施只能接受夫差对她和郑旦的"诚心诚意的体贴我们俩个人",却不能接受自己既曾委身于吴王、又回到范蠡身边。她感到作为吴王昔日宠妃的自己已经不是范蠡的人了,从今以后都失去了成为范蠡伴侣的资格。尽管她当初入吴是为了实现范蠡的"大功告成",然而现在她却只感到自责和羞愧。这种仅仅对女性贞洁的重视与要求,又一次体现了西施的男尊女卑思想和传统贞节观念。

关于西施的命运结局中体现的贞节观念,可将该剧与前面分析过的其他几部剧作一比较:

在顾一樵和林文铮的剧中,西施爱上了夫差,并以死追随夫差,最终实现了身体与心灵的统一。因此,对于顾剧与林剧中的西施而言,并不存在来自贞节的矛盾。

在舜卿的剧中,西施与范蠡是始终相爱的。虽然西施一度委身于夫差,但剧终时范蠡仍在守候她归来,并在施父表示"但恨小女现在已经不是完人"时表示:"小侄决不计较这些,老伯放心!"而西施自己也原本打算随范蠡一同归隐,只是最后为越后所害,未能终成眷属。舜剧虽然从一开始就强调了西施对范蠡的信赖与专情,然而在西施归越后,其侍奉吴王的经历并未被作为贞节问题而存在于范蠡与西施之间,这体现出了对传统的女性贞节观念的超越。

而陈大悲剧中的西施虽然也是始终爱着范蠡,却在失身之后自感无颜面对范蠡,主动放弃与范蠡再续前缘。这一方面体现出西施对身心统一的爱情完整性的珍视,突显了她为范蠡、为越国作出的重大牺牲和承受的巨大痛苦;另一方面也反映出传统狭隘的贞节观念对她的束缚和摧残。从陈大悲的创作目的来看,西施悲剧结局的设置固然是为了表现她的为国牺牲，赋予人物形象以悲壮的英雄色彩；然而从该剧反映的女性贞节观念的角度来看，陈大悲剧中的西施则表现出了封建落后的节烈观念。在这一点上，连明代梁辰鱼的《浣纱记》都比陈大悲的《西施》显得更为开明、进步。

第三节　与范蠡归隐的西施：独立人格觉醒后的大团圆结局

将陈大悲剧中超越国界的悲悯意识提升到更高水平的，是孙家琇（1915—2001）创作于 1943 年的四幕剧《复国》（又名《吴越春秋》）。该剧的总体情节与人物关系与《浣纱记》最为接近，是本书的考察对象中唯一一部给予西施随同范蠡泛舟归隐的美好结局的现代话剧作品。

孙家琇是研究欧美戏剧与莎士比亚的女学者，该剧是她从美国留学归来后，任同济大学英语教授期间，以《浣纱记》为蓝本改编创作的。剧本创作于 1941—1942 年间，1944 年由商务印书馆出版，并曾在成都公演。在该剧序言中，孙家琇写明了自己创作此剧的动机：

简单的原因就是忽然这故事同其中的人物抓住了我的想象，而且紧紧抓住，终于使我不得不借着他们表达出一些我对于祖国的热诚同对于世界和平的渴望。①

  关于孙家琇对祖国的热诚和对世界和平的渴望，可以从她创作该剧之前的一些经历中找到根据。据她的学生、袁昌英之女杨静文撰文回忆："1938 年，她（孙家琇）看到一位美国人偷拍的南京大屠杀纪录片，被激发起来的爱国心、民族恨，使她无法在国外呆下去了，迫切要求回国抗日。她途径欧洲与先赴柏林的巫宝三先生结婚，一同回国。在德国目睹了政治恐怖和种族压迫，更加深了他们对法西斯暴政的痛恨。"② 在这一时代背景下，孙家琇在《浣纱记》范蠡献西施、辅佐贤君越王灭吴的原有人物情节基础上，将范蠡塑造为一个倡导和平、反对霸权主义与强权政治的人物形象，并将范蠡决定归隐的根本原因由《浣纱记》中的看破功名、逃避勾践的"狡兔死、走狗烹，敌国破、谋臣亡"，改成了"我太爱好和平，我的良心不容许我帮助君王称霸，欺凌弱小"③。该剧对霸权主义、强权政治的批判，与陈大悲剧作中对战争导致生命之间自相残杀的批判一样，体现出现代话剧不同于古代戏剧《浣纱记》的超越国界的人道主义精神。与此相应的是，该剧中的主要人物西施也在精神境界上体现出超越《浣纱

---

  ① 孙家琇：《复国（又名吴越春秋）·序》，该序于 1943 年 9 月作于乐山武汉大学。收：孙家琇：《复国（又名吴越春秋）》，上海：商务印书馆，1946 年。

  ② 杨静远：《乐山最年轻的女教授——孙家琇》，收：骆郁廷主编：《乐山的回想：武汉大学西迁乐山七十周年纪念文集》，武汉：武汉大学出版社，2008 年，第 152 页。原载于《北京珞嘉》总第 3 期，题目为编者所拟。

  ③ 见该剧第四幕。孙家琇：《复国（又名吴越春秋）》，上海：商务印书馆，1946 年，第 159 页。

记》、甚至超越陈大悲《西施》的悲天悯人的崇高情怀。

在孙家琇的剧作中，西施的崇高精神境界并非像顾一樵剧中一样从一开始就已然具备，而是经历了一个慢慢生成、逐渐升华的过程。尽管作者是以《浣纱记》为基础，西施的主要人生阶段也与《浣纱记》中大致相同："与范蠡相爱——被范蠡献于吴——在吴宫以色侍君——吴灭后随范蠡泛舟归隐"；然而，与《浣纱记》中性格较为单一稳定的西施不同，孙家琇剧中的西施经历了由传统女性的依附型人格向现代女性的独立型人格的转变。

在第一幕中，关于西施的人物说明是这样的："她不但有形状的美，而且有由头至脚都焕发出一种内在的精神的美——一种健康，纯洁，温柔，娴静，同爱混合起来的美。……她平时的态度很安静，幽娴，并且也许因为遭遇的关系又略带点悲郁；不过她有时候又可以十分地顽皮，娇憨，十分地活泼兴奋。"尽管从人物说明中可以看到，剧作者对西施的美丽和性情是极尽赞美、毫无微词的，然而在西施接下来的人物动作和语言中，西施性格的局限性却逐渐显示出来。

当西施与女伴议论范蠡时，她表现出对权贵的仰慕与对自己贫贱身份的自卑：

西：（微笑）你们看我的运气好不好，我家那两间破房子居然租
　　给一个像范大夫那样尊贵的人。

……

西：……你们想范大夫的官多么高啊！钱财那么多，学问又那么

深，怎么会看上我？（微微叹气）我家的情形你们还不知道

吗？我是心高命薄的。

……

西：……他小的时候，好像就已经著名啦。可惜楚王没有给他官

　　做，他就往别国游历，后来还是咱们越王有眼力，请他做大

　　夫。你们想，他这么尊贵的人……

在西施与范蠡对话时，难以自禁地流露出对荣华富贵的向往：

西：（不懂其意）可是范大夫，你太客气啦。你把你自己说得那

　　么腌臜做甚么。从朝庭里出来的人怎么会腌臜呢？（神往

　　地）范大夫，朝庭一定是说不出的荣华美丽吧！咳，我就是

　　没有那种眼福。（低下头来，好像自觉失言）

同时，西施还表现出对自己身为女性的自卑：

西：（坐在范蠡的脚前，羡慕地）啊！你们这些大人们多么叫人

　　羡慕啊！虽然担许多惊骇，但是想想是为了我们这些百姓，

　　一定可以有不少安慰！（点头赞美）你们的功劳真大！咳，

　　可惜我们女人们一点用处都没有！

这些台词一方面表现出西施天真烂漫、单纯淳朴的村女形象特

征，另一方面也表现出她仰慕权贵、自恨贫贱的狭隘世俗意识，同时还流露出在男性面前自轻自贱的女性自卑心态。这种自卑造成了西施在追求爱情时的敏感与悲观，她自认为不配得到身份高贵的范蠡的爱。因此，当范蠡向她表白时，她虽然惊喜快乐，但首先担忧的就是自己的家境问题：

> 西：（一面听着，一面表现出惊、喜，怀疑同含羞的情绪）范大
>   夫，你……
> 范：我们会见的日子虽然很短，但是我想我可以得到答赋了吧。
> 西：（感谢地）可是范大夫，我的家境……
> （范由树上摘了一枝桃花给西施，西施快乐地嗅一嗅戴在头上）

西施的这种自卑心态，使她对范蠡的爱从一开始就是卑微的、怯懦的。当第三幕范蠡因国事离去久久未归之后，西施长久地陷入了被周围人讥笑的痛苦之中，而这种被讥笑的感觉，实质上仍旧来自于她的自卑与敏感。孙家琇在这一幕中设置了一群"除去为了吃、穿忧虑以外，绝想不到任何人的心里可以隐藏着不可言喻的痛苦，孤独"的头脑简单的村妇角色。由于范蠡一去未归，村妇们询问和劝说西施，要她忘掉范蠡另嫁他人，这使西施感到非常痛苦，她甚至为此感到愤怒：

> 西：（怒不可遏地）我傻不傻干她们什么事？放着正事不去做，

整天在议论我，我干她们甚么事？忘不了范大夫就忘不了，
出嫁不出嫁都是我自己的事！她们又不是我的娘，根本就管
不着我。（低而慢地）那一个真真有点好心肠？真为我打算
打算？为我想想？（又大声生气地）都是拿我当笑话，拿我
寻开心！（痛苦地按着胸部，站起身来走着）

……

西：（好像没有听见东施）一个一个假情假意地来安慰我，当时
我看不透吗？我心里愈难过，她们背后谈起来愈高兴。叫我
忘掉范大夫！他们把我当做甚么人哪？（苦笑）哈哈，像她
们那样地没有灵性——有一口饭吃，有个地方睡，就心满
意足！

　　西施鄙夷除了吃睡之外没有情感要求的粗陋村妇，作为一个怀春
少女，她相信爱情是使自己超越于其他女性的精神标志；尤其是与身
份地位、精神气质都出类拔萃的范蠡的爱情，更让这个年轻村女的虚
荣心得到了极大的满足。然而眼下，曾让她受宠若惊、引以为傲的恋
情却因为对方的一去不返杳无音讯而变得难以捉摸，甚至成为了周围
人们议论的话柄。这让西施陷入了深深的孤独之中，并因此而敏感地
怀疑村妇们的询问和劝说其实是怀着恶意的伪善。为了保护自己的内
心世界，她不得不避开询问，避开媒妁，独自苦守范蠡的归来。然而
对这孤独的苦守，她又不敢寄予太多期待，因为她又似乎预感到自己
最终等来的会是范蠡对她的遗忘和抛弃。

西：（苦笑）范大夫回来不回来有什么关系呢？他们做大官的，
　　国家的事情那么劳神，还有功夫想起苎萝村来？（略停）范
　　大夫就是有一天高兴又回来，我恐怕到那个时候我已经
　　死啦！

　　西施从内心深处感到自己并不配得到身份高贵的范蠡的爱情。尽
管她曾经接受过范蠡诚挚的表白，然而对自己贫贱出身的自卑和对女
性只能服从于男性意志的认同，使她没有信心相信范蠡还在想着她，
也使她没有信心面对来自周围人们的询问和安慰。她对一切向她提起
范蠡的人都心怀恐惧和敌意。这种对周围人们的敌意的一再加深，使
她进一步产生了彻底逃避整个生活环境的想法：

西：我真恨不得能离开这儿！我若是能跑到一个地方去，谁都不
　　认得我，让我一个人爱想什么就想什么；爱做什么，就做什
　　么，那有多么痛快啊！可是谁叫我不是一个男的呢？我还得
　　在这儿挨下去。我能走到那里去呢？（苦笑）哈哈，你相信
　　么，我有时候都想着若是离这里很远很远的村上有人要娶
　　我，无论他是老的，少的，瞎眼睛，秃头发的，我都宁愿嫁
　　他。（慢慢地带着无限的痛苦）只要我能离开这里。（又发
　　狂似地大声叫着）我愿意我能离开这里！（双手遮着脸，坐
　　在石头上。）
　　……

> 西：……我不怕孤单，可是孤单再加上受人讥笑，我还能在这里
> 活下去吗？

西施在自己被所爱的人抛弃的压力下，产生了对整个社会的恐惧感，她甚至愿意不惜一切代价地逃离这个使她感到巨大压力和难言屈辱的生活环境，从此过上自由自在、无拘无束的生活。然而在爱情的梦想破灭后，对于这个退而求其次的逃避生活的愿望，她仍然感到无从实现、无路可走，因为"我不是一个男的"。作为一个不具备独立人格的传统守旧的女性，她的精神被所爱的男人俘虏着，她的身体被世俗社会拘囿着；于是，她只能带着对范蠡的绝望的爱，在这个使她倍感讥讽与孤独的地方"挨下去"。

在这里，西施的内心冲突从根本上源于她对范蠡的卑微的爱。当这种爱能得到她所爱慕的男性的回应时，她是快乐和满足的；而当这种爱一旦被她爱慕的男性收回，就会使她的生活遭遇毁灭性的打击，使她彻底失去应对世俗压力的能力，失去做人的尊严与意义。这种卑微的爱的本质是以男性为中心的男尊女卑思想，这是西施遭受痛苦的根本原因，也是构成西施的第一次内心冲突矛盾的潜在动因。

在西施的痛苦绝望中，范蠡终于回来了。这时的西施"现在疑虑悲愁完全消失了，整个的灵魂都好像充满了快乐。她想跑去迎接，但又马上退回。她太紧张了，双手用力按着胸部，好像怕里面要爆裂的样子。"然而，在西施与范蠡互诉衷肠之后，西施又一次遭遇了意想不到的打击：范蠡劝她答应去吴宫施行美人计。在骇怕、哭泣、愤

怒、讽刺、哀求这一系列情绪变化之后，她仍想唤起范蠡的怜悯与
爱，以作最后的抵抗：

西：（哀求）我不能去，我不能去！范大夫救救我！

范：（低头）咳！我虽然不要你去，我的力量也不能办到了！

西：（没法地，另想主意）范大夫，你想想我虽然有点颜色，但
　　是出身卑微，见到生人都觉得害羞，怎么能到他乡异国？而
　　且宫廷的礼仪那么样考究，我更一毫不懂。（忽然觉得抓到
　　些理由，轻快地跳起来）啊，范大夫，侍候吴王那么尊贵的
　　人，一定得能歌能舞，我对于那些一点都不会呀！

范：容貌，体态是天赐，歌舞都是人教的。有了容貌还愁不会歌
　　舞，而且西施是绝顶聪敏的。

西：（略带羞怯地哀求着）范大夫，假如你……真的肯娶我，越
　　王不就不能把我送去了吗？

范：但是你愿意我那么苟且自私吗？越国一天不能翻身，我做臣
　　子的也一日不能安息；即或越国不需要什么美人，我也只能
　　像在吴国石室的时候远远地怀念着你。婚娶是太平时候的幸
　　福，现在离太平的日子还很远，很远。

西：那就是说，假如我不去吴国，我也不能……

范：我的良心不容。

西：那我就还得在苎萝村挨下去给她们议论，给她们讥笑；不，
　　三年，也许十年……二十年……（蒙住脸哭起来）呕！我

　　西施的命太苦啦！

　　西施用自己心里一直在意的出身卑微为理由进行阻挡，失败后又不顾少女的矜持，乞求范蠡娶她，以成就两人姻缘的办法来避开这场无妄之灾。然而范蠡终于决绝地表明了态度：为了越国的复兴，即使西施不去吴国，他也不会娶她。本以为守得范蠡归来就能云破天开的西施这时忽然发现：自己又将重新堕入往日的绝境之中，她与范蠡之间曾经订下的婚约终究无法实现，她只能在讥笑中孤独终老。于是，由她的心上人范蠡引发的第二次矛盾冲突使她陷入了更深的绝望之中。

　　根据剧中范蠡的人物说明："他的爱西施是一种渴慕的爱，也是一种坚强不自私的爱"；根据范蠡对西施所说的话，西施的被选入吴宫也不是因为他的举荐："你的美貌将要惊动朝庭；朝庭一定不会放松你的。不过我不愿意你是被逼而去，所以先跑来向你解释，解释。"因此，范蠡对西施求救甚至求婚的拒绝，的确是出于对国家负责的无奈之举。范蠡温柔地劝说西施：如果肯去，她的功绩就将得到万民赞颂；然而西施悲叹："一生的快乐都没有啦，要美名又有什么用呢？"范蠡又以天下百姓因战乱而遭受的痛苦和越王卧薪尝胆发奋救国的事迹激励西施，然而西施却回答：

　　西：我从来没有见过朝廷，从来没有想过什么王、国。
　　范：但是你如果看到妇孺老幼们白白死掉，如果看到越王刻苦的样子，你也许会想到啦！

西：也许我会。但是……这些全不是要紧的理由。这一切都不能打动我的心，所以朝廷虽然命令我去，我还可以寻死，自尽，我还可以摧毁我自己的容貌；或者我虽然现在逃不了朝庭的把守，但是到了吴国以后，我还可以毁灭我自己。（得意地狂笑一声，马上又诚恳起来注意范蠡）可是范大夫，这不是你所希望的，对不对？你希望我诚心乐意地去，到了吴国诚心乐意地为越王出力！

范：当然是的。

西：范大夫，我问你，我去了以后，你会不会忘记我？

范：（肯定地）不会。

西：我去了以后，你也许会更想念我？

范：是的，西施。

西：我到了那里以后，若是真能死心踏地地为越国出力，你也许会加倍地爱我？

范：（热情流露）是的，西施！

西：（悲哀已极）那么……我去吧！

范：啊！我早就觉得你必定肯为他人设想的。

西：不，我没有为别人设想！我骇怕人们的讥笑，我骇怕没有人可怜地寂寞！（缓慢地）吴国的人也许更可怕，更残忍，但是没有尝受过的痛苦总觉得会比尝受过的痛苦好得多。这里的一切我已经受够了；还在这里住下去，会比以前更苦，更难堪！我没有那个胆量啦！（注视范）为了你看重我，爱我，要我去死，我可以毫不犹疑，虽然去吴国比死更难。我也管不了许多了，我的命运摆弄我——去，不去，都是痛苦。只不过，去呢或许在内心上还有一点安慰。范大夫，我现在听从你的话，我不能让你看重的人使你失望。

范：（感动）西施，你的美貌已经不能使我忘怀，今天我更瞻仰到你的美德。

西施在迫不得已的情况下，终于答应进吴宫施行美人计；但她同时声明，自己这样做不是出于爱国、爱民，而只是出于对范蠡的绝望的爱。尽管意识到自己将要付出的代价，西施仍旧为了使范蠡不忘记自己，更想念、更爱自己而愿意去尝受进宫献身的痛苦。在此之前，西施曾经多次哀叹自己的命运，体现出一种悲观的宿命意识，而当剧情发展到这里，她表现出了对命运夺走她的爱情的一种反抗。当范蠡夸奖她肯为他人设想时，西施否定了这种说法，她表示她只是不愿再次陷入从前的深渊，选择去吴宫，只能算是能两害相权取其轻，因为此时的她对周围的人们仍然持着敌对和逃避的态度。

在别无选择的选择面前，西施虽然也表现了一些主动性，宁愿入吴宫也不愿继续留在村里；然而在这种主动性的背后，仍然是出于对男性意志的顺从。她的入吴，不是因为爱国、爱民，只是为了换取范蠡对她的关注和爱而卑微地屈从于范蠡的意志，其中蕴藏的是以男性为中心的男主女从的性别等级观念。

　　孙家琇剧中的西施在入宫前的两次内心冲突，其产生的根源是男尊女卑、男主女从的观念意识。这种以男性为中心的对女性自身的否定与牺牲，正是传统女性在传统伦理秩序下形成的依附型人格的体现。

　　西施在吴宫中的经历使他得到了精神的洗礼，她的独立型人格终于在第四幕开启时完全形成。第四幕关于西施的人物说明是：

　　……几年来缠绕她的忧愁，寂寞，失望，痛苦是退伏下去了。现在她好像达到了一种真正的恬静。她并不是放弃了希望，放弃了爱，她还是在期待着那最后的报酬。不过假如命运终于连那个希望都夺去，她也不会过于计较了！西施现在的美丽是一种观音式的美，她的面孔，举动已经变成了异常安静，慈祥，而又有尊严的。

　　西施进入吴宫后，在孤独与痛苦的洗礼下，在忠臣伍子胥牺牲精神的感召下，逐渐明白"国家是多么重要，个人是多么微小"。她感到自己为越国所做的事不再只是为了范蠡的托付，更是出于自己的责任。她不再逃避，学会了忍耐；不再敌视他人，达到了悲天悯人的慈悲境界。

　　曾在第三幕中对吴王故作娇媚、迷惑视听的西施，此时对吴王甚至也产生了由衷的怜恤。她不仅安慰战败的吴王："天有不测风云。这次越兵撤退以后，大王能决心治国，当然还不算晚。（相当诚恳地）人不怕有错，只怕知错不改！"而且在吴国被破后替吴王求情，劝越王"看他年老无用上面饶他一命"。

当吴国被灭，范蠡前来找她，希望与她再续旧好时，尽管这曾经是她唯一的愿望，然而她却不再像在该剧最初时那样受宠若惊。此时的西施已经超越了对被人讥笑的恐惧，也不再追求王宫贵胄荣华富贵，更重要的是，她在悲天悯人的情感的涤荡下，消除了自己在男性面前的自卑。她告诉范蠡，自己已经不是当年苎萝村的西施，不配与之再续旧好，尽管为此心里仍会感到痛苦，但她会想到天地间还有很多人都是痛苦的。这种悲悯的情怀疗救了她自己，同时也使她赢得了范蠡的爱与尊敬。范蠡不仅没有看不起西施，而且赞美她"更是一位高贵，澹泊，悲天悯人的女丈夫"，告诉她"我们是姻缘天成，不必游移啦！"剧终，为消除霸权、追求和平而辞官的范蠡与拥有了"观音式的美"的西施一同泛舟湖上，终成眷属，这一结局是对境界升华后的西施的褒奖。虽然《浣纱记》也以西施随范蠡归隐作为对这位女性的嘉奖，然而与其传统的夫唱妇随式的关系不同，在孙家琇的剧作中，西施不再依附于范蠡，实现了人格上的独立，并且得到了范蠡的尊重和赞美，两人在爱情婚姻中的地位是平等的。

孙家琇的剧作通过表现西施性格与观念的发展变化，展现了一位深受传统男权意识影响的村女成长为具有忍耐、悲悯、牺牲精神的成熟女性的过程。相比之下，《浣纱记》中西施的性格情感特征基本是前后一致的；舜卿的剧作主要体现的是外部力量对西施产生的影响，而西施本身的性格情感也没有表现出明显的前后差异。值得注意的是，顾一樵和林文铮的剧作均表现了西施由爱国转向爱情的情感变化；陈大悲和孙家琇的剧作则均表现了西施由爱情上升为爱国的情感变化。由爱国转向爱情，体现了民族救亡的时代背景下对人性情感的独特关注；而由爱情上升为爱国，则体现了民族救亡的时代背景下个人话语让位于国家集体话语的总体趋向。这两种主题模式在 20 世纪 30 年代的现代话剧创作乃至现代文学创作中均有存在而以后者更为常见。不过，陈大悲、特别是孙家琇的剧作中所体现的超越国家、民族，对人类、生命的悲悯意识，在当时强调国家民族意志的时代思潮中又显出其独特与难得。同时，陈大悲、孙家琇的剧作中对西施的个人爱情价值的降低也显示出现代话剧发展到这一时期所呈现的对于婚姻爱情处理的一种姿态，这种姿态在 20 世纪 40 年代以花木兰形象为题材的现代话剧作品中表现得更为明显，即：对个人婚恋价值的贬抑。

第三章 花木兰：强调平等，
疏离婚姻

　　花木兰故事的广为人知缘于中国南北朝时期的一首北魏民歌《木兰诗》。该诗在宋代被收入郭茂倩编的《乐府诗集》，与南朝民歌《孔雀东南飞》被合称为中国文学史上的"乐府双璧"。在关于花木兰故事的古代戏剧作品中，明代文学家徐渭的戏剧代表作、杂剧《四声猿》之《雌木兰》（又作《雌木兰替父从军》）是其中最著名的一部。

　　北魏民歌主要叙述了女扮男装的木兰替父从军、建功返家的过程，并未涉及婚姻。明清戏剧作品在此基础上，增加了有关花木兰婚恋的情节。例如明代徐渭在杂剧《雌木兰》中为花木兰安排了听从父母之命、嫁给校书郎王郎的婚姻归宿；清代永恩根据徐渭的《雌木兰》敷衍而成的传奇《猗园四种》之《双兔记》，添加了爱慕花木兰的敌方女子角色，从而使花木兰题材中的婚恋情节得到进一步丰富。

　　花木兰的婚姻归宿在现代话剧中获得了全新的演绎。现代话剧中的花木兰不仅追求男女平等，而且以国事为重，疏离于婚姻，从而体现出在男女共同肩负起卫国使命的战争背景下，现代剧作家对于女性解放问题的继续思考。

第一节 新式忠孝主题下的男女平等追求

一、花木兰剧作的创作概况

本书所讨论的根据花木兰形象改编创作的现代话剧作品，除了左干臣（1908—1966）于 1928 年创作（当时剧名为《女健者》[①]）、于 1935 年以单行本形式出版的四幕剧《木兰从军》外，另外三部均创作发表于 20 世纪 40 年代初期，它们分别是：易乔（生卒年不详）的三幕剧《巾帼英雄》（又名《木兰从军》，1940）、周贻白（1900—1977）的四幕剧《花木兰》（1941）和赵清阁（1914—1999）的五幕剧《花木兰从军》（1942）。

花木兰形象之所以在这一时期倍受现代剧作家的青睐，是因为在民族救亡的时代大背景下，花木兰形象的特征与以英雄形象为人物题材、以保家卫国为宣传主题的文艺创作思潮在这个特殊时期里发生了历史性的契合。20 世纪 40 年代，在中国现代话剧创作纷纷围绕着抗击外侮、拯救民族危亡这个时代大主题时，花木兰、梁红玉、秦良玉等奋勇杀敌的巾帼英雄当仁不让地成为了文艺创作的主要题材；而花

---

① 据作者 1928 年 6 月所作的题记，该剧最早连载于《现代妇女》。见：左干臣：《木兰从军》，上海：启智书局，1935 年。

木兰女扮男装从军杀敌的特殊情节又使这一形象与其他公开地以女性身份驰骋战场的巾帼英雄相比，具有了性别意味更为浓郁的传奇色彩。因此，花木兰形象在中国现代话剧发展到 20 世纪 40 年代初期时的集中亮相，是特殊的时代要求与其自身题材特征等因素共同作用的结果。

为了便于分析，现将四部剧作的剧情梗概介绍如下：

1. 左干臣的《木兰从军》：

第一幕：木兰扮成男装瞒过了花父，说服父母同意她女扮男装替父从军；

第二幕：十二年后，木兰的家人从木兰战友口中得知其征战期间立功、负伤和被番邦女子爱上的经历，随后木兰回家团聚；

第三幕：卖歌老者将木兰替父从军的故事编成词曲弹唱，与木兰在军营中相恋的陆军医听后洋洋得意，追随木兰而来的番邦女子得知真相后伤心欲绝；

第四幕：木兰决定拒绝请皇上赐婚的贺元帅，陆军医误以为木兰要嫁给贺元帅，对女性大加羞辱，木兰认清陆军医的真面目后与番邦女子一同出走。

2. 易乔的《巾帼英雄》：

第一幕：开战前，客店老板的女儿凤英爱上女扮男装前去投军的木兰；

第二幕：战争进入僵持阶段，校尉木兰安抚军心坚持抗战，与混入军营的奸细斗智斗勇；

第三幕第一景：反攻胜利后，与木兰意见不和的王校尉派来刺客，误杀了前来投军的凤英；

第三幕第二景：女兵胡儿杀了当奸细的父亲，而后受另一奸细引诱而疏于防守，导致木兰被王校尉派来的刺客刺伤；

第三幕第三景：木兰找王校尉对质后，表示愿为国难而不计前嫌、一致对外。

3．周贻白的《花木兰》：

第一幕：木兰扮成男装瞒过了被迫参军的吴成新，花父同意木兰替自己从军；

第二幕：木兰捉拿军中奸细，并被小酒店的村女爱上；

第三幕：木兰揭穿奸细张明面目，并在主帅战死后率军突围，转败为胜；

第四幕：木兰拒受勋赏，不肯被隋炀帝收为嫔妃，在战乱又起时重新奔赴战场。

4．赵清阁的《花木兰从军》：

第一幕：木兰在父亲的支持下说服母亲，并在书童花明的陪伴下替父从军；

第二幕：木兰因智勇双全受到皇帝与将帅的赏识；

第三幕：木兰与伍登联合作战，伍登无意中得知木兰身份，两人因歌声互知心意；

第四幕：仰慕木兰的范阿珍托人提亲，木兰借口推脱；收到伍登表达爱慕的来信和戒指，木兰为"使君有妇"而叹息；

第五幕：大胜番军后，伍登向木兰求爱，木兰极力克制；这时接到命令，伍登、木兰、花明被分别派往异地，三人被迫分离。

二、花木兰剧作主题的现代特征

尽管这四部剧作在具体情节的安排、次要人物的设置上各有特点，然而在主题上，四部剧作体现出了明显的一致性，即：对传统花木兰形象中的"忠孝"内涵进行了扬弃，并肯定了女性在保家卫国上与男性同等的责任与能力。

在中国古代封建宗法制度下，"忠孝两全"被视为伦理道德实践的理想境界，而花木兰则是文学艺术中诠释这一理想的女性代表人物。最早和最著名的关于花木兰的古代文学作品是产生于北魏时代、收于宋代郭茂倩所编《乐府诗集》里的《木兰诗》。《乐府诗集》中收入了《木兰诗二首》，前一首即为人们耳熟能详的以"唧唧复唧唧"开头的北魏民歌，诗中塑造了这位女扮男装代父从军的巾帼英雄形象；后一首的作者据传为唐代韦元甫，该诗同样将木兰故事叙述了一遍。与北魏民歌《木兰诗》不同的是，韦元甫的《木兰诗》以"世有臣子心，能如木兰节。忠孝两不渝，千古之名焉可灭"之句结束，成为明确以"忠孝两全"作为木兰替父从军故事的主旨的先例。尽管花木兰形象在后来的古代文学创作中还被陆续加上了"勇""烈"等道德内涵，然而"忠孝"始终是中国古代文学艺术诠释花木兰形象的根本所在[①]。中国古代关于"忠孝两全"的道德理想在花木兰这个具有传奇色彩的女性形象身上得到了想象性的实现。

---

① ［台湾］余君伟：《从乐府诗到迪斯尼动画——木兰故事中的叙事、情欲和国族想象》，原刊于《中外文学》2001 年第 8 期，收：李扬编：《作家文学与民间文学》，北京：中国海洋大学出版社，2004 年，第 362—364 页。

在中国现代话剧中，花木兰的"忠孝"也得到了充分体现，不过这里的"忠孝"与古代文学戏剧相比，在内涵上发生了明显的变化。

首先，"忠"不再是"忠君"，而是忠于国家、忠于民族，表现为个人对国家、民族利益的服从。

在《木兰诗》中，花木兰与天子之间的关系是君明臣贤的和谐关系：

> 归来见天子，天子坐明堂。策勋十二转，赏赐百千强。可汗问所欲，木兰不用尚书郎，愿驰千里足，送儿还故乡。①

木兰完成使命后，按照臣法归拜天子。对于建立了功勋的臣子，天子从名到利给予其褒奖，之后还询问木兰的想法。当木兰辞谢封赏，提出要还故乡时，天子也依照其意愿，使木兰最终得以与家人团聚。

在徐渭《雌木兰》中，征战有功的木兰也接到了赏赐功勋的圣旨：

> （丑扮内使捧旨上云）奉圣旨：卿讨贼功多，特封常山侯，给券世袭。花弧可授尚书郎。念其劳役多年，令驰驿还乡，休息三月，仍听取用，就给与冠带，一同辛平谢恩。豹子皮就决了！其余功次，候

---

① ［宋］郭茂倩：《乐府诗集》，北京：中华书局，1979 年，第 374 页。

查施行。（木换冠带介）（帅木谢恩介）（受诏书）（丑下）（木）花弧感蒙主帅的提拔，叨此荣恩。只因省亲心急，不得到行台亲谢，就此叩头，容他日效犬马之报。（帅）此是足下力量所致，于下官何预？匆忙中我也不得遣贺序别。（木）今日得君提挈起，（帅）下官也是因船顺水借帆风。（帅先别下）

皇帝不仅将花木兰授命为尚书郎，且主动放假三月，以便其还乡休息。花木兰在叩谢皇恩，领受官位后，对提拔有恩的主帅也是心怀感激。由此可见，关于花木兰的这两部重要作品与其他古代文学戏剧作品一样，是以君王作为国家的象征，将忠君与忠国作为同一概念。

在以花木兰为人物题材的现代话剧作品中，花木兰的"忠"字内涵集中表现为"忠于国家"，而"忠君"的因素则基本被剔除。一方面，花木兰自身的台词以及花木兰的父亲花弧的台词均表达了对于国家民族陷于危难的强烈担忧：除了花弧没有正式出现的易乔的剧作外，在其他三部剧作中，花弧均被塑造成因自己年老体迈、无法杀敌报国而憾恨的老军人形象；而另一方面，剧中不再强调要效忠于当朝统治者，有的剧作甚至责备当朝统治者的昏庸无能，将其作为与国家民族对立的批判对象。如在左干臣的剧作中，花母秦氏与花父花弧关于"昏君"的对话：

秦氏：……可恨的昏君，如果不是他自己不好，人家也不会兴兵来打他。

花弧：你越扯越远了。这怎样能怪可汗呢？即算就是可汗的罪过

> 　　吧，那现在也不是怪他的时候。当前的问题，是怎样退敌
> 　　的问题。
>
> 秦氏：为什么不能怪他呢？自己不好召了人家来打他，而他自己
> 　　又不愿意去打。这样的人，怎样不能怪他？
>
> 花弧：当然是可以归罪于他，但是现在却不是分裂的时候。要知
> 　　道等到我们分裂的问题解决清楚了，或许敌人已经杀到我
> 　　们的家里呢。

　　花弧的言论体现出将统治者与国家分而视之的态度，并且强调了全力解决外患、反对国内分裂的主次顺序。

　　更为直接地通过花木兰形象否定封建统治者的是周贻白的剧作。在该剧最后一幕中，隋炀帝被塑造为一个荒淫好色的昏君。在得知花木兰为女性之后，他威逼花木兰入宫作其嫔妃，遭到花木兰的誓死抵抗。这时忽传占城国作乱，隋炀帝只好派花木兰继续征战。花木兰借此提出要求：如果将占城国乱事讨平，就不再回朝复命。隋炀帝无奈答应。于是，花木兰率领部下在"前进！前进！"的歌曲声中斗志昂扬地奔赴前线。在这里，花木兰显然没有把隋炀帝看成是国家民族的精神象征，她并没有因为皇帝昏庸无道而放弃保家卫国。保家卫国既是花木兰的一种追求，也是一种可以凭借的能力，是她抵抗封建统治者压迫时用以维护自我意志的资本。对花木兰而言，为国纾难不等于效忠君主。于是，花木兰在君王面前不再如传统文学戏剧中一样，呈现为俯首听命的忠臣姿态，而是显示出一定的反叛性与独立性。

　　其次，在"孝"的方面，现代话剧中的花木兰不再对父母绝对

顺从；为了说服父母同意自己参军，花木兰在出征之前颇费周折。

在北魏民歌《木兰诗》中，花木兰只是叹息"阿爷无大儿，木兰无长兄"，在上市场购置了行头之后，就"旦辞爷娘去"了，诗中没有关于木兰父母加以阻拦的任何描写。徐渭的明杂剧《雌木兰》在花木兰购置完从军行头后，增加了表现木兰家人吃惊与不舍的一段戏：

（木）……所事儿都已停当，却请出老爷和奶奶来，才与他说话。（向内请父母弟妹介）（外扮爷，老扮娘，小生扮弟，贴扮妹同上，见旦惊介云）儿，今日呵！你怎的那等样打扮？一双脚又放大了，好怪也！好怪也！（木）娘，爷该从军，怎么不去？（娘）他老了，怎么去得？（木）妹子兄弟，也就去不得了。（娘）你疯了！他两个多大的人，去得？（木）这等样儿，都不去罢。（娘）正为此没个法儿，你的爷急得要上吊。（木）似孩儿这等样儿，去得去不得？（娘）儿，俺晓得你的本事，去倒去得。（哭介）只是俺老两口儿怎么舍得你去？又一桩，便去呵，你又是个女孩儿，千乡万里，同行搭伴，朝餐暮宿，你保得不露出那话儿么？这成什么勾当！（木）娘，你尽放心，还你一个闺女儿回来。（众哭介）（扮二军上云）这里可是花家么？（外）你问怎么？（军）俺们也是从征的。俺本官说这坊厢里，有个花弧，教俺们来催发他，一同去路。快着些！（木）哥儿们少坐，待俺略收拾些儿，就好同行。小鬟，你去带回马来！（木收拾器械介）（众看介云）好马好器械儿！你去一定成功，喝采回来。好歹信儿可要长梢一封，也免得俺老两口儿作念。偌咱要递你一杯酒儿，又忙劫劫的。才叫小鬟买得几个热饽饽，你拿着路上也好嚼一嚼。有些针儿线儿，也安在你搭连里了，也预备着，也好缝些破衣断甲。(二军叫云) 快着些！(众哭别先下) ⋯⋯

剧中花木兰的父亲花弧与其他众家人一样，没有提出反对意见，只是哀伤哭泣，与花木兰依依告别。而花木兰的母亲表示疑虑担忧的台词一方面证明了花木兰的"非去不可"：花父老了不能去，弟妹太小去不得，花父为此"急得要上吊"，同时，花母相信花木兰有本事，"去倒去得"；而另一方面，花母除了不舍，还对木兰女性身份暴露毁了名节十分担忧。对此木兰答应："你尽放心，还你一个闺女儿回来。"于是，这个令花母不愿让木兰参军的矛盾随即得到了解决。由此可见，《雌木兰》中的木兰对父母是十分顺从的，不仅挺身而出解了父亲的燃眉之急，而且还以保证自己的名节来劝慰母亲。

在现代话剧中，花木兰虽然也是因为不忍父亲年老卖命，为了保全家人安全而自愿替父出征；然而，花木兰在出征前却与花父之间产生了意见上的分歧。因此，花木兰不得不使用各种方法来证明自己，以使父亲改变想法，同意自己替父从军。

在左干臣的剧中，花木兰一开始便身着男装，以来客身份登场。她通过证明自己扮成男装后连父亲都认不出自己是女子，说服了花父同意自己出征。

在周贻白的剧中，花木兰在花父否定了自己的想法后，先假扮男装瞒过了同被征兵的吴成新，使花父相信了自己女扮男装的能力；接着又展示了娴熟的剑法；随后与花父进行格斗演习，并胜过了花父。

至此，花父终于答应她顶替自己的名字出征。

在赵清阁的剧中，花木兰本想向花父隐瞒征兵公文的事；在花父知情后，花木兰又提出要替父从军；面对花父的犹豫，花木兰说道："您忘了我十岁以前都是男装的吗？如今改扮起来，一定还很像，绝不会被人认出来的，况且，单凭我同花明的武艺，也谅来没有人敢欺侮我们。"剧中通过增加花木兰小时候就是男装打扮的情节，给花木兰劝说花父的台词内容增强了说服力。

同样的还有易乔的剧作。尽管花父并未在该剧中真正出现，但花木兰与凤英的对话仍旧表明花木兰从小就具有令父亲懊恼的像男孩子一般的性格特点："这位花小姐，自从学会了骑马射箭之后，一天到晚在田野里乱跑，并且还会使枪弄棒，简直不像个女孩子，她父亲非常懊恼，便把她关在后院里，限他①天天织布，不许她离开织布机。"

花木兰假扮男装试验成功、舞剑格斗胜过花父，以及从小就是男子打扮和男子性格等各种情节的增加，一方面暗示了花木兰从军后女扮男装而不暴露的原因，另一方面也是花木兰为说服持反对意见的花父而举出的理由。

《论语·为政》语云："孟懿子问孝。子曰：'无违。'樊迟御，子告之曰：'孟孙问孝于我，我对曰无违。'樊迟曰：'何谓也？'子曰：'生事之以礼，死葬之以礼，祭之以礼。'"孔子的本意是指好好侍奉父母意味着在各方面都注意不违背礼法。然而随着封建统治对"以孝治天下"的政治性功能的引申，在以儒家孝道观为基础建立的

---

① "他"应作"她"。

封建伦理秩序中，孝逐渐被演化为对父母意志的毫不违抗、绝对顺从，成为父权统治的道德根基。花木兰虽然没有像卓文君一样，以违抗父命的激烈形式反抗父权，然而其对父亲主张的规劝与矫正，在某种意义上体现了家庭内父女之间平等对话的可能性。花木兰毕竟是出于对父亲的关爱而主动替父亲承担起出征杀敌的任务的，这种女儿对父亲的关爱与平等相交融的情感，是现代话剧对"孝"的内涵的新的阐释。

更值得注意的是，花木兰替父出征的原因不仅仅是出自女儿对父亲的孝心，还出于她作为女子希望实现男女平等的自尊心，即：为了证明女性与男性一样具有保家卫国的能力。

在左干臣的剧作中，花木兰首先扮成男性来客，向父亲说道：

来客：我很希望女界里能出几个这一类的英雄，执干戈以卫国，把以前历史的记录打破，替女子争一线光荣。唉，并不是她们不能干，乃是她们不肯干呵！

在亮明自己身份后，花木兰又对父母说：

木兰：……爸爸！我真不懂为什么天下的事情都只有男子参与权利，女子不一样是人吗？唉！外国人打来了，国家的生命危殆了，男子固然因为受了国恩要去荷枪卫国，女子不也是同男子一样曾受国家的恩惠吗？然而，为祖国而战死的光荣；往往——简直可以说没有例外——被男子独占了，女子只容许在国破家亡后披麻，守节，投井，自杀和梦中相会的特权。呵！太侮辱女子了。

……

木兰：……我去不是单是救国，并且还要救自己。唉！我们也是人，同男子一样的是人，我们为什么甘心接受与男子不同的待遇？妈妈！我这去要为我们自己洗雪奇耻大辱，我要使一般人也知道女子的爱国，并不见得下于男人，也使他们知道，女子要求救国，并不下于男子。……

……

木兰：妈妈！这次我却去定了，这是为我自己，为爸爸，为我们的国家。……

……

木兰：这我当然明了，我虽死我也是愿意的，只要从一堆死尸里被人发现还有一个女尸睡在当中，同时因为这样引起历来轻视女子的男子们的惊诧，和女同胞继起的努力，那我就满足了，我虽死也是满足了。

在木兰征战十二年回家之后，木兰又对自己证明女性能力的意图做了再次申明：

木兰：……始终我是要换衣服的，在我个人方便上讲，当然我可以永远不再做女子了，但是，我要使一班人明了，女子不是无能力的。女子不是不爱国的，我要使他们知道，在疆场在①冲右突的勇将，正是他们心目中只够被玩弄的女子呢！

当得知自己的故事已被人变成词曲演唱时，她也表示：

木兰：我正求他们这样，不是我好名，实在于女界有些好处。

可以说，左干臣剧中的花木兰具有十分明确的不甘落于男子、力图树立女子尊严的意识。正如她所说，出征是"为我自己，为爸爸，为我们的国家"——除了为国纾难、替父解忧之外，为了证明女子不输给男子是她披甲出征的一个重要原因。其中"只要从一堆死尸里被人发现还有一个女尸睡在当中，同时因为这样引起历来轻视女子的男子们惊诧，和女胞的继起，那我就满足了"这段话，被作者作为题记放在该剧单行本的第一幕之前，更彰显了全剧主旨之所在。

在易乔的剧作中也是如此。花木兰将少女胡儿收到军营中让其参军，并自语道："为国抗敌，还分什么男女。为什么没有咱们女子的份？如今一定要有。"

与左干臣剧中的花木兰想"引起历来轻视女子的男子们的惊诧"不同，周贻白剧作中的花木兰换了一个角度，批评了女性自我轻视、只图打扮、安于倚赖男人的小姐观念：

---

① "在"应作"左"。

> 木兰：这是那些女子自己不肯去做，自以为是娇娇滴滴的小姐，
> 所以才没有女子从军，假使她不自以为是个女子，偏偏要
> 去干一干男人们的事，我看也不见得会差到哪儿去。（回
> 头望望贾氏）
>
> 花弧：这是历史上从没有过的事情，何必要你来发这种议论呢？
>
> 木兰：只要有人做得到，管他历史不历史。……我觉得一个女
> 子，不应当专门讲究打扮得好看，而去博得男人们的爱
> 慕。男人们能够做的事，也应该去做做，不然，说起来总
> 是妇人女子！妇人女子！好像做女人的生来只好倚赖男
> 人，这话我却有点不相信。

而在赵清阁的剧作中，不仅花木兰反问："男人可以从军，为什么女人就不可以呢？难道男女不是一样的'人'？"甚至连花父也在被花木兰说服后，帮助花木兰批评了阻拦女儿出征的花母：

> 花天禄：（向杨氏愤愤地道）你自己因为没有读过书，不懂得忠
> 孝二字的意义：兰儿她自幼就用功求学，颇有知识，因
> 此能够明白做人的道理，应当为国家尽忠，为父母尽
> 孝；而且她有一种不甘心女子落后的志气，这更是难得
> 极了！所以我们必须要成全她，嘉勉她，我家有这样不
> 平凡的女儿，实在是祖上的福荫呢！

可以说，现代话剧中花木兰的替父从军，首先体现了具有新内涵

的"忠"——忠于国家民族，而非忠于君主；其次体现了具有新内涵的"孝"——舍身保护老父安全，并能对反对自己的父亲动之以情、晓之以理；此外还体现了"不甘心女子落后"、对男女平等、实现女性社会价值的追求。这是根据花木兰形象改编创作的现代话剧作品在主题设置上体现的共同特征。

之所以在本节中以较大篇幅对这组剧作中花木兰形象的忠孝及女权思想特征进行分析与归纳，是因为这是讨论与花木兰婚恋问题相关的剧情的前提与基础。

现代话剧中花木兰身上的"忠孝"观念尽管被注入了体现时代特色的新内涵，然而这种"忠孝一体"的观念究其根本，与家国共同体的传统观念有着密不可分的深层联系。外族侵略、民族危难的社会主要矛盾迫切要求人们担负起拯救国家民族的职责，而家国共同体的传统观念正有助于唤醒和激发这种责任心。于是，"基于情感的孝与基于理性的忠"[1] 在花木兰身上得以继续统一，成为了呼应时代主题的一种具有代表性的姿态。而具有女权色彩的对男女平等、实现女性社会价值的追求，实际上同样从属于拯救国家民族这一大的时代主题。正如五四新文化运动时期的女性解放主题从一开始就是作为反封建启蒙运动中的一项子任务提出、其具体实践也附属于对个性解放思想的实际运用一样，20 世纪 40 年代对女性与男性具有同等社会价值的肯定也同样是出于国难当头、全民救亡的社会需求，而非真正出于

---

① 舒敏华：《"家国同构"观念的形成、实质及其影响》，《北华大学学报（社会科学版）》，2003 年第 2 期。

对女性自身权益的保护和对女性独立价值的体认。在这种大敌当前、一切服务于号召人们联合一致共同抗外的时代背景下，现代话剧中对女性婚姻选择的表现自然也随之受到了压抑，对个人婚姻自由幸福的追求此时不再成为现代剧作家们竭力表现的主题，而是作为次要的情节服务于对民族救亡的时代主题的呼应。

在关于花木兰的现代话剧作品中，尽管涉及婚姻爱情的部分与剧中宣传保家卫国乃至分析作战思想的部分相比，比重明显小于后者；然而其中仍然体现了具有时代特征的女性婚姻观念，而这对于本书的研究而言，具有不可忽略的价值。

第二节　以男女平等为前提的婚姻对象选择标准

在《木兰诗》中，关于花木兰的婚姻爱情并未作任何描写。诗末写木兰征战立功归家之后：

脱我战时袍，着我旧时裳。当窗理云鬓，对镜帖花黄。出门看火伴，火伴皆惊惶：同行十二年，不知木兰是女郎。①

木兰的女性身份在军中没有暴露，直到最后回到家中换回女装，战友们才惊奇地发现真相。全诗在木兰活泼俏皮的"安能辨我是雄雌"句中结束，没有涉及婚恋问题。

---

① ［宋］郭茂倩：《乐府诗集》，北京：中华书局，1979 年，第 374 页。

　　在明代徐渭的杂剧《雌木兰》中，增加了对木兰婚事的描述。在木兰回家之前：

　　（爷娘小鬟上）自从孩儿木兰去了，一向没个消息。喜得年时，王司训的儿子王郎，说木兰替爷行孝，定要定下他为妻。不想王郎又中上贤良、文学那两等科名，如今见以校书郎省亲在家。木兰又去了十来年，两下里都男长女大，得不是耍。却怎么得他回来，就完了这头亲。俺老两口儿就死也死得干净。①

　　花父花母对女儿婚事的重视，使完成了尽忠功业的花木兰紧接着又面临着婚嫁问题：只有顺利完成了婚事，才能使父母真正放心，"死也死得干净"，否则花木兰仍旧有违孝道。对于父母一心想撮合的校书郎王郎，花木兰顺从父母之命，与之结为连理：

　　（鬟报云）王姑夫来作贺！（娘）这个就是前日寄你书儿上说的这个女婿。正要请他过来，与你成亲。来得恰好！（生冠带扮王郎上相见介）（娘）王姑夫，且慢拜！我才子看了日子了。你两口儿似生铜铸赖象，也铁大了。今日就成了亲罢。快拜快拜！（木作羞背立介）（娘）女儿！十二年的长官，还害什么羞哩？（木回身拜介）
　　【四煞】甫能个小团圝，谁承望结契缘。乍相逢怎不教羞生汗。久知你文学朝中贵，自愧我干戈阵里还。配不过东床眷。谨追随神仙

───────────

　　①　［明］徐渭：《四声猿》，上海：上海古籍出版社，1984年，第55页。

价萧史，莫猜疑妹子像孙权。①

　　此时的花木兰已经完全恢复了女性在传统婚姻伦理秩序中的从属身份与姿态：一方面含羞带臊，表现出女性的娇羞；另一方面则流露出对男性的自卑感。她不仅不以自己的显赫战功自豪，反而出于重文轻武意识而感到羞愧；她愿意像弄玉追随萧史一样过上夫唱妇随、神仙眷侣的生活，同时又担心自己因久经沙场、失去了女性的妩媚而配不上对方，被对方"猜疑妹子像孙权"。该剧所增加的这段对花木兰婚姻归宿的交代，一方面通过门当户对、皆大欢喜的婚姻归宿褒奖这位巾帼英雄，给予其战功、婚姻双丰收的圆满结局；另一方面则体现出对男权文化的维护：花木兰女扮男装替父出征的行为固然打破了原有的社会性别秩序，然而这种打破并非可持续、可推进的。花木兰的解甲着裳、嫁为人妇，意味着这位传统性别秩序的挑战者最终仍旧回归男尊女卑、男主女从的原有伦理秩序。因此，古代戏剧对花木兰的婚姻归宿的表现，使这位在征战中毫不输于男性的传奇女英雄身上再度呈现传统保守的女性观念，从而实现了对男权统治的维护。

　　相比之下，现代话剧对花木兰的婚姻观念所作的诠释则体现了与古代戏剧作品相迥异的思想特征。

一、拒绝传统婚姻的束缚

　　首先，花木兰反对男性通过婚姻束缚自己。

---

① ［明］徐渭：《四声猿》，上海：上海古籍出版社，1984 年，第 56 页。

在左干臣的剧作中，因花木兰曾屡次营救贺元帅，贺元帅欲娶花木兰为妻。花木兰看不起其庸懦无能，拒绝了他的求婚。贺元帅于是奏请皇帝下旨赐婚，这让花木兰十分愤怒："哼！圣旨，它要真滥用权威来干涉我，那我也不认得它！……这卑鄙的东西，他倒要请圣旨来攫取我的自由哪！"这里明确地将"权威"与"自由"两词并置提出，彰显了花木兰对独立与自由的重视。

更坚决地抵抗男性施加的婚姻束缚的是周贻白剧作中的花木兰。当隋炀帝得知花木兰的女性身份后，意欲收其为嫔妃，花木兰严词拒绝。隋炀帝勃然大怒，威胁她只有两条路："一是入宫伴朕；一是死"；花木兰坚决地说："臣愿意死，请陛下将臣斩首罢！"

花木兰不畏强权，重视自由，宁死不肯戴上男性强加的婚姻枷锁，显示出其不仅在社会功勋的建立上不输男性，并且在面对婚姻选择时仍旧坚持自尊独立的人格特征。不仅如此，花木兰对贺元帅、隋炀帝的拒绝，还体现出其不慕富贵、淡泊名利的价值取向。

二、向往志同道合的配偶

其次，花木兰注重婚姻对象与自己的志同道合。

在对婚姻对象的选择中，花木兰之所以不仰观权势、不追逐富贵，是因为她以志同道合、相互尊重作为选择婚姻对象的标准。左干臣剧中的花木兰对追求她的贺元帅心存鄙薄：

> 木兰：饭桶！饭桶！如果不有我，他也许早就死了。他只挂个元
> 　　　帅的空名。……

……

木兰：（冷笑）算了吧！我要做官的话，岂止做倒①侯爷？他，
在这同行的十二年里，我无处不感觉得他的庸懦，无能，
我当初很奇怪像他这样的一个东西，那里有资格做到元
帅，更那里有资格去征番？

花木兰除了憎恶贺元帅滥用威权剥夺自己的自由之外，还鄙夷嘲
笑了他的庸懦无能、空有其名，因为花木兰心目中的志同道合者是不
借权势作威作福、拥有真才实干的人。

花木兰在征战中负伤，被为其疗伤的陆军医识破身份，此后两人
日渐生情。当被父母问及"他不见得比贺元帅好吧"，花木兰回答：

木兰：我自己没有法子可以分析，不过我爱了他，他也爱了我，
当我们爱着的时候，我并没有留意到他是一个穷塞的
医生！

由此可见，花木兰对贺元帅的鄙弃、对陆军医的选择不是依据对
方的出身地位，而是根据对方的性格品质。而后来花木兰对陆军医的
拒绝，仍旧是出于对陆军医人品的重新认识。在花木兰痛斥了贺元帅
借用皇权攫取自己的自由之后，随后赶到的陆军医误以为花木兰由于
仰慕权贵已决定嫁给贺元帅，于是极尽嘲讽：

---

① "倒"应作"到"。

陆：……回去容易找到的就是女人，小姐！嫁给侯爵到底不是一
　　班女子所敢希冀的呢！我将娶他十七八个女人，哈哈！娶他
　　十七八个女人！

……

陆：……我要用堆积如山的钱，去买无数无数女人的肉体。……

花木兰见状大感失望，她改变了与陆军医、番女一同离开以躲避
圣旨赐婚的计划：

木兰：（慷慨激昂）我可以说你了解我的程度还没有到。唉！刚
　　　才我不过试探你的呀！你以为木兰是那种人吗？你以为圣
　　　旨真的能干涉人的自由吗？你浮躁，你浅薄，因为这一句
　　　无踪无影的话，你就断然决然地弃掉你至爱的人，甚至连
　　　女子的人格都侮辱尽了。

……

木兰：……但是你，总以为圣旨是不能抵抗的。这一点又是你不
　　　了解我的地方。假如你是稍微聪明点的人，你只要一看到
　　　我的装束就可以知道我心里的计划。

花木兰看清了陆军医浮躁浅薄的品性，怒斥其对权威的顺从、对
爱情的不坚定，同时对其侮辱女性的男权思想十分愤慨。这反映出花
木兰心目中的志同道合者，还必须是敢于蔑视威权的、尊重女性人格
的人。于是，对于陆军医这个原形毕露的昔日恋人，花木兰毫不留恋

地与之绝交，甚至进而否定了婚姻的必要性：

> 木兰：……好在并不如妈妈所说女人定要有一个丈夫。
>
> ……
>
> 木兰：我们不须要丈夫，如果是有了丈夫而只仅仅能在我们头顶上加一道枷锁，或者仅是多添一个比较亲近的虚假的朋友，那我们又何必定要有丈夫呢？

　　花木兰在此体现的对伴侣志同道合的重视和对婚姻宁缺毋滥的态度，彻底打破了传统婚姻制度中男尊女卑、男主女从的性别秩序，体现出个人自由意志的张扬和女性自我意识的觉醒。其对婚姻必要性的否定，更是具有鲜明的现代女性意识，这种思想意识的高度是古代文学戏剧中的花木兰形象所难以企及的。

　　在左干臣创作于1928年的剧作中，尽管花木兰表现出追求独立自主、志同道合的现代女性的婚姻观，却未能遇到能与之相偕的婚姻伴侣。而到了20世纪40年代，出于宣传抗战的需要，戏剧中的矛盾冲突多集中于表现反内奸的重要性，易乔与周贻白的剧作的重点均围绕着花木兰与军内奸细之间的斗智斗勇，因而也未给花木兰设置一个可以与其谈婚论嫁的男性角色。只有在赵清阁这位塑造花木兰形象的唯一的女性剧作家的笔下，花木兰才遇到了一个志同道合的异性：与她共同作战、日久生情的将军伍登。

　　在赵清阁的五幕剧《花木兰从军》中，关于伍登的人物说明是：

　　伍登——廿多岁。少年英俊，眉清目秀。因为漂亮，温柔所以有五娘子之绰号。为人忠勇好强，战技战策均称卓越。原任紫荆关总兵，现充北征军先锋大将。

　　从对伍登形象特征的描述来看，无论是外在面貌的年少英俊，人格品质的忠勇好强，还是内在能力的英勇善战，伍登对于同样驰骋沙场的花木兰而言，均是理想的配偶人选。与此同时，赵清阁有意强调了伍登所具有的"女性气质"："因为漂亮，温柔所以有五娘子之绰号"。

　　一般而言，在塑造一位英姿飒爽的年轻将军时，作家会强调其阳刚的一面；而赵清阁在塑造伍登时，不仅没有突出阳刚，反而给其增加了一些阴柔的女性特征，这一点很耐人寻味。笔者认为，剧中有意强调伍登具有阴柔气质是为了降低传统男权文化所赋予他的高于女性的男权地位。宋儒以阴阳学说建构男尊女卑的性别秩序，对中国传统伦理秩序产生了深远影响。在这种诠释中，阳尊阴卑对应着男尊女卑，阳刚阴柔之说论证着男强女弱的合理性[①]。因此，强调伍登具有女性阴柔的气质，不仅展现了他的相貌俊美、性格温柔，而且将他居于强势性别地位的男性气息给予减弱。与此相对应的是，剧中对花木兰的人物说明则突出了她的阳刚气息："身体健美，落落大方，颇具男子风度"（第一幕）；"俨然一少年英雄，毫无女子气习"（第二

———————————

　　① 铁爱花：《阴阳学说与宋代性别秩序的建构——以尊卑、内外之道为中心》，《历史教学》，2012年第2期。

幕）。尽管伍登与花木兰的性别特征并非彻底颠倒，伍登自有坚毅勇猛的一面，花木兰也有女儿娇羞的一面；然而剧中对人物性别气质的这种有意对调，仍透露出剧作者对传统性别伦理秩序的一种调整，显示出赵清阁希望以调和性别气质的方式缩小两性之间的地位差距，从而实现男女双方精神平等的理想：只有当一个男子能够彻底摈弃男权文化赋予他的性别特权而与女性处于相对平等的地位时，他才能与不甘被男性践踏、不甘输于男性的花木兰实现真正的志同道合。

此外，剧作家们在剧中设置的一些女性配角，在婚姻对象选择标准上也与主角花木兰保持着一致。

在左干臣的剧作中，原是汉人而被突厥王收养的番女因仰慕花木兰的英雄气质，叛变了番邦，不远千里追随而来。得知花木兰原来是女子后，她万念俱灭。当听到花木兰说"起初我很想为你找一个好的伴侣"时，痴情的番女回答道："算了罢，单纯地交一个肉体把人家，那有什么意义？"她祝福了花木兰，绝望地准备离开。最终，花木兰挽留住番女，决定两人永远相守。番女在真爱无望的情况下，仍旧拒绝没有情感基础、仅仅靠肉体捆绑在一起的婚姻，表现出她对婚姻对象之间精神相通的重视。而花木兰与番女最终抛弃男性、共同相守的结局，也显示出两人对伴侣之间志同道合的精神追求使她们超越了对身体与性别的关注。

易乔剧作中客店老板的女儿凤英和周贻白剧作中酒店村姬的女儿村女，均由于花木兰报国杀敌的正气和对她们礼貌庄重的态度而对花木兰心生爱慕。两部剧作中都设置了几个举止轻浮的喝酒士兵，在他们的对照下，花木兰不仅英勇爱国、一身正气，而且谈吐得当、尊重女性，这是凤英和村女在不知花木兰身份的情况下被其打动芳心的主要原因。两位少女后来均在花木兰的感召下，追随其后，奔赴保家卫国的战争前线，这进一步彰显了她们心目中的英雄观与爱情观。

赵清阁在剧中设置了一个误以为花木兰是男性而大胆提出以身相许追随左右的女性角色。这个名叫范阿珍的女子，"性情温和沉静，贤漱①端庄。平日念经信佛，立志出家，不愿谈起婚姻之事。虽然她哥哥坚绝②反对，可是再三地劝告，也不能说动她。"当她哥哥因要出远门、不放心她一个人在家而再次劝她嫁人时，她提出：非花将军不嫁。原因是"一向敬佩将军的为人。尤其是爱慕将军的英勇！"对花木兰的人格品质的爱慕，使一位不愿婚嫁立志出家的女子改变了对婚姻的态度，这一方面表现了这位女性坚持自我、不人云亦云的自主意志，另一方面也显示出其对婚姻伴侣的精神品质的要求。

现代剧作家们创造的这些与花木兰有关的女性形象，从不同侧面反映了花木兰所主张的对婚姻伴侣的选择依据：她们重视志同道合而不愿被迫受缚、希望对方在具有杀敌报国的英雄气概的同时又能尊重女性。这种注重人格品质与精神相通的选择标准，体现出女性对婚姻选择的自主意识。与明杂剧《雌木兰》中遵从父母之命仓促完婚、

---

① "漱"应当作"淑"。
② "绝"应当作"决"。

在校书郎面前保守自卑的花木兰相比,包括花木兰在内的剧中女性形象对婚姻爱情的自主选择与主动追求体现了现代话剧在表现女性主体精神上的进步与超越。

第三节 隐藏在潜意识里的若干缺憾

一、花木兰观念中的男权意识

尽管现代话剧中的花木兰对女性社会价值的追求显示了对实现男女平等的强烈期待,然而花木兰的台词里却偶尔会流露出受到传统伦理观念影响的潜意识。

例如在赵清阁的剧中,花木兰对女子贞节名誉的重视,体现了对传统性别伦理的维护。当花明向花木兰说起"其实伍先锋人才挺好"时:

> 花木兰:(正色道)不要乱讲!记好在行军中,一定得牢牢地保守秘密,直到凯旋以后,落个清白的身子,美好的名誉,才不负老爷与夫人的期望。

花木兰注重维护自己"清白的身子,美好的名誉",并将此视为孝道,体现出传统女性的价值观念。这种传统伦理观念的无意识流露,更多地出现在花木兰对待追求她的女性的态度中。这一点在左干臣与赵清阁的剧作中表现最为典型。

在左干臣的剧作中，花木兰对于番女婚姻归宿的处置态度，一度表现出她在决定这位女子终身大事上的专制和随意。第三幕借卖唱老者的歌词叙述了番女与花木兰发生在战场上的故事："番女撤骑走，木兰纵马追，情痴番女子，求爱语连连。'如蒙君不弃，愿将番贼献。'""木兰惊且喜，含笑答无迟。自念果如此，岂不速班师？"番女因爱花木兰而愿归顺。尽管明知对方心意，然而出于早日结束战斗的目的，花木兰当即答应了番女的求爱。如果说花木兰当初有意欺骗番女的感情是为了国家，那么她后来对番女婚姻归宿的处置则显示出她对番女内心情感的忽视与冷漠。她先是准备将其许配给自己的弟弟："雄弟已经娶了吗？我还打算送他一个老婆呢！哈哈！"而后在批判贺元帅时，她又表露出了另一个想法：

> 木兰：不久就会知道的。……我已经这样地想过呢！番邦公主倒
> 　　　可以将就地配给他，并且我还可以为他们作伐。呵！谁知
> 　　　这卑鄙的东西，他倒要请圣旨来攫取我的自由哪！
> 花弧：对呀！把番邦公主配给他倒好极了，并且还可以了结这一
> 　　　段公案呢！
> 木兰：可是我现在却不愿意这样着想了。宁可为她找一个诚恳的
> 　　　穷人。

在花木兰的表述中，番女似乎是一个急于扔出的烫手山芋，又似乎是一面可以随意安插的旗子。虽然自身就是女性，花木兰对番女终身大事的处置态度却显示出浓厚的男权支配意识，漠视了另一位女性

的独立人格。花木兰自己反对被皇帝指婚，也厌恶庸懦无能的贺元帅，却为解决自己的"一段公案"而准备将番女许配给自己的弟弟，或是贺元帅，或是某个"诚恳的穷人"。

她感叹女性对于婚姻对象的选择权利被剥夺："可怜的女人，就连这一点自由都没有！"然而，她对同样是女性的番女的婚姻选择却持着专制的态度，实践着被自己所批判的传统伦理观念。尽管番女的心声使她后来认识到了自己的错误，但这种矛盾的思想观念存在于主张女性解放的花木兰身上，不免令人从这个剧作者有意塑造的理想女性形象中解读出一点讽刺的意味。

在赵清阁的剧中，民女范阿珍意欲嫁给花木兰，花木兰借口家中已经娶妻，并以"忠孝仁义"为理由拒绝了范阿珍请来的媒人。范阿珍表示："可是没有关系，我情愿与他作妾，因为他是一个义士，一个英雄，我佩服他。"对于范阿珍的痴情，花木兰没有坚决拒绝以断其念想，而是许诺"等战事平息以后回到家乡才能成亲"。花木兰之所以这样做，完全是出于军事斗争的需要。

> 花　明：可是，什么事都可以顺从他们，这娶亲的事怎好随便答
> 　　　　应呢？难道您忘了您自己也是女人吗？
> 花木兰：有什么办法？不答应，她就寻死，果然如此，必定会激
> 　　　　起众愤，激起众愤，五狼镇就休想再镇守下去，五狼镇
> 　　　　是番寇的喉舌，也是我们这次胜负的重要关键，五狼镇
> 　　　　若失，则我们必将全军败北，元帅命我来镇守五狼镇，
> 　　　　也便是这个意思，所以，为了国家任务，我只有迁就他

们，委屈自己，好在范小姐是个知书明理的女子，也不
会太难为我的。

花　明：（恍然）照这样说，元帅知道，也是赞成的了？

花木兰：一定赞成。

花　明：嗨，这我才明白过来啦，怪不得人家都说您"智勇双
全"呢，肚子里真有计谋。（说罢憨憨地笑了。）

花木兰为了完成国家任务，假意答应成亲以安抚范阿珍，这与左
干臣剧作中的花木兰在战场上答应番女求爱的目的是一致的。然而两
者在接下来与对方的相处中，却表现出不同的态度。

在左干臣的剧作中，花木兰向番女道歉并吐露衷肠时说："我早
知道有今天，所以在军中的时候，我才不敢过于和你接近，谁知道痴
情的你，竟把一切轻轻地交给我了，以致闹成这一个岔儿。"花木兰
自知利用了番女的感情，因此在军中有意避免与其过于接近，以免进
一步伤害对方。

而在赵清阁的剧作中，花木兰却故意以亲昵的举止继续欺骗着范
阿珍的感情。花木兰向花明评价范阿珍"是个知书明理的女子，也不
会太难为我的"，其实这里的"知书明理"，指的是其所受的传统伦
理纲常教育；使花木兰能够放心范阿珍不会为难自己的原因，是其作
为传统女性所具有的男主女卑的性别意识与温柔顺从的性格特点。这
一点在花木兰与范阿珍见面时的动作说明中体现了出来：

范阿珍：（坐于圆桌右首。这时和花木兰的眼光相遇，害羞地又

连忙垂首。）

花木兰：（注视她，暗地点头赞赏。）

当范阿珍恳挚地表示自己因为钦佩花将军而情愿前来作婢作妾时，花木兰"忙轻轻拍拍她"，安慰她尽管放心，随后"又悄然抚着她的手"；范阿珍"感激而又羞臊"地表示要花将军以国事为重，"无须以阿珍为念"，对此，花木兰"欣悦地"说："小姐果然聪明贤慧，花某得小姐为内助，真是三生有幸！今后彼此可以兄妹相看，互相安慰，互相勉励！"花木兰并不打算真娶范阿珍为妻，却一再许诺，举止亲昵，使对方心存幻想，这反映出她对同样作为女性的范阿珍情感的戏弄与尊严的漠视。

此外，与左干臣剧作中花木兰向番女道歉并愿与之永远相守、共同出走的结局相反，赵清阁剧作中的花木兰并没有对范阿珍今后的归宿负责，只是交代她仍旧留在军中，等待自己凯旋回来。于是，在第四幕结束时，承诺了"阿珍敬候将军早早得胜回来"之后，范阿珍在剧中的台词就全部结束了。随着"花木兰与范阿珍携手下，情极亲密，花明睹状窥笑作舌"这一舞台动作的完成，幕下。由花木兰的假意、范阿珍的懵懂与花明的窥笑所构成的这一情境，具有明显的男性视角。在这一视角中，女性被动地处于被支配、被赏玩、被窥视的地位。在传统女性范阿珍面前，易装为男性的花木兰实际上从外在到思想均处于男性中心地位。尽管花木兰不可能真正娶范阿珍为妻，然而她对范阿珍的姿态却体现出男权文化中男性对女性的统治特点：利用传统女性的顺从柔弱，以忠孝仁义为理由，以牺牲女性的命运归宿为代价，将女性作为国家利益与个人功业的祭品。这种无视女性的人格尊严，利用甚至玩弄女性情感的行为，使赵清阁剧作中的花木兰形象在这里明显地体现出以男性为中心的观念意识；而在这场不可能实现的虚假婚约中，范阿珍在听说花木兰已有原配夫人的情况下仍坚持要给其作妾的婚姻选择，也从另一方面肯定和维护了男尊女卑、男主女从的性别秩序。

因此，左干臣剧作中花木兰与番女的关系、赵清阁剧中花木兰与范阿珍的关系从不同角度体现了现代话剧中花木兰观念意识中的男权思想。出于夺取军事战争胜利的目的，两部剧作中的花木兰均欺瞒和允诺了爱慕自己的女性；之后，或是不顾对方情感，随意处置其婚姻归宿；或是玩弄对方情感，使其越陷越深、无法自拔。尽管剧作者在主观上力图将花木兰塑造为不甘输于男性、争取提高女性地位的巾帼英雄形象，然而从对待女性追求者的态度来看，此时此处的花木兰已不再具有追求男女平等的精神特质了。

二、花木兰对婚姻归宿的疏离

现代剧作家们笔下的花木兰形象并没有获得理想的婚姻归宿。

在左干臣剧作的剧终，为了逃避由贺元帅带来的圣旨赐婚，花木兰决定出走。她原本想与"你爱我，（指女）她也爱我，我爱你，同时又爱她"的陆军医、番女，"三个连着手儿离开这地方，去度我们神仙似的生活"，可是在临行前却意外地发现了陆军医人格的低劣。于是她决定只与志同道合的番女一同离开，并对自己将来的归宿作了这样的描述：

木兰：爸爸！妈妈！这一回就不像上回一样有目的的了，飘到那里，就在那里营居，死在那里，就在那里营葬。我们要脱离这虚假卑污的世界，……

花木兰两次离家，第一次从军出征是为父解忧，保家卫国，同时也想证明自己作为女性而能力不输于男子；而最终的出走却是为"脱离这虚假卑污的世界"，并且悲愤地说出了"我们不须要丈夫"的宣言。花木兰前一次是"赴"，后一次是"飘"，前后状态的反差，展现出她在"为了自己"而奋斗的道路上遭遇理想破灭的困境。对男性以及婚姻的绝望，意味着剧中花木兰的婚姻归宿最终成了悲剧。

在其余三部剧作中，花木兰在剧终再次奔向战场，她的婚姻问题最终被搁置了。在易乔与周贻白的剧作中，花木兰对婚姻的搁置是在国家民族危难之际放弃个人情爱的主动选择，而在赵清阁的剧作中，花木兰遭遇的则是对爱情与婚姻的无奈放弃。

值得注意的是，在四部剧作中不仅花木兰的婚姻归宿均未能实现圆满结局，与花木兰相关的女性角色的婚姻归宿也同样以缺憾收场：

左干臣剧作中的番女在爱情梦想破灭之后，与花木兰一道出走；

赵清阁剧作中的范阿珍被花木兰留在后方，继续念经守候；

易乔剧作中的酒店老板女儿凤英不仅爱慕花木兰，而且在其精神感召下千里投军，准备女扮男装从军杀敌，然而就在她即将成为花木兰的部下时，却被前来刺杀花木兰的刺客误杀了；

　　周贻白剧作中的村女，怀着对花木兰的爱慕送来劳军用品，可她的爱情却被花木兰有意无意地曲解了。在该剧第三幕中，当突围的决战开始，村女也跟随花木兰加入了战斗：

　　（右方一阵脚步声，兵士数名一齐跑出，李胜率以前送慰劳品的乡民各持锄锹木棍上，村女匆匆随上。）

　　木　兰：（向村女）你也跑来干什么？

　　村　女：他们都说我是女孩子，胆子小，我偏不服这口气，所以
　　　　　　　来了。

　　木　兰：我们去打仗，你也能去吗？

　　村　女：只要是和你在一道，我死也情愿的。

　　木　兰：（激昂地）好！有志气。

　　（木兰等各自擎起兵器，鼓声如雷地响着。）

　　木　兰：（攘臂大呼）不愿意做俘虏的人们，跟着我向前头去
　　　　　　　杀罢！

　　大　众：（同声）杀！

　　（众人作势向左方冲下。）

　　——幕下——

　　村女从军打仗的动力与其说是出于女子的不甘落后，不如说是来自对花木兰的一往情深。然而少女的这份真挚情意却在杀敌御侮的背景下，被花木兰误读成了女子自强、为国捐躯的志气。在说完这最后一句情深意切的台词之后，村女便与花木兰率领的大众一道，汇入了

全民奋进、同仇敌忾的洪流，从剧中消失了。

关于花木兰的现代话剧作品尽管体现了女性对男女平等的追求，描绘了女性心目中理想的婚姻对象，然而却未能建立起理想完美的婚姻。花木兰意识中的传统性别伦理观念的残留和包括花木兰在内的剧中女性婚姻归宿的缺憾，都显示出这些现代话剧作品中关于女性理想婚姻归宿的想象缺失。

究其原因，首先是由于男女平等主题在特定历史背景下的特定阐释。现代剧作家们选择花木兰题材进行话剧创作，其目的在于强调女性社会责任，通过塑造保家卫国的巾帼英雄形象，振奋民族精神，宣传全民抗战。因此，即使剧中的花木兰反复表达实现男女平等的诉求，也只是从社会功能的角度，强调了女性保卫国家、抗击外来侵略的责任，而并非出于对女性自身权益的保障。也就是说，借花木兰形象彰显的是女性在社会责任上与男性的平等，而非在社会地位上的平等，更非在婚姻家庭内部地位上的平等。因此花木兰能否找到志同道合的婚姻伴侣，其婚姻归宿能否圆满，并非现代剧作家们关注的焦点所在。

造成剧中女性理想婚姻归宿缺失的另一个重要因素，是贬抑婚恋价值的时代思潮。在 20 世纪三四十年代，国家民族处于生死存亡之际，同仇敌忾、抗击外侮是社会生活的重大主题，个人的爱情婚姻在全民族争生存的大是大非面前显得微不足道。因此，花木兰女扮男装从军的情节虽然可以产生具有浓郁性别色彩的戏剧效果，然而这一题材所蕴含的情欲因素被有意无意地淡化了，爱情婚姻不是这一时期现代话剧所要表现的重点，宣传"女子不让男儿"的爱国精神才是剧作家们创作目的之所在。

　　这种对爱情婚姻价值的贬抑乃至否定，在剧情与台词中也有直接体现。易乔的剧作塑造了一个名叫胡儿的女兵形象，她将个人情爱置于军事任务之上，打情骂俏，疏于防范。

　　（胡儿暗笑。）

　　杨：（对胡儿。）你笑什么？

　　胡儿：我笑你们真傻。

　　杨：傻？

　　胡儿：刚才不是为我争闹的么？

　　杨：为你。你该怎么样？

　　胡儿：我已经有了心爱的了。

　　杨：是谁？

　　胡儿：不说。

　　杨：一定是我，是不是？

　　（胡儿摇头。）

　　奸细利用了胡儿的天真单纯，使胡儿在看守花木兰的营帐时疏于职守；在行将露出马脚时，奸细又假意与杨姓士兵争风吃醋。胡儿在被众男性追求的虚荣心中继续放松了警惕，最终导致花木兰被潜入的刺客刺伤。同是军营中的女性，胡儿耽于个人感情而花木兰毫不涉足婚恋，两者形成了鲜明的对比。胡儿闯祸的后果表达了"国难当头、多情误事"的观念，反衬出花木兰不考虑个人婚恋情感的正确性。

在周贻白的剧作中，花木兰更是在村女的询问下，明确地否定了战争期间个人婚姻的价值：

村女：（若有所悟）照这样说，您是不是已经有了妻子？

木兰：（摇头）没有，而且永远也不会有。

村女：（诧异）你们当军人的都是这样的吗？

木兰：是的，当军人的，最好是没有妻子，因为有了妻子，就不好出来打仗，纵然能够出来，打起仗来也不会卖力。

……

木兰：要把敌人完全打退了，使国家归于安定，然后才可以谈到自己的家。

尽管木兰是出于女性身份而否定了自己娶妻的可能性，并且有意造成村女的误解；然而她关于个人家庭应让位于国家大局的陈述实际上传达了剧作者的价值观念。

此外，剧中主人公的婚姻归宿，也与剧作家自身具有的传统伦理观念及情感经历存在着内在关联。在这四部剧作里，赵清阁剧作中的花木兰最为接近婚姻：伍登是她理想中的丈夫，英武有为而尊重女性，两人在朝夕相处中情投意合，然而这一对眷侣最终未能实现婚姻的圆满。

剧中关于花木兰爱情婚姻的戏剧冲突主要围绕花木兰与范阿珍、花木兰与伍登两条线索展开。第四幕中，范阿珍托老者黄成来提亲，花木兰不便说出真相，只得推说家中已经娶妻。黄成提出："……这都不成什么问题；范阿珍既然爱慕将军，她必不去计较名分上的区别。尽管将军家中有原配夫人，还是可以把阿珍娶作侧室，以便就近侍候将军。……"对此，花木兰的回应是：

> 花木兰：（有些着急了。）老先生不必这样，自古忠臣豪杰，应
> 该以国事为上，个人私事实在无足轻重。而且婚姻必须
> 家长同意，独断独行，未免不孝。再说，发妻为花某苦
> 守寒舍多年，侍奉父母不辞艰辛，有良心者，也不忍出
> 此不义之举？所以，千万请老先生体恤花某这种种的苦
> 衷，并代花某向范小姐表示歉意！既爱花某，当不愿花
> 某为不忠、不孝、不仁、不义之人罢！

对于花木兰这段台词，可以理解为她有意以传统伦理观念中的"忠孝仁义"为借口推辞婚事。不过，将这段话理解为花木兰对于"已婚之人不该再娶"的内心认识，则更接近人物心理与性格，也更接近剧作者的观念。"已婚之人不该再娶"虽为应付范阿珍托人说媒，实则代表了花木兰私下与伍登感情归宿的态度。

在这场提亲戏之前的第三幕中，花木兰对伍登心生爱慕，并因得知自己习武的师父就是伍登之父而增加了对伍登的亲近感。然而伍登在酒醉后透露了一个使她内心五味杂陈的事实：自己是"一个已经作了父亲的人"——

> 花木兰：（吃惊受刺激似地站起向外低声自语道：）哦，原来你

已经有了孩子啦!(说罢,又觉不妥,忙恢复镇静地坐
归原位。)那么嫂夫人同令郎现在哪里?

伍　登:他们全在紫荆关。

花木兰:(仰面说道:)这样说来,我那师父不但有子,而且有
孙,真是可喜可贺!(失意之余又欣然微笑)

花木兰在吃惊失意之余,只得按捺住已经萌发的情感。后来她借
唱歌表达内心的苦闷,却被伍登无意中听到,识破了她的秘密。伍登
又惊又喜,和歌而唱,两人由此互明心意。但他们还没来得及作进一
步交流,就因战事又起而匆忙分离了。在这一背景下,当黄成替范阿
珍前来说媒时,花木兰推阻的那番借口表明了她决定对伍登"发乎
情,止乎礼义"的原因。这一点在花木兰与伍登后来的两次交流中也
可得到印证。

一次是在第四幕,花木兰收到伍登表达爱慕的信件和戒指时:

花木兰:(坐圆桌左侧,展开信笺低声念道:)"兰妹如见"——
(念至此忙止,惊惶注视室内,见无人,才放心继续念
下去。)"阔别数载,令人想思断肠!屡次请求元帅调
妹前来助战,无奈均不蒙采纳,未知其用意何在?殊为
忧闷!尤以值此仲秋佳节,良辰美景,而月圆人不圆,
宜增伤楚非浅!回忆当年五郎镇之夜,与兰妹知音共
鸣,协唱心曲。只以临阵匆匆,未及畅叙衷怀,至今尤
觉怅憾万分!无由表达爱慕之情,谨此检奉先母遗物,

戒指一只，请妹哂纳，聊资纪念，是所盼祷！"（念完不禁羞红双颊。忙打开锦盒取戒指带于手上，感伤而又欣慰地挨近面庞，用很神往的声音自语道：）唉！可惜"使君有妇"！

一次是在第五幕即最后一幕，花木兰与伍登久别重逢时，面对伍登热情洋溢的爱的表白：

花木兰：（竭力控制，然而感情还是洋溢于脸上。）我不愿你这样，你有你的家庭，你应该为你的家庭的幸福着想！而且你的令尊大人时刻在期望你成为一个顶天立地的英雄豪杰，你更应该放弃儿女私情，努力向上，忠心报国，而尽人子之道！至于我，我可以永远作你的好朋友，无论何时何地，我都不会忘记你对我的情义！（抚其肩）放理智点，老兄！道德良心要我如此，也只有如此，才是救你！

伍　登：（失望地）这就是说，你不爱我！

花木兰：（控制，终于突破地鼓起勇气而仰首热情地道：）我——（刚说了一个字，这时关上花明自城楼出，急止住。）

伍　登：（急促地，低声追问道。）说，木兰！快说！

花木兰：（最后毅然努力地说出）我爱你！（遂羞滋①垂首）

伍　登：哦！（兴奋，喜悦，热烈地握住她。）

尽管在与花明的对话中，伍登曾流露出对妻子并没有太深的感情，然而花木兰出于道德良心的自律，不愿破坏伍登的家庭。她劝伍登以事业为重，忠心报国；不辜负父亲，尽孝道；不辜负妻子，为家庭幸福着想。这些话反映出传统伦理道德观念对她处理婚姻问题的态度的深刻影响。

赵清阁在她的剧作中浓墨重彩地表现了花木兰与伍登之间相见恨晚、真挚而无奈的爱情，这部剧作是所有关于花木兰的现代话剧作品中，涉及爱情冲突的戏分最多的一部。这与赵清阁自身的情感经历有着某种联系。

1947 年，赵清阁创作了短篇小说《落叶无限愁》，作品描述了女画家与已有家室的教授之间美好而没有结局的感情经历，有学者认为这是一篇具有自传性质的小说②。而创作于 1942 年的《花木兰从军》中，花木兰与伍登之间的关系与《落叶无限愁》中男女主人公的关系有着明显的相似之处。剧作中花木兰发出的"可惜'使君有妇'！"的叹息，及其面对婚姻三角关系时的处理态度，与作者的自传体小说形成了潜在的互文关系。因此，赵清阁剧中的花木兰之所以未能获得

---

①　"滋"当作"涩"。

②　傅光明：《赵清阁小说〈落叶无限愁〉背后的身影》，《湖南人文科技学院学报》，2011 年第 1 期。

圆满的婚姻归宿，不仅是因为民族救亡的时代主题对个人婚恋主题的压抑，还由于剧作者个人情感经历的特点，使该剧成为持有传统伦理观念的剧作者表达立场与抒发情绪的一个出口。

虽然现代话剧中的花木兰没有获得圆满的婚姻归宿：她们或是离开了污浊的世界，或是继续杀敌报国，或是含恨与爱人分别；然而相比起明杂剧《雌木兰》中花木兰遵照父母之命嫁给门当户对的校书郎的大团圆结局，现代话剧中的花木兰们毕竟作出了属于自己的独立选择——这终究是一种进步。

第四章　对古代女性题材戏剧
创作得失的多维思考

第一节　在现代文学史中的意义

在五四新文化运动中，现代文学最为突出的贡献主要反映在反对封建专制、提倡自由平等的思想上。在这场思想解放运动中，现代文学家以解放人性、改造社会为目标，抨击以封建伦理纲常为核心的专制主义文化，确认人的主体性、肯定人的个体价值，对涉及人性解放的一系列社会问题给予了强烈关注。其中首当其冲、被作为重点抨击对象的是建立在男权中心基础上的封建家长专制对个人恋爱婚姻权利的剥夺与压迫。由于封建家长制与个人恋爱婚姻权利之间的矛盾冲突涉及伦理道德、婚姻家庭、女性解放等诸多社会现实问题，因而被重点提出来，作为旧道德与新道德之间的矛盾冲突，甚至是专制与民主之间的矛盾冲突加以刻画和演绎。抨击封建家长专制、倡导恋爱和婚姻自由因此成为五四新文化文学创作最常涉及的主题之一。

在表现这一主题的现代文学各类文体中，现代话剧以其时代感、现实性，以及主张个性解放的先锋性走在倡导思想解放的文艺作品中的最前列。尽管梁启超等人最早看到的是"小说与群治之关系"，然而从五四时期现代文学的创作实绩来看，首先彻底地传达"人的解放"这一时代呼声的，当属以女性解放为主题的现代话剧作品。1919年，中国新文学史上第一部公开发表的话剧剧本——胡适的独幕剧《终身大事》问世，它表现了追求婚姻自主的新女性对封建迷信与传统礼教习俗的大胆抗争；1922年欧阳予倩的独幕剧《泼妇》，展现了新女性对虚伪爱情的抨击和与封建道德的决裂；欧阳予倩创作完成并首演于1927年的五幕剧《潘金莲》，更从主张女权的角度实现了大胆的思想性突破，体现出浓郁的个性解放色彩。新女性形象成为五四时期活跃在现代话剧舞台上的中心角色，由现代话剧新女性形象牵动的个性解放、婚姻自由、女性解放等讨论，成为这一阶段社会各界广泛关注与热烈争议的重要话题。

在以女性为主人公的现代话剧作品中，以古代女性为题材改编创作的剧作尤其光彩夺目。这些古代女性形象在传统文学戏剧中早已为人们所熟悉，现代剧作家赋予她们全新的思想特征与精神面貌，使她们具有了现代人的观念意识，承担起反抗封建传统思想、争取精神解放的思想启蒙使命。本书研究的现代话剧中的卓文君、西施、花木兰三个古代女性形象，代表了现代剧作家对古代女性角色的不同处理类型。三组剧作中对女主人公爱情选择与婚姻归宿的全新演绎，鲜明生动地展现了这三组现代话剧作品在思想启蒙与社会变革中的特点与意义，其思想特点与社会意义主要包括以下几个方面：

一、三组剧作所体现的古代女性形象婚恋取向的思想价值

1911 年，辛亥革命的爆发宣告了中国两千多年封建帝制统治的土崩瓦解，然而，具有新思想的中国知识分子失望地发现，革命之后，大多数中国人仍旧麻木地屈从于强权统治，封建宗法思想依然根深蒂固。现代知识分子开始觉悟：中国若要根本转变，必须革除封建文化的劣根，实现国民精神解放。于是，旨在唤醒同胞觉悟、改造国民思想、从深层结构改变中国、拯救中国的新文化运动兴起了。在这场以反专制主义文化为核心内容的思想启蒙运动中，文学被赋予了打破旧观念、传播新思想的时代使命，以反封建的新面貌登上了现代中国的历史舞台。

在以反封建为主题的现代文学作品中，占有重要地位的是关于婚恋题材的新文学作品。在新旧文化观念激烈冲突的时代背景下，现代文学家对婚恋问题的关注，不仅因为爱情原本就是文学艺术中永恒的主题，更因为婚恋涉及伦理道德观念、社会家庭秩序，与人们的社会现实生活密切相关，而旧有的婚姻制度与礼教规范正是以男权文化为基础的封建专制旧文化的重要内容。因此，在批判封建礼教对人的束缚、张扬个性解放精神、宣传民主自由意识的反封建文艺斗争中，婚恋成为了现代文学家们极为重视的话题和最常采用的题材之一。

现代话剧是现代文学的重要组成部分，也是婚恋题材文学创作中的突出代表。自现代话剧萌芽时起，现代戏剧家根据婚恋题材展开的现代话剧创作就从未中断过。在历史条件与时代使命的影响下，现代

话剧中有关婚恋问题的探讨也大多围绕封建专制观念与个性解放思想之间的冲突展开。从来自异域的《娜拉》，到问世于本土的《雷雨》，现代话剧舞台上的众多名剧皆以两性婚恋关系构建起全剧的戏剧冲突，彰显着与封建专制文化相对抗的个性意识与主体意识。

在这些探讨婚恋问题的现代话剧作品中，根据古代女性形象题材创作改编的剧作十分引人注目。其中最具代表性的当属以卓文君、西施、花木兰为题材改编创作的三组剧作。在古代文学戏剧中，卓文君的贞操问题一直被历代封建文人加以遮盖，其故事也被演绎为才子佳人之间的一段风流韵事。然而在现代话剧中，她却成为了反抗封建礼教、追求个性解放的立场鲜明的女斗士，产生了令剧中乃至现实中的封建卫道士们惶恐不安的叛逆力量。卓文君在现代话剧作品中展现的这种主体意识与叛逆姿态，正是其与古代文学戏剧作品中的卓文君形象的根本区别。此外，在古代文学戏剧中常被贬为"红颜祸水"的美女西施，在现代话剧中也被塑造为能够克制个人情感以顾全大局的爱国女性；而在古代戏剧中被给予门当户对的婚姻归宿的巾帼英雄花木兰，则在现代话剧中一方面具有了追求爱情的主体意识，另一方面却又遭遇了婚姻归宿上的失落。现代话剧作品中这三位古代女性形象的婚恋选择与最终命运，均迥异于以往古代文学戏剧作品中的演绎。这种形象流变特征所反映的是现代中国的历史背景下，现代戏剧家对传统封建秩序的反叛与对现代个体意识的肯定。三组以古代女性形象为题材的现代话剧作品在五四时期抨击封建礼教、崇尚个性解放的精神贡献，和在20世纪三四十年代将被边缘化的女性解放问题与国家主义、民族主义等当时的主流话语相联系的思考与探索，均体现了现代戏剧家对社会变革的敏锐反应与对现实改造的参与意识。

二、三组剧作所体现的现代话剧区别于其他文学体裁的思想特征

不仅如此，本文研究的这三组剧作还对一种文学现象作了进一步揭示：在现代文学中，尽管同样是对女性婚恋问题进行思考，不同文学体裁之间不仅存在着艺术形式上的区别，还存在着思想特征上的差异。其中，现代话剧这一体裁在思想内涵上的独特性可以根据本文研究的三组剧作所体现的特点，从高度、广度、强度这三个维度进行概括：

首先，在高度上，这三组剧作中的观念意识体现着现代话剧在个性解放与女性解放运动中的先锋地位。

表现女性婚恋内容的现代文学作品主要包括现代小说与现代话剧。在现代小说方面，一批成长于"五四"时期的现代女作家以真挚细腻的笔调描写了新女性爱情生活的坎坷和内心的苦闷，其中最具有叛逆精神的是丁玲于1928年发表的中篇小说《莎菲女士的日记》。该小说表现了新女性寻找爱情时的困境、灵与肉的冲突以及时代的苦闷，是现代小说中通过女性婚恋题材表现个性解放、女性解放主题的代表性作品。

在现代话剧中，最为突出的代表作是郭沫若于1923年创作发表的三景剧《卓文君》。与小说不同，该剧通过使传统文学戏剧中的"风流寡妇"卓文君喊出"你们老人们维持着的旧礼制，是范围我们觉悟了的青年不得，范围我们觉悟了的女子不得！"塑造了一位立场

坚定、观点鲜明的新女性形象，传达了彻底的反封建思想和强烈的个性解放意识。这个剧本于 1923 年 5 月上旬在《创造季刊》第 2 卷第 1 期上刊载后，迅速引发了一场很大的风波。据作者在 1926 年追述：

　　不满意于卓文君，因而更不满意于我的剧本的人，在我想来很多。听说民国十二年，浙江绍兴的女子师范学校演过我这篇戏剧，竟闹起了很大的风潮。听说县议会的议员老爷们，借口剧中相如唱的歌词是男先生唱的（原剧本登在第二卷一号的《创造季刊》上，司马相如一直到底都没有出场，现刻改变了），以为大伤风化，竟要开除学校的校长，校长后来虽然没有开除，听说这场公案还闹到杭州省教育会去审查过一回，经许多教育大家审定，以为本剧确有不道德的地方，决定了一个议案禁止中学以上的学生表演了。这些事实我一半是从报上得来，一半是从朋友的口中得来的，详细的情形我不知道，或许也有传闻失实的地方，但我想即使稍有失实的地方，这对于绍兴的议员老爷们，和杭州的教育大家们是有益无损的，因为他们的行为总要算是大道德而特道德的了。歌功颂德的文章即使稍微用了些谀词，这素来是不犯禁例的呢。

　　……这篇剧本听说后来杭州女子师范和北京女子师大都已曾表演过，此外也还有些地方的女学也写过信来要求表演，这怕是禁果的滋味特别甜蜜，不必就是我的剧本真能博得这许多的同情。不过表演过的都是女子学校，这使我非常乐观：我想我们现代的新女性，怕真真是达到性的觉醒时代了呢。[①]

　　这部在当时引起了道德争议的《卓文君》，不仅给郭沫若带来了与"大道德而特道德"的议员老爷、教育大家们相对抗的满足感与成就感，成为了体现他的历史剧创作理念与戏剧创作风格的一部具有标志性的话剧作品，而且使卓文君成为了第一个在当时产生巨大影响、在后来的现代话剧史书写中从未被忽略过的古代女性形象。该形象突出表现了对封建父权统治与封建礼教要求女性遵守"三从""四德"的反抗，并最终取得了胜利，从而引起了当局统治阶层与传统道德维护者的强烈反感，也因此获得了以女校学生为代表的青年们的热烈欢迎。卓文君以其令人耳目一新的面貌、振聋发聩的呼声，引领着20世纪20年代初期追求女性解放、提倡女权运动的反封建斗争。卓文君身上体现的五四时期叛逆者所特有的青春气息与狂欢姿态，使其当之无愧地成为了五四新文化运动中以戏剧形象出现的"新女性"中的代表。

　　如果再对现代话剧中的卓文君形象作进一步探究，不难发现一个有意思的现象：卓文君毅然与司马相如私奔，尽管其中有爱情的成分在，但从相关的几部现代话剧作品、特别是从最具代表性的郭沫若的剧作来看，全剧的核心冲突是代表觉醒女性的卓文君与封建旧礼教、封建家长专制的冲突，全剧的主旨在于表现觉醒女性争取个性解放的

---

　　① 郭沫若：《写在〈三个叛逆的女性〉后面》，作于1926年3月7日。收：郭沫若：《郭沫若论创作》，上海：上海文艺出版社，1983年，第358页。

反抗精神，而对两人爱情的表现着墨甚少。其他两组以西施、花木兰为主人公的剧作也表现了类似的特征，即：这三组剧本的主题通常与个性解放、女性解放，乃至国家主义紧密联系；特别是在宣扬个性解放的主题上，体现出激昂而彻底的先锋特性；而与婚恋问题密切相关的"爱情至上"观念，却并没有在这些剧作中得到充分诠释。

由此可见，同是展现女性在婚恋问题上面临的困境，现代小说比较侧重于表现爱情至上、性苦闷等基于个人内在感受的主题，而现代话剧则更侧重于表现个性解放、婚姻自由等涉及社会观念秩序的主题。这不仅是由于在艺术样式特征上，现代小说更长于细致地刻画内心活动，而现代话剧更长于表现对立的冲突关系；更是因为现代话剧被更多地赋予了宣传功能与教育使命，这就决定了：与主要围绕个人内在世界展开的爱情至上、性苦闷等主题相比，与改造社会现实的关系更为紧密的个性解放、婚姻自由必然成为现代戏剧家处理婚恋题材时更热衷的主题。因此，尽管同是借婚恋问题表现新女性争取自由解放的叛逆精神，以古代女性题材为代表的现代话剧作品显示出比现代小说更为浓烈的社会解放色彩，其对传统社会伦理规范的大胆宣战，对个性意识与主体意识的酣畅淋漓的张扬，体现了现代话剧在反封建反礼教上的坚决性与彻底性。

其次，在广度上，这三组剧作的思考角度显示出现代话剧家对女性解放问题的多方位探索。

女性解放是"人"的解放任务中至关重要的一大项目。女性解放所面临的阻碍，尤其是导致婚姻悲剧的因素，是现代知识分子十分关注的问题。因此，对婚姻悲剧的叙述与阐释也是现代文学创作中的一项重要内容。

五四时期的浪漫思潮尚未退却，鲁迅就已指出了导致婚姻悲剧的经济因素。他在《娜拉走后怎样》中道出了经济权对女性解放的重要性，并于 1925 年创作了小说《伤逝》，以小说艺术的形式反映了这一严峻现实。《伤逝》中由于经济问题最终导致新式婚姻破裂的悲剧结局，使人们意识到经济权对于女性解放与婚姻自由的重要意义。然而正如鲁迅所说："在经济方面得到自由，就不是傀儡了么？也还是傀儡。无非被人所牵的事可以减少，而自己能牵的傀儡可以增多罢了。"① 经济因素并非导致新式婚姻走向悲剧的唯一因素。关于女性解放与婚姻恋爱面临的种种现实问题，现代戏剧家通过话剧创作作出了多方位的探索。例如欧阳予倩的《潘金莲》、袁昌英的《孔雀东南飞》等著名剧作，一反传统文学对这些古代女性形象的书写，借人物重塑表现了女性发泄被压抑的欲望与现实伦理道德的约束之间的矛盾冲突，从而揭示了导致女性婚姻悲剧的性心理因素与伦理道德因素。

除了以上几部著名剧作之外，以卓文君、西施、花木兰为题材的现代话剧作品从不同角度展现了关于女性婚恋问题的思考。现代剧作家们通过各自演绎，使这种思考获得了多方位、多维度的衍生。在以卓文君为主要人物创作的现代话剧作品中，陈学昭《文君之出》中的卓文君曾当垆设店，自食其力，她在婚姻中所遭遇的被抛弃，并非

---

① 鲁迅：《娜拉走后怎样——一九二三年十二月二十六日在北京女子高等师范学校文艺会讲》。收：鲁迅：《坟》，北京：人民文学出版社，1973 年，第 132 页。

完全是经济问题所导致，而是由于司马相如一方面软弱卑琐、畏惧权势，并希望依靠新丈人获得更好的发展，另一方面又受到传统男权观念的影响、欲望膨胀、没有抵抗住拥有"三妻四妾"的诱惑，于是，虽然司马相如自感对不住卓文君，却仍最终退出了战斗而与世俗妥协。如果说鲁迅 1925 年创作的小说《伤逝》是叙述了出走之后经济不独立、传统观念复苏的女性的婚姻悲剧，提出了问题并给予了反思；那么陈学昭 1929 年创作的话剧《文君之出》则是表现了出走之后获得了经济独立的女性仍旧遭遇婚姻破灭的悲剧，在继续思考着女性解放的前途问题。现代女性剧作家自身的婚恋经历在现代话剧作品中的投射，使得关于女性婚姻悲剧的原因得到了来自又一角度的揭示：女性在获得经济权的独立后，仍然会因为伴侣本身的问题而走向婚姻的悲剧。由于婚姻必须由两人共同经营，因此，女性在自己的经济权问题解决之后能否获得幸福的婚姻还将受到其伴侣的影响和制约：倘若对方无法经受住来自外部社会与内在人性的考验，那么婚姻仍会不免于悲剧收场，女性依旧将成为婚姻中被伤害的一方。这不仅是对作者自身经历的艺术呈现，也是对新女性面临的婚姻问题的继续追问。尽管剧中并未对问题的解决提供最终答案，然而这种从女性角度对男性伴侣的审视，无疑使现代文学中有关女性解放的思考获得了新的延伸。

　　主要创作于 20 世纪 30 年代的以西施为主要人物的现代话剧作品，不仅通过重塑人物性格表现了西施的爱国思想，而且通过对传统文学戏剧相关情节的改写与人物关系的重置，展示了人物内心情感与外部处境之间的矛盾，以及由感性与理性的冲突所导致的两难境地。

此外，这组剧作还提到了女性的自身修养问题：或是对女性之间由于婚恋关系所导致的嫉妒心理作出批评，或是对女性从自私狭隘成长为博爱慈悲的人格成长过程进行展现，从女性自身建设的角度对影响女性婚恋幸福的因素作出了积极思考。

主要创作于 20 世纪 40 年代的以花木兰为主要人物的现代话剧作品，在宣传国家至上的价值取向，肯定男女应共同肩负保家卫国的社会责任之余，也强调了理想的婚姻结合应该以志同道合为前提的婚姻观念。尤其是赵清阁的剧作《花木兰从军》，与当时具有相当比例的消除女性性别特征、回避婚恋情感生活的现代文学作品不同，该剧以较大篇幅展现了战时状态下婚姻爱情所面临的矛盾冲突，对女性人物的情感心理作了较为细腻的刻画，不再以抹杀女性情感特征作为对男女平等的简单表现，在 40 年代以抗日救亡为主题的现代文学作品中显示了对女性人物性别化书写的回归。

从这三组剧作可以看出，现代戏剧家不仅是顺应时代潮流，在创作中选择了备受关注的时代主题，而且具有思考上的独立性，拓展了对女性解放问题的审视视角，从而在思想启蒙的领域内作出了多角度、多方位、多样化的探索。

最后，在强度上，这三组剧作作为现代话剧在不同时期的代表，反映了个性解放思潮在现代三十年中由强转弱的变化趋势。

20 世纪上半叶，个性解放思潮在现代中国经历了由兴盛逐渐走向低潮的过程。这一过程的发展特点在本文研究的三组剧作中得到了充分的体现。

辛亥革命时期关于"人"的解放的讨论是从"国民意识"的层

面展开的："先进的人们突破了传统观念中国家与个体之间不可缺少的中间层次——家族，而直接以'国民'的概念将个体生命与国家联系起来。"①"国民"概念强调了个体附属、服从于"国""群"的群体属性，顺应了当时推翻满清皇朝、结束封建专制政体的时代要求。也正是出于对推翻封建统治的政治需要，辛亥革命时期文学作品中的"国民"意识所注重的不是作为国民的自由权利，而是责任。这一特点体现在文学中，反映在对女性形象的塑造上，便是辛亥革命时期文学作品中的进步女性形象被塑造为具有与男子同等"国民"责任的"女国民"，"她们昂首挺胸地冲出封建家庭，也不是为了寻求个人的爱情、个人的幸福，而是以身许国"②。这一时期文学作品中的秋瑾，就是一个典型的无意于追求个人的爱情与婚姻生活，而渴望在"利群"、"牺牲"中实现自我生命价值的女英雄形象。

当封建统治已经结束，新的集权统治尚未建立，能够倡导自由与个性的年代便来临了。因此，五四时期新文学的显著特征便是对"人"的个体价值的发现、肯定与张扬，这与辛亥革命时期文学作品中对群体意识的强调形成了一种对照。如前文所述，郭沫若剧作中具有高度个性意识的卓文君形象就是在五四时期个性解放思潮中的突出代表。卓文君们所体现的"人的觉醒"、对婚姻爱情自由的追求，正是那个思想活跃的年代狂飙精神的直接写照。

---

　　① 　关于辛亥革命时期个性思潮特征，本文主要参考刘纳《辛亥革命时期至"五四"时期我国文学的变革》一文。收：刘纳：《论"五四"新文学》，杭州：浙江文艺出版社，1987年，第217—266页。

　　② 　同上。第245页。

从 20 世纪 20 年代到 1937 年抗日战争全面爆发之前，随着国民党政权逐步稳定，思想意识形态上的控制开始收紧，出于国家维护与建设的需要，对国家民族集体意志的强调取代了对个人自由意志的张扬。在"五四"时期达到高峰的个性解放思潮继续回落。主要创作于 30 年代的以西施为主人公的现代话剧作品就体现了这一时期的思想特征：一方面，西施在复国计划中的重要作用与她本人被赋予的爱国情感，反映了在日本侵略者日益猖狂的年代里国防建设的重要性获得高度重视的历史背景，包含着当时推崇个人为国家承担责任、作出牺牲的主流价值观念；另一方面，成长于五四时期的中国现代知识分子们仍没有真正放弃对被压抑的个体情感的尊重与为被牺牲的个体权利的伸张，这表现在：现代戏剧家在赞美西施放弃个人爱情、献身祖国利益的高尚精神的同时，对西施为之牺牲的国家政权形象并未作一味肯定。在林文铮、舜卿的剧作中，越王勾践被塑造为一个具有一定反面色彩的君王形象。在封建统治业已被推翻的年代，剧作中对君王形象的这种处理在更大程度上并非以抨击封建君主为目的，而是通过怀疑与反思个人为集体牺牲的意义，表达对个人情感乃至个体生命的尊重。可以说，在这一时期里，个性主义思潮虽然回落了，但仍在相当一部分强调独立自由、尊重个体价值的现代知识分子那里得到了延续。

20 世纪 30 年代末期到 40 年代前半期，随着抗日战争的全面爆发，民族矛盾上升为中国社会的主要矛盾。"救亡"成为了时代中心，个人被要求服从于国家、民族。这一主流思潮反映在现代文学作品中，体现为个性话语被集体话语所淹没，而文学作品中的进步女性形象，又重新具备了其在辛亥革命时期中的特点：要求女性承担起与男性同等社会责任，女英雄形象再次被作为理想女性形象出现。然而，尽管存在着这些相似之处，抗日救亡时期的女英雄形象又与辛亥革命时期的女英雄形象存在着不可否认的区别。具有代表性的例子是40年代初出现的以花木兰为主要人物的现代戏剧作品。一方面，这些剧作中的花木兰被塑造为能征善战、为国杀敌的爱国女英雄，体现了文学宣扬爱国主义、号召女性与男性一道、共同担负起救国重任的功利性、宣传性；另一方面，对花木兰的爱情生活的表现不再像辛亥革命时期那样，被刻意忽视或摈弃。早在1928年左干臣创作的剧作中，花木兰形象就已经兼以身报国与追求婚姻自由的思想、性格于一身；在40年代的花木兰题材剧作中，尽管花木兰主要是作为与敌作战的巾帼英雄形象出现，然而在现代戏剧家笔下，仍不失对她感情世界的观照与展现，赵清阁剧作中的花木兰对真挚爱情的追求与在婚姻现实面前的迷茫甚至成为了剧中的主要冲突；而这些关于女性婚恋的情节，在"五四"之前的辛亥革命时期的文学作品中，是难以出现在投身革命的进步女性形象身上的。这是经历了"五四"个性解放的高潮之后，对个体价值的尊重意识在现代戏剧中的存留。它向人们显示着：历史不会是彻底的循环轮回，思想上的艰苦探索不会成为徒劳，"人的觉醒"即使被当时的时代环境所压抑甚至淹没，也终究会以难以察觉的速度匍匐前进。

第二节 有关戏剧文学性的问题

对戏剧文学性的重视是现代话剧区别于早期新剧（文明戏）的重要特征之一，随着现代话剧的文学性逐渐提高，20 世纪 30 年代出现了像曹禺的《雷雨》这样在文学性上已臻成熟之境的经典剧作。然而纵观现代话剧史，在数以千计的话剧作品中，杰出的经典剧作毕竟只占了极少数。从现代话剧的总体创作情况来看，戏剧的文学性水平不高是现代话剧创作中存在的普遍状况。本文研究的这三组以古代女性为题材的现代话剧作品中，体现了现代话剧发展各时期在戏剧文学性上存在的普遍性问题：首先，人物塑造概念化，缺乏个性与真实感；为了表现创作主旨，达到宣传反封建、抗日救国等政治主张的现实目的，现代话剧中经常出现借人物之口直接进行宣传的情况，人物语言缺乏戏剧性。其次，戏剧结构松散拖沓，戏剧冲突不够集中；在对剧中悬念的设置上，剧作家明显受到了来自传统戏曲的影响，未能熟练掌握脱胎于西方戏剧的话剧的悬念技巧、充分体现悬念的戏剧效果。从本文研究的三组古代女性题材剧作的创作情况来看，导致作品文学性方面存在上述缺陷的原因主要来自以下两个方面：

一、戏剧观念更迭：现代话剧的现实功利性特征

1915 年，陈独秀在介绍欧洲文艺发展状况时写道："现代欧洲文坛第一推重者，厥唯剧本。诗与小说退居第二流，以实现于剧场，感

触人生愈切也。"① 尽管这一叙述并非完全客观的事实，小说与诗歌实际上在当时的欧洲文学中仍占据着十分重要的地位，但却道出了中国现代知识分子在追随世界文学潮流时对于西方戏剧与现实人生之间的密切关系所产生的热切向往。

虽然中国传统戏剧一直难登大雅之堂，只是作为一种娱乐消遣方式存在于中国传统的社会文化生活之中，然而，在中国正统文学观念的影响下，强调抒情言志、重视道德教化的文化精神同样渗入了传统戏剧，因此，承载着家国兴亡之感的古典戏剧作品在中国文学史上并不鲜见。可是，当戏剧的宣传鼓动效用被 20 世纪初的启蒙运动先驱者寄予前所未有的厚望时，传统的戏剧样式显然无法承担起在社会变革中戏剧被赋予的重任。于是，对旧戏的否定，对新戏的呼唤，便成为中国戏剧发展到这一历史阶段时的必然要求。

在这一契机下，以易卜生为代表的西方戏剧家及其作品被大量翻译介绍到中国，它们既被作为五四新文化运动中推进思想解放、个性解放的重要宣传工具，也成为人们在摸索创建促进社会变革的新型戏剧样式时所取法的对象，话剧这一西方舶来品从此在中国生根发芽了。

由于首先被要求的不是艺术陶冶与文化娱乐功能，而是在思想主张上的宣传鼓动功能，现代话剧、尤其是在五四时期处于起步阶段的新兴话剧，其创作重点通常落在如何将新的、文明的、先进的、现代的思想意识注入剧作之中，以起到革新民心、改革社会的效用；而剧

---

① 陈独秀：《现代欧洲文艺史谭》，《青年杂志》1 卷 3 号，1915 年 11 月。

作的价值也主要体现为其传达的思想内容价值。现代话剧在生成过程中的这一特点，使其思想成就在现代文学各文体中脱颖而出，显示出作为思想解放宣传的先锋者的先天优势。然而也正因如此，话剧创作中"政治高于艺术"、"宣传大于艺术"的倾向变得难以避免，甚至为了达到宣传的目的而在某种程度上忽视甚至牺牲文学性等问题也由此产生了。

在人物塑造方面最为常见的问题是，为了表现创作主旨，达到宣传反封建、抗日救国等政治主张的现实目的，现代话剧中经常出现借人物之口直接进行宣传的情况。例如顾一樵剧中的西施虽然是一名出身僻野、见识有限的村姑，却能教育作为越国谋臣的范蠡应该如何爱国，批评他"怎样可以为了私而忘公？"这种对现实生活常态的脱离，在一定程度上对人物形象的真实性造成了损害，留下了作者有意借西施之口宣传牺牲个人报答国家的明显痕迹。

不仅如此，人物性格塑造的另一个常见问题是对人物性格的发展变化缺乏充分铺垫，导致剧中人物性格的前后变化生硬突兀。例如郭沫若剧中的卓文君在第一景中哀叹自己命运不济，在红箫的教导下，她虽然倍感振奋，但随即又表示："我终竟是个弱者。……你莫逼我，你等我事到无可奈何的时候，再走绝路罢。"在第二景中，卓文君委婉地向父亲提出邀请司马相如来家中教琴的建议，却遭到了卓父的拒绝。面对卓父对司马相如的蔑视与讥刺，卓文君在此并没有任何表现内心活动的台词和动作。直到卓父向卓弟灌输"名利至上"的观念时，卓文君才说了一句："爹爹，我觉得教儿女，不当是这样教法！"当卓父反唇相讥时，文君也没有作出回应，随着程郑和王吉的到来，便"文君偕弟下"了。由于在前两景中，卓文君的情感波动与变化过程铺垫得不够充分，因此，卓文君在第三景中爆发的淋漓彻底的叛逆精神便缺乏一种逐渐成熟、水到渠成的自然感，而显得有些突兀，流露出剧作者为了宣传叛逆而表现叛逆的用意。

这种由于对人物内心矛盾发展交代不够而导致性格前后变化不真实不自然的情况，在20世纪30年代关于西施的话剧创作中表现得尤为明显。对于涉及人物性格心理的问题，相关的剧作虽然作出了一些交代，但却给人以模糊含混的印象。例如在西施离开恋人范蠡进入吴宫的剧作里，西施是主动以身许国的成分多还是迫不得已而为之的成分多？在西施进入吴国爱上夫差的剧作里，西施是爱越国的感情更深还是爱吴王的感情更深？由于剧作家对人物的内心冲突刻画不足、性格塑造不够真实生动，剧中人物对这些问题的自我回答与具体行动在观感上给人的印象并不一致。特别是在顾一樵的剧中，西施原本爱的是范蠡，入宫之后她成功完成了范蠡布置的任务，却又转而爱上了夫差。这一情节显然是为了接着表现西施在爱越国与爱夫差之间的两难处境而设置的，但却在展现人物心理变化过程时缺乏一种合情合理的铺垫。剧中不仅在西施设计陷害吴王之后又忽然爱上吴王的情感转折上交代不足，而且对于一心营救她的旧恋人范蠡，西施也没有表现出情感选择上的矛盾冲突。由于对人物的情感发展缺乏必要的铺垫，人物的形象便显得生硬，剧情安排也让人感到刻意。这一处理不仅从艺术处理的角度来看并不成功，而且从宣传效果来看甚至起了一定的反作用：西施的变心导致她与范蠡、夫差之间最终形成了三角恋关系，这不免使得西施为国牺牲个人爱情的崇高性被打了折扣，而这也反映了现代话剧创作中的一个教训：不顾人物性格的内在发展逻辑而使人物形象直接服务于宣传主张，是导致人物塑造走向失败的一个重要因素。

此外，三组话剧在舞台语言方面的问题也非常明显。从现代话剧的命名可以看出，人物对话，尤其是人物对话的"动作性"，是提高话剧戏剧性效果的重要因素。"动作性"是使人物对话产生戏剧性的根本动因，人物对话具有动作性意味着对话不仅表现人物的内心意愿，而且"对谈话的另一方具有一定的冲击力或影响力"，也就是说，具有动作性的人物对话"必须使双方的关系有所变化，有所发展，因而成为剧情发展的一个组成部分"①。对人物对话的这种特殊要求，是注重推进情节激发冲突的现代话剧与长于抒情叙事的传统戏曲在台词创作上的主要区别。对于深受中国传统文化影响的现代剧作家来说，真正认识到现代话剧在台词动作性上的要求实属不易，而在创作实践中赋予台词以动作性特征，使人物对话产生推动剧情发展、体现矛盾冲突的戏剧性效果，则更非易事。再加上现代话剧的主要演出力量与主要接受对象是青年学生群体，基于青年学生的知识结构与生活体验方面的特征，现代话剧在语言风格上难免会带有一些书生气，呈现出一定程度的书面化的特点。因此，从本文研究的三组剧本的创作实际来看，剧中人物台词的动作性特征并不明显。具体表现是：首先，剧作家们更倾向于通过人物独白、旁白来表现人物的内心

---

① 谭霈生：《谭霈生文集·论戏剧性》，北京：中国戏剧出版社，2005 年，第 44 页。

矛盾及其对外界的反应，而不擅长创作富有戏剧性张力的人物对白。其次，在一些作品中，对戏剧宣传功能的过于推重，使得人物形象沦为了思想观念的传声筒，宣传思想主张的活工具。有的人物台词不仅失去了动作性，还失去了个性，甚至失去了真实性。再次，剧作者不仅没有使缺乏动作性的舞台语言提升到富有动作性的层次上，甚至还表现出将舞台表演语言和日常生活语言相混同的倾向。例如孙家琇的《复国》一剧中存在的一个明显问题，就是人物台词缺乏提炼，特别是在西施与村民的大量对话中，拉家常式的台词占据了很大篇幅。这些对白基本停留在反复表现西施具有平民心态这一心理特征及烘托人物生活环境气氛的功能上，而未能承担起推进情节发展，激化矛盾冲突的作用，因而导致了人物性格冲突被削弱、情节枝蔓冗长、戏剧性效果大大降低的后果。

二、戏剧样式移植：现代话剧作为舶来品在初创期阶段的局限

现代话剧、尤其是早期话剧中存在的文学性较弱的情况，还与话剧这一戏剧样式作为舶来品的文化背景有关。当年，话剧毕竟是一种尚处于发展初期的新型戏剧形态，话剧艺术的成熟无法一蹴而就。对这种学自外国的不同于传统戏曲的戏剧样式的创造发展及熟练运用，需要现代戏剧家们作出多向度的摸索与长期的积累。

现代剧作家对话剧艺术创作手法的生疏突出地表现为：在作品中，话剧结构的特殊要求没有得到充分实现，而显露出传统戏曲的影响特征。

对戏剧结构的重视是现代话剧区别其他文体的重要特征。现代

话剧创作中关于戏剧结构的一个显著特点是开放式结构的普遍运用。开放式结构，即故事情节按照时间顺序推进，这种结构适合对人生百态进行全方位展示，是中国戏曲最常采用的结构形式。尽管在1934年发表的《雷雨》中，曹禺就已经成功运用了西方古典戏剧常用的锁闭式结构，即以危机爆发之际为起点、对事件起因进行逐步回溯的戏剧结构形式；然而直到20世纪40年代，绝大多数现代话剧作品仍然采用着符合传统戏剧审美习惯的从头讲到尾的开放式结构。本文研究的这三组现代话剧作品也无一例外地采用了开放式结构，显示出传统戏剧审美习惯对现代话剧的深刻影响。

与有助于冲突集中展现的锁闭式结构相比，开放式结构在现代话剧中的运用常常体现出一些弊端：由于对情节的安排容易流于粗疏芜蔓，极易造成戏剧节奏的拖沓、整体结构的松散、戏剧冲突的不集中。这些情况对戏曲而言并不是问题，且恰恰符合了戏曲"有戏则长、无戏则短"的审美要求。然而，现代话剧毕竟是有别于戏曲的另一种戏剧样式，冲突集中、节奏紧张、结构统一是现代话剧体现其独立艺术特征的关键所在。因此，现代话剧在结构上的松散、节奏上的拖沓、冲突上的不集中，是现代话剧创作中的一大弊病，属于文学性、戏剧性缺失的一种体现，是采用开放式结构进行话剧创作的现代剧作家所应尽量避免的一种情况。

在现代话剧发展过程中，由于结构松散、节奏拖沓导致冲突不集中的剧作不乏其例。在本文研究的这三组剧本中，最为典型的是孙家琇的四幕剧《复国》（又名《吴越春秋》）。该剧展现了西施从一个贫贱自卑的村姑成长为具有崇高精神的独立女性的人生历程。全剧剧本页数多达 165 页，人物对话常常游离于戏剧的核心冲突之外，一些意义不大的配角（如西施的小弟罗儿）的设置，也进一步分散了对戏剧核心冲突的表现。从总体来看，全剧剧情进展缓慢，节奏拖沓，对白冗长。孙家琇的剧作中的这一缺陷，一方面是由于剧作家对台词提炼重视不够、在环境烘托与配角设置上未能服务于核心冲突，浪费了太多笔墨所致，另一方面也与剧作家以古典戏剧《浣纱记》为蓝本、采用了传统戏曲的开放式结构有着直接联系。该剧以"数年"为时间跨度，地点涉及苎萝村、吴宫石室内与内殿，按照时空顺序依次展现了西施入宫前、进宫后、灭吴后的生活轨迹。虽然全剧表现了西施思想性格上的前后转变，但真正表现西施内心冲突的部分主要集中于其村居生活的场景中。而在吴宫中，对于西施的内心冲突虽然也作了一些表现，但却不够集中尖锐。同时由于该剧以类似戏曲的链状叙述结构对一些具有独立观赏性的场景依次作了展现，如越王忍辱负重、伍子胥死谏尽忠以及范蠡为实现和平而与越王的较量，这些相对独立的主题场景的穿插，在一定程度上使整部话剧作品的核心冲突进一步分散。在这些大小枝蔓的牵制下，剧中西施形象内心活动与性格冲突的激烈程度被大大降低，而现代话剧以性格冲突推动戏剧发展的独立性与优势也随之被削弱了。

在对剧中悬念的设置上，现代话剧创作也明显受到了来自传统戏曲的影响。

一般而言，戏曲不是靠情节悬念取胜，正所谓"瞒剧中人，不瞒观众"。戏曲观众的兴趣通常不在于剧中人"将要做什么"、"为什么这样做",而在于期待看到人物"怎么想"、"怎么做",这也是传统戏曲重视演员的唱念做打等表演手法的原因之所在。与戏曲的侧重点不同,现代话剧重在表现人物所遭遇的矛盾冲突:激发观众对人物命运的关心、唤起观众对人物困境的同情、引发观众对人生的思考是现代话剧的审美特点,也是现代话剧之所以会被作为思想启蒙、政治宣传的工具的原因。因此,现代话剧的创作者必须借助一定的戏剧手段,促使观众忍不住思考:"为什么会这样?""接下来会怎样?"而为了实现这一目的,最常使用的戏剧结构技巧便是悬念的设置。

所谓悬念,就是在冲突未发生之前,将内情透露给观众,从而引起观众的"兴趣"。在西方戏剧理论中,悬念的妙处正如狄德罗所说:"不知情和困惑激发并保持观众的好奇心;但却是那些已经知道而且一直在期待其发生的事物才使观众激动而兴奋。"① 对于现代话剧而言,成功地制造悬念是使现代话剧产生张力、吸引观众的一大法宝。前文所提到的现代话剧中的经典《雷雨》,就是成功运用了悬念技巧的典范。然而从现代话剧的总体创作实绩来看,未能熟练掌握悬念技巧、未能充分体现悬念的戏剧效果,是现代话剧创作中存在的较为普遍的状况。

---

① [法国] 狄德罗著,张冠尧、桂裕芳译:《狄德罗美学论文选》,北京:人民文学出版社,1984 年,第 175 页。

　　例如在陈学昭的《文君之出》中，司马相如受人劝诱动摇变心，而卓文君尚不知情，这便生成了一个悬念。当观众们看着卓文君一如既往地关心司马相如时，不禁对即将到来的真相揭露的那一刻充满了疑问与期待：卓文君怎样才能得知司马相如的真实想法？司马相如又该如何对卓文君作出解释？此时温存的卓文君将对变心的司马相如采取怎样的行动？事情还有没有转圜的余地？这些疑问将促使观众对接下来的剧情发展产生极大的兴趣。然而，该剧的作者并没有对这个悬念进行有效利用，未能使之充分发挥出潜在的戏剧性效果。剧中用一封信，轻而易举地使卓文君知道了司马相如的内心选择。关于这封信的来历，剧中并未作出明确交代，结合剧情来看，大概是茂陵君给司马相如寄来的关于通婚之事的书信或帖子。暂且不论剧中这封信的来历交代得如何模糊不清，单从送信情节所产生的戏剧效果来看，显然是使原本有"戏"的卓文君"发现"司马相如内心选择的过程变得平淡无奇了。亚里士多德在《诗学》中将人物对自己与对方的亲属或仇敌关系的"发现"类型作了区分，认为其中最好的发现是由人物行动而产生、与情节发展相联系的发现；而这里司马相如变心的被"发现"，则是由茂陵君的信这件"无生物，甚至琐碎东西"① 所导致的。不仅如此，剧中卓文君在看完书信之后，没有与司马相如当面对质，而是流着泪写下诀别诗后便黯然离开了。于是，卓文君与司马相

---

　　① ［古希腊］亚里斯多德、贺拉斯著；罗念生、杨周翰译：《诗学 诗艺》，北京：人民文学出版社，1962 年，第 35 页。

如之间真相的揭穿是借助作者设置的标志性物品，发生在其中一人不在场的情况下；而在真相揭穿后，双方也并未进行正面交流，而是依次单独出现在舞台上，没有对白，仅有独白。至此，观众原先对即将产生激烈戏剧冲突的期待落了空。

与不曾藏有秘密的卓文君不同，西施是作为美人计的工具送入吴宫侍奉夫差的，花木兰是作为女子打扮成男装进入军营与男子们一同出征作战的。尽管观众们对西施会祸吴成功、花木兰将替父立功的结局早已心中有数，但这两个人物题材本身仍带有潜在的悬念特征：西施的工具身份、花木兰的女性身份会不会被揭穿？会不会有真相大白的一天？届时她们将如何面对被自己欺瞒的人？不仅如此，由于人物关系与情节在现代话剧中被作了一些新的安排，例如使西施爱上夫差、使同处吴宫的郑旦与西施产生矛盾分歧、使花木兰女性身份的秘密被军中奸细发现而成为其威胁花木兰的把柄等等，因此，观众们仍然会对这两个女性人物命运的不确定性产生忧虑与期待。然而，在根据西施、花木兰形象创作的现代话剧作品中，悬念设置应有的戏剧性效果仍然没有得到充分实现。

西施承担着助越灭吴的爱国任务，尽管受到吴王的百般宠爱，但她的处境是不安全的。当她口是心非地迷惑吴王、有意识地祸害吴国忠臣时，她也将自己置于非常危险的境地之中。尤其是当她一方面害着吴王，另一方面又爱着吴王时，她与吴王夫差之间的关系就更加具有巨大的戏剧张力。观众们对西施内心的痛苦是了解的，但对于尚处在被蒙蔽状态中的夫差将对真相作出怎样的反应却并不确定。因此，在表现吴宫生活的场景中，观众既会关注西施的内心世界，又会对她所侍奉的夫差的情绪反应进行观察。可是在这几部关于西施的现代话剧作品中，当夫差最终得知了真相之后，与西施之间的交流却相当有限，甚至被一语带过。夫差对于自己所受到的欺骗并没有作出应有的反应，似乎并不在意一直以来西施对他的欺骗，这就难免给失望的观众以这样的印象：西施承担的爱国任务原来并没有像此前表现的那么严峻和危险。这显然既不利于西施形象的塑造，又弱化了作品的戏剧性，同时也是有悖于剧作主旨的。

在关于花木兰的剧作中也出现了类似情况。花木兰的女扮男装身份是她最大的秘密。正因为在当时的条件下，女子不被允许参军，女性身份一旦被揭穿，随之将产生的后果将很严重；同时在男性军营中，作为女性的花木兰不仅要面对战火的危险，而且得防备被身边男性轻侮的威胁，因而不可避免地处在力量薄弱的地位上。然而观众们对花木兰的担心却并未被剧作家充分把握，其中最为典型的是易乔的《巾帼英雄》。对于花木兰在从军过程中如何艰难地保守着女性身份的秘密，又面临着怎样的被识破的威胁，该剧的作者并没有精心布置情节，甚至在有意无意中淡化了这个秘密。剧中的花木兰很快便成为了地位级别较高的将领，她的性别问题没有引起军中其他人物的怀疑；不仅如此，她还将胡女公开录用为女兵，并教育大家在爱国责任面前男女平等；直至剧终，花木兰继续奔赴前线，其女性身份最终也没有被揭穿，甚至给人以揭穿或不揭穿并不重要的感觉。于是，花木兰女扮男装这一题材原本具备的戏剧性特征几乎被消解了，花木兰与其他公开以女性身份征战的将领，如梁红玉、秦良玉等人一样，不存在由身份隐私带来的矛盾冲突。这样处理的结果，不仅是降低了该剧的戏剧性色彩，而且由于剧中的女性参军几乎没有遇到什么阻碍，花木兰追求与男子一样承担起救国任务的过程不再具有明显的戏剧冲突，关于爱国面前男女平等的主题也就由此而被淡化了。

现代话剧中悬念的设置，不仅需要提起观众的胃口，引发观众对事态走向、人物反应的兴趣，而且应该服务于全剧的核心冲突，也就是如亚里士多德所说，将"发现"与"突转"结合起来，使两者同时出现。这样，当悬念解开之际，正是冲突爆发之时，人物形象的性格与心理由此得到更为深入的展现，观众在延宕的剧情中一度克制的期待心理也终于在此得到满足。现代话剧作品在结构技巧上把握不够到位，使一些原本可以强化冲突矛盾、突显人物形象的戏剧性因素和环节被轻易放过了，这也正是处于发展阶段中的中国现代话剧经常出现的令人遗憾之处。

对于这三组剧作中普遍体现的文学性不高、戏剧性缺失的现象，应从其产生的历史背景出发，结合特定时代的社会现实需要与话剧自身所处的发展阶段来考虑。这些作品所表现出的宣传大于艺术的特征是可以理解的，甚至是剧作家们不得已而为之的。在我们评价现代话剧创作中种种不足的同时，还应该看到这些剧作在宣传进步思想方面所发挥的无可替代的积极作用，从而作出尽可能客观公允的评价。

第三节　对现代历史剧的再思考

一、时代对历史剧创作的要求：历史服务于现实

如前所述，现代话剧产生和发展的时代特别强调它的宣传性、启蒙性，要求其发挥对民众的教育宣传作用；然而，不仅是当时的剧作者、演员对于作为舶来品的话剧艺术样式运用生疏，而且话剧在现代中国的扎根与发展还面临着一项更大的挑战，即中国本土观众在传统文化影响下形成的戏剧审美习惯，使他们并不热衷于观看话剧舞台上搬演今人今事。这种传统的审美习惯是如此根深蒂固，以至于直到现代话剧诞生二十年之后的 1928 年，鲁迅仍在文中感叹道：

> 戏剧还是那样旧，旧垒还是那样坚；……再后几年，则恰如 Ibsen 名成身退，向大众伸出和睦的手来一样，先前欣赏那汲 Ibsen 之流的剧本《终身大事》的英年，也多拜倒于《天女散花》《黛玉葬花》的台下了。[①]

文化评论者鲁迅对"重新拜倒于《天女散花》《黛玉葬花》的旧戏舞台之下的英年"的讥评，反映出将话剧作为疗救社会之法宝的倡

---

① 鲁迅：《〈奔流〉编校后记（三）》，收：鲁迅：《集外集》，北京：人民文学出版社，1973 年，第 144—145 页。

导者们并未实现初衷，反而陷入困境。而宋春舫对社会问题剧失败原因的归纳，则从另一个角度体现了戏剧研究者在为新兴话剧谋生存的思考中，对"丢车保帅"策略的认同：

夫剧本虽有左右社会之势力，然须视社会之能容纳剧本与否为转移。故剧本唯一之目的，在迎合社会之心理。不独迎合社会少数人之心理已也，而尤当迎合多数人之心理。问题派剧本之失败，即在当时提倡者之昧于此旨耳。①

宋春舫劝告将新剧作为宣传鼓动工具的启蒙运动者们：要想让新剧在中国民众的传统审美趣味中"活下去"，必须将原先被附加的思想宣传任务统统搁置一边，回到戏剧的本初，以"迎合社会之心理"作为"剧本唯一之目的"。

然而，现代话剧所处的历史背景、所承担的时代使命，使现代戏剧家们不可能放弃话剧的启蒙宣传功能。为了让话剧能够服务于现实需要，影响民众、改造民众，现代剧作家在深化主题现实性的同时，在题材选择上另辟蹊径，转向了具有深厚民间基础的传统戏剧题材。

郭沫若的说法代表了现代剧作家选择古代题材的初衷：

---

① 宋春舫：《中国新剧剧本之商榷》，收：《宋春舫论剧第一集》，北京：中华书局，1923 年，第 267 页。

在内地的乡镇上，假如演一个现代戏，那就很少观众，他们都不要看那随地皆是的现实。这也是几千年来的习惯，偏僻地方的人民大多数喜欢看历史剧。戏剧的演出自然不能没有观众，为了迎合观众，就不能不写历史剧。[①]

尽管郭沫若在这里提到了"历史"二字，然而他的关注点此时并不在于如何以话剧的方式再现或表现中国历史，而在于力图抓住普通民众的戏剧审美趣味，在题材选择上对这些与现代话剧存在隔膜的观众们"投其所好"，将公众早已耳熟能详的著名历史故事进行改编、将著名古代人物形象加以主观改造，而其最终目的，在于通过对传统戏剧题材的"借力"，为现代话剧争取生长发展的土壤，以尽可能广泛地实现其思想启蒙与宣传功能。这种以"为我所用"为前提的对历史人物故事的改编创作，是当时的现代戏剧家顺理成章的选择。

在五四新文化运动时期，以郭沫若为代表的现代剧作家通过对古代女性形象进行全新塑造，表达了这样的戏剧创作观念："我要借古人的骸骨来，另行吹嘘些生命进去"，"借古人来说自己的话"。[②] 当这个借古人骸骨表达今人个性解放与自由思想的创作观念被具体付诸

---

① 郭沫若：《谈历史剧——在上海市立戏剧学校演讲》，原载 1946 年 6 月 26、28 日《文汇报》。收：郭沫若：《郭沫若论创作》，上海：上海文艺出版社，1983 年，第 507 页。

② 郭沫若：《孤竹君之二子·幕前序话》，《郭沫若全集·文学编 1 卷》，. 北京：人民文学出版社，1982 年。

实践时，登上现代话剧舞台的古代人物形象便引发了一系列激烈的论争。郭沫若对这一戏剧理想进行实践的成果《卓文君》迅速成为评论的焦点。当时对该剧的批判主要从两个层面展开：在封建守旧的道德派那里，卓文君所代表的离经叛道的精神是一种思想上的毒害，是必须遏止的"歪风邪气"；而在关注现代戏剧发展的文艺评论家眼中，郭剧中的卓文君作为一个古代女性形象却说出不符合历史特征的语言、表现出有悖于她身份环境的思想，这对于现代戏剧发展而言，是一种不良倾向。

二、现代历史剧中的古人今事：对历史的"随意创作"

由于现代剧作家为了满足自己的观点而脱离历史文本与文学原著，对人物关系与故事情节进行了较大幅度的改写，使这些古代人物在台上的言行颠覆了观众先前早就习以为常的传统形象，这就容易使人觉得剧作者在关于古代题材的戏剧创作中没有尊重历史，而具有很大的随意性。因此，这些由于取材于古代而被命名为"历史剧"的现代话剧作品在当时自然难以得到普遍认可，甚至引起了不少争论。

如何将现代人的观点和感情恰到好处地注入古代人物形象，这一问题的解决不仅仅取决于剧作家的主观动机，更涉及艺术创作手法的具体操作。

如上所述，古代题材在现代话剧中的使用从一开始就染上了浓重的"为现实需要服务"功利色彩，同时由于受到现代话剧初创时期环境、条件的局限，因此，现代剧作家在对古代人物事件进行现代话剧的改编创作时，在人物关系、故事情节等设置上并不注意遵守历史的本来面貌，往往只着眼于"为我所用"，强调对思想主题的服务，于是，流传已久、为人们所熟知的古代人物故事的面貌在现代话剧中发生了一定程度的变化。

在对剧中人物角色的设置上，以卓文君题材的戏剧创作为例，现代剧作家虚构了卓文君侍女红箫这一角色。郭沫若笔下的红箫果敢而独立。当卓文君为自己的命运感伤时，红箫激励她："我的运命要由我自己作主，要永远永远由我自己作主！"当卓文君感佩地表示"你的话是绝好的教训。你从今后是我的先生，我要永远服从你的指导……"红箫又提醒她："各人的运命，是该各人自己去开拓的，他人不能指导，也无从指导。"

恽涵的剧作中关于红箫的人物说明是："年二十岁，是一个伶俐丫头，颇有魄力，为人甚忠，且亦好文学。"恽涵剧中的红箫形象与郭沫若剧作中是基本一致的，不过恽涵又特意加上了"且亦好文学"，使主仆二人爱好文学的性格特征互相映衬，也使剧情的发展有了铺垫。在第一幕一开场，红箫一面称赞卓文君的字，一面从袖子里拿出了卓文君的爱物——司马相如文集，为卓文君表达对才子的倾慕与思念创造了环境和机会。这位忠仆对文学的爱好，促使她成为卓文君爱上司马相如的积极鼓动者。可以说，是红箫助燃了深居闺中的卓文君与司马相如的爱情。

通过对卓文君周边人物的虚构，现代剧作家较为立体地展现了卓文君的内心世界，使现代话剧中的卓文君与历史记载中的卓文君相比，其性格、处境与经历都有了明显区别。

除了根据需要在剧中虚构出一些角色之外，剧作家还导入了史书记载中的若干同时代人物。这些历史人物原本与剧情并无关联，剧作家根据创作需要为之设计了相互关系与相关情节。不仅在以卓文君为题材的剧作中富商程郑被设置为卓文君的公公，在以西施为题材的剧作中也出现了类似的情况。

作为历史人物的西施，在入吴问题上其实根本不可能拥有自我选择权，但现代剧作家为了安排这场情理冲突，将剧情演绎成：在他人"家国大义"的劝说下，西施的爱国精神被激起，从而选择了为越入吴。

除了使传统文学中促成西施入吴的策划者范蠡上场外，剧作家舜卿还设置了一个引导西施走上爱国道路的关键性人物——女侠卫倩。卫倩这一形象的原型是为越兵教习剑法的南林处女，在史书中有简略记载。她在剧中是一个理想化的人物：国难当头时为国练兵，胜利后又能审时度势，及时功成身退。

剧中一开场便交代，西施早已拜卫倩为盟姐，并十分崇拜她的武艺；随后西施向卫倩问起近来天下形势，于是卫倩把越国复兴的亡吴计策告知西施；在西施叹息"只恨我手无缚鸡之力，不能像姐姐这样报效国家"时，卫倩又鼓励她参与"遣美女以迷惑吴王"的救国之策；当范蠡劝说西施入吴，而西施颇有顾虑时，卫倩又对她进行了一番劝解：

西施：姊姊试想，我所负的使命无非是以声色迷惑吴王，使他国

亡家破，那么千秋而下人们还不是把我看作妲己妹喜之
流，称之为害人的妖孽，号之为亡国的祸水。

卫倩：据我看因为夏桀伐有巢氏而夺其妹喜；商纣灭有苏氏而掳
其妲己，妹喜妲己因为要报祖国的仇，所以有意令桀纣施
行暴政而乱亡其国，他们两个人实在是爱国的女郎，人们
加她们以恶劣的称呼，实在是出于轻视女子，和妒忌女子
的私见。大可不必管他！

卫倩用来劝说西施"以色报国"的说辞中，赋予妲己、妹喜
"爱国复仇"观念虽然显得牵强和主观，然而其尖锐批判轻视女子、
将国祸归罪于女性的传统观念，仍显示出一定的进步性。卫倩的这番
话固然有着不合理的成分，但这番劝说起到了消除西施顾虑、促使其
最终决定以身献国的作用。舜卿剧作中的西施主要是在恋人范蠡的劝
说下被动地答应入吴，然而不能否认，爱国心仍然是西施做出痛苦选
择的重要因素，而卫倩的劝导则是一大推动力。这其中体现了现代剧
作家对历史记载与传统文学叙事的发挥与创造。

三、对现代历史剧的质疑与认同：关于历史剧创作的再思考

现代剧作家在创作中采用了千百年来一直被人们津津乐道的古代
形象题材，而这些人物角色早已烙上为广大民众所熟识的标记性元
素。现代剧作家为了"借古人杯酒，浇胸中块垒"，往往用新鲜的、
切近的现代元素置换已承载着集体无意识、具有历史可识别性的传统
元素，可是百年前的观众远没有今天的观众那么前卫，他们看到熟悉

的古人"变脸变身"，必然会感受到冲击和震撼。因此，20 世纪上半期的现代剧作家们在历史剧创作中遭遇的质疑与批评之烈，是 21 世纪的历史题材创作者们所不曾经历的，尽管前者在对历史人物的戏说、对历史故事的解构程度上与后者相仿，甚至远远不及。

　　作为 20 世纪上半叶历史剧创作的先行者，郭沫若对自己的历史剧观念作了进一步提升，提出了"借古鉴今"、"失事求似"的史剧理论。他主张历史剧作家不必拘泥于历史细节，不必放弃艺术虚构的权力，应注重历史精神，写出历史的必然性与可能性。从辩证逻辑来看，这种理论是合理的；从历史发展来看，这种观念是进步的；然而"失事求似"的史剧理论却并不能即刻解决现代历史剧作品在接受过程中所面临的矛盾。这是一对不易化解的矛盾：历史剧作家对古代人物形象的重新塑造和观众接受习惯之间的矛盾。

　　所幸的是，在经过郭沫若翻新的卓文君身上，焕发出那个时代正渴望的叛逆精神。这股新鲜的气息弥补了技术上的粗糙和不协调，使这些处在初创期的历史剧作品仍旧赢得了一批重要的观众、一批积极的支持者。这股支持力量的主体是青年学生。作为知识新生代，他们接受新事物的能力较强，且富有革新创造的热情，对于戏剧创作中的改革，他们是愿意接受的。当他们逐渐适应了现代历史剧的基本风格后，便转向拥护和喜欢了，而现代历史剧的思想水平与艺术水平，也在他们的支持下逐渐发展、提高。

　　现代历史剧从青年学生群体中获得了重要的支持力量，同时也对青年学生群体的精神需求作出了积极回应。对于来自封建统治的各种压迫，开始觉醒的五四青年一代最有切身体验的是来自封建旧家庭的家长制权威对个人恋爱婚姻自由权利的剥夺。因此，在争取个性解放的斗争中，最能引发青年广泛共鸣的婚姻自由、爱情至上等主张成为了反封建文艺作品中最常出现的主题，以此为主题的现代话剧作品的大量出现便是对这种时代呼声的响应，而通过古代女性形象表现婚恋问题的剧作更是成为其中最受欢迎的作品。例如前文中所提到，郭沫若的剧作《卓文君》甫一发表，就受到了女校学生们的热烈欢迎，学生们通过读剧、演剧、评剧等戏剧实践活动，向束缚个人自由的封建旧道德旧思想发起了抗争。

现代话剧中批判旧礼教的卓文君们成为青年观众争取个人婚姻恋爱自由的精神偶像，而喜爱现代话剧的青年们关于自身婚恋的反思又进一步丰富了对个性解放、女性解放的思想探索，如陈学昭在留学过程中写下的《文君之出》即是其中的典型代表。可以说，通过与青年学生群体的密切互动，现代历史剧在倡导婚姻自由、女性解放的反封建斗争中发挥了显著的宣传作用，并为推动斗争的深入发展提供了积极力量。现代历史剧中的古代女性形象，不仅顺应了时代，而且引领时代潮流，对整个文艺界、思想界都产生了积极而深远的影响。以卓文君为代表的现代历史剧中的古代女性形象，在反抗专制、追求自由、解放女性等方面所达到的思想认识水平，甚至可以使今天为数不少的以女性婚恋为题材的文学影视剧作品相形见绌。

现代历史剧的生成特征决定了它成为反抗封建统治、倡导思想解放的现代文学中的主导力量，而以古代女性形象为题材创作的现代历史剧作品更是其中的突出代表。在卓文君、西施、花木兰相关剧作所代表的现代历史剧的发展变迁中，围绕现代历史剧的讨论虽然不曾真正间断，然而在现代历史剧创作实绩中，可以发现其创作特征的根本一致性：无论评论界关于历史剧的争论如何演变，现代剧作家们在创作中始终实践着这样一个原则：要使历史题材艺术作品适应时代的需要，就不能拘泥于原始史料，而应该赋予古代人物、事件以当代人的观点和感情。尽管根据历史题材创作的戏剧作品在对历史与现实的磨合上存在的难度高于其他戏剧类别，然而对这种难度的不断挑战与征服，正是历史剧创作的魅力所在。

参考文献

1. ［古希腊］亚里士多德·贺拉斯著；罗念生、杨周翰译. 诗学诗艺. 北京：人民文学出版社，1962 年

2. ［法国］狄德罗著，张冠尧、桂裕芳译.《狄德罗美学论文选》，北京：人民文学出版社，1984 年

3. ［汉］司马迁.《史记》. 北京：中华书局，1959 年

4. ［汉］赵晔.《吴越春秋》. 北京：中华书局，1985 年

5. ［汉］袁康.《越绝书》. 上海：上海古籍出版社，1985 年

6. ［宋］郭茂倩：《乐府诗集》，北京：中华书局，1979 年

7. ［明］梁辰鱼：　《梁辰鱼集》，上海：上海古籍出版社，1998 年

8. ［明］徐渭：《四声猿》，上海：上海古籍出版社，1984 年

9. ［清］洪昇：《长生殿》，北京：人民文学出版社，1983 年

10. ［清］孔尚任：《桃花扇》，北京：人民文学出版社，1998 年

11. 王哲甫：《中国新文学运动史》，北京：杰成印书局，1933 年

12. 赵家璧主编：《中国新文学大系（1917—1927）》，上海：上海良友图书印刷公司，1935—1936 年；上海：上海文艺出版社，2003 年影印

13. 《中国话剧运动五十年史料集》编辑委员会：《中国话剧运动五十年史料集》，北京：中国戏剧出版社，1958—1963 年

14. 中国戏剧家协会：《历史剧问题参考资料》，北京：中国戏剧家协会编印，1961 年

15. 茅盾：《关于历史和历史剧——从〈卧薪尝胆〉的许多不同剧本说起》，北京：作家出版社，1962 年

16. 中华全国妇女联合会妇女运动历史研究室：《五四时期妇女问题文选》，北京：生活・读书・新知三联书店，1981 年

17. 顾仲彝：《编剧理论与技巧》，北京：中国戏剧出版社，1981 年

18. 刘大杰：《中国文学发展史》，上海：上海古籍出版社，1982 年

19. 周贻白：《周贻白戏剧论文选》，长沙：湖南人民出版社，1982 年

20. 庄一拂：《古典戏曲存目汇考》，上海：上海古籍出版社，1982 年

21. 丁茂远：《陈学昭研究专集》，杭州：浙江文艺出版社，1983 年

22. 郭沫若：《郭沫若论创作》，上海：上海文艺出版社，1983 年

23. 黄侯兴：《郭沫若历史剧研究》，武汉：长江文艺出版社，

1983 年

24. 韩日新：《陈大悲研究资料》，北京：中国戏剧出版社，
   1985 年

25. 田本相，杨景辉：《郭沫若史剧论》，北京：人民文学出版
   社，1985 年

26. 余秋雨：《中国戏剧文化史述》，长沙：湖南人民出版社，
   1985 年

27. 沈燮元：《周贻白小说戏曲论集》，济南：齐鲁书社，1986 年

28. 王训昭，卢正言等：《郭沫若研究资料》，北京：中国社会科
   学出版社，1986 年

29. 刘纳：《论"五四"新文学》，杭州：浙江文艺出版社，
   1987 年

30. 黄人影：《郭沫若论》，上海：上海书店出版社，1988 年

31. 陈白尘，董健：《中国现代戏剧史稿》，北京：中国戏剧出版
   社，1989 年

32. 顾毓琇（顾一樵）：《顾毓琇戏剧选》，北京：商务印书馆，
   1990 年

33. 黄会林：《中国现代话剧文学史略》，合肥：安徽教育出版
   社，1990 年

34. 舒芜：《女性的发现——知堂妇女论类抄》，北京：文化艺术
   出版社，1990 年

35. 张京媛：《当代女性主义文学批评》，北京：北京大学出版
   社，1992 年

36. 张京媛：《新历史主义与文学批评》，北京：北京大学出版社，1993 年

37. 田本相，焦尚志：《中国话剧史研究概述》，天津：天津古籍出版社，1993 年

38. 孙庆升：《中国现代戏剧思潮史》，北京：北京大学出版社，1994 年

39. 刘慧英：《走出男权传统的樊篱——文学中男权意识的批判》，北京：生活·读书·新知三联书店，1996 年

40. 李修生：《古本戏曲剧目提要》，北京：文化艺术出版社，1997 年

41. 陈学昭：《陈学昭文集》（五卷），杭州：浙江文艺出版社，1998 年

42. 钱理群，温儒敏，吴福辉：《中国现代文学三十年》，北京：北京大学出版社，1998 年

43. 王富仁：《现代作家新论》，太原：山西教育出版社，1998 年

44. 邹红：《焦菊隐戏剧理论研究》，北京：北京师范大学出版社，1999 年

45. 陈樾山：《唐槐秋与中国旅行剧团》，北京：中国戏剧出版社，2000 年

46. 胡星亮：《中国话剧与中国戏曲》，上海：学林出版社，2000 年

47. 范志忠：《反叛与救赎——中国现代历史剧的文化阐释》，长春：时代文艺出版社，2001 年

48. 吴秀华：《明末清初小说戏曲中的女性形象研究》，南京：江苏古籍出版社，2002 年

49. 董健：《中国现代戏剧总目提要》，南京：南京大学出版社，2003 年

50. 施旭升：《中国现代戏剧重大现象研究》，北京：北京广播学院出版社，2003 年

51. 周靖波：《中国现代戏剧论：建设民族戏剧之路》北京：北京广播学院出版社，2003 年

52. 孟悦，戴锦华：《浮出历史地表——现代女性文学研究》，北京：中国人民大学出版社，2004 年

53. 孙书磊：《中国古代历史剧研究》，南京：南京师范大学出版社，2004 年

54. 吴秀明：《中国历史文学的世纪之旅：现当代历史题材创作国际研讨会论文集》，沈阳：春风文艺出版社，2004 年

55. 李贞德，梁其姿：《妇女与社会》，北京：中国大百科全书出版社，2005 年

56. 刘丽文：《历史剧的女性主义批评》，北京：中国传媒大学出版社，2005 年

57. 谭帆、陆炜：《中国古典戏剧理论史（修订版）》，上海：华东师范大学出版社，2005 年

58. 谭霈生：《谭霈生文集》，北京：中国戏剧出版社，2005 年

59. 吴玉杰：《新历史主义与历史剧的艺术建构》，北京：中国社会科学出版社，2005 年

60. 张彦林：《锦心秀女赵清阁》，郑州：河南人民出版社，2005 年

61. 赵清阁：《沧海往事：中国现代著名作家书信锦》，上海：上海文艺出版社，2006 年

62. 刘传霞：《被建构的女性：中国现代文学社会性别研究》，济南：齐鲁书社，2007 年

63. 田本相，宋宝珍，刘方正：《中国戏剧论辩》，南昌：百花洲文艺出版社，2007 年

64. 黄修己，刘卫国：《中国现代文学研究史》，广州：广东人民出版社，2008 年

65. 王永恩：《明末清初戏曲作品中的女性形象研究》，北京：文化艺术出版社，2008 年

66. 张泽贤：《中国现代文学戏剧版本闻见录续集（1908—1949）》，上海：上海远东出版社，2010 年

67. 邓齐平：《20 世纪中国史剧研究》，北京：中国社会科学出版社，2010 年

68. 傅光明：《书信世界里的赵清阁与老舍》，上海：复旦大学出版社，2012 年

期刊论文：

1. 林文铮：《作西施之前后》，收：《艺星》创刊号，杭州：国立杭州艺术专科学校艺星社，1934 年

2. 郁达夫：《〈西施〉的演出》，杭州《东南日报·沙发》，1935

年 2 月 16 日。收：郁达夫：《郁达夫文集·第六卷：文论》，广州：花城出版社，1991 年，第 243—245 页。

3. 静　如：《看了〈西施〉以后》，《黄钟》1935 年第 7 卷第 9 期

4. 苏　平：《西施观后感》，《黄钟》1935 年第 7 卷第 9 期

5. 苏雪林：《现代中国戏剧概观》，《青年界》，1937 年第 11 卷第 3 期

6. 张　庚：《话剧民族化和旧剧现代化》，《理论与现实》，1939 年第 1 卷第 3 期

7. 吴　晗：《论历史剧》，《文学评论》，1961 年第 3 期

8. 朱　寨：《关于历史剧问题的争论》，《文学评论》，1962 年第 5 期

9. 陈祖美：《从〈王昭君〉看历史剧的倾向性和真实性的关系》，《文学评论》，1980 年第 6 期

10. 王　瑶：《郭沫若的浪漫主义历史剧创作理论》，《文学评论》，1983 年第 3 期

11. 吴功正：《论郭沫若历史剧的地位》，《中国现代文学研究丛刊》，1983 年第 4 期

12. 赵　园：《"五四"时期小说中的婚姻爱情问题》，《中国社会科学》，1983 年第 4 期

13. 周靖波：《论抗战时期国统区历史剧》，《重庆师范大学学报（哲学社会科学版）》，1985 年第 4 期

14. 王保生：《关于抗战时期六个太平天国史剧的思考》，《中国

现代文学研究丛刊》，1986 年第 2 期

15. 钱　虹：《觉醒·苦闷·危机——论五四时期女作家的爱情观念及其描写》，《文学评论》，1987 年第 2 期

16. 吴秀明：《关于历史文学的虚构自由与限度问题》，《浙江学刊》，1988 年第 3 期

17. 钱理群：《试论五四时期"人的觉醒"》，《文学评论》，1989 年第 3 期

18. 毛　策：《陈学昭年谱简编》，《浙江师大学报（社会科学版）》，1991 年第 1 期

19. 徐建生：《近代中国婚姻家庭变革思潮述论》，《近代史研究》，1991 年第 3 期

20. 梁景时：《论民初至五四时期的"家庭革命"》，《晋阳学刊》，1994 年第 6 期

21. 游友基：《女性文学的嬗变与发展》，《中国现代文学研究丛刊》，1994 年第 4 期

22. 陈学勇：《〈赵清阁文艺生涯年谱〉补正》，《中国现代文学研究丛刊》，1996 年第 3 期

23. 高天星、高黛英、陈阜东：《赵清阁文艺生涯年谱》（及续），《新文学史料》，1995 年第 3、4 期

24. 魏　朗：《漫谈卓文君与司马相如传奇故事的戏剧》，《文史杂志》，1996 年第 5 期

25. 董　健：《中国戏剧现代化的艰难历程》，《文学评论》，1998 年第 1 期

26. 邹　红：《如何对待名著的改编》，《戏剧文学》，1998 年第 2 期

27. 王富仁：《中国现代历史小说论》，《鲁迅研究月刊》，1998 年第 3—7 期

28. 钟桂松：《个性？情感与气质——论陈学昭的创作》，《中国现代文学研究丛刊》，1999 年第 3 期

29. 邹　红：《中国现代话剧民族化的历史进程》，《文学评论》，1999 年第 4 期

30. 金宁芬：《我国古典戏曲中西施形象演变初探》，《文学遗产》，2001 年第 6 期

31. ［台湾］余君伟：《从乐府诗到迪斯尼动画——木兰故事中的叙事、情欲和国族想象》，《中外文学》，2001 年第 8 期；收：李扬编：《作家文学与民间文学》，北京：中国海洋大学出版社，2004 年

32. 董　旸：《场上案头一大家——〈周贻白传〉》，《中国戏剧》，2003 年第 1—8 期

33. 范志忠：《论二十世纪中国现代历史剧的批评话语》，《浙江大学学报（人文社会科学版）》，2003 年第 1 期

34. 舒敏华：《"家国同构"观念的形成、实质及其影响》，《北华大学学报（社会科学版）》，2003 年第 2 期

35. 邓齐平：《中国现代历史剧"史""剧"争议评析》，《理论与创作》，2004 年第 1 期

36. 钱中文：《历史题材创作、史识与史观》，《文艺评论》，2004

年第 3 期

37. 童庆炳：《历史题材创作三向度》，《文艺评论》，2004 年第
3 期

38. 赵兴红：《由〈浣纱记〉谈文艺批评的文化语境问题》，《理
论界》，2004 年第 3 期

39. 关　威：《新文化运动与婚姻家庭观念变革》，《广东社会科
学》，2004 年第 4 期

40. 陈　节：《从女扮男装故事看传统性别意识对作家的影响》，
《福建师范大学学报（哲学社会科学版)》，2004 年第 4 期

41. 董　旸：《寄情千载分前后，大胆摊书尽古装——谈周贻白
史剧精神内核》，《中国戏剧》，2005 年第 2 期

42. 李东芳：《现代文学场域下的女性写作——论女作家陈学昭
的创作风格及其文坛地位的形成》，《妇女研究论丛》，2005
年第 4 期

43. 黄寒冰：《游走在历史与现实之间——抗战时期关于历史剧
创作的论争》，《四川戏剧》，2005 年第 5 期

44. 童庆炳：《 "历史 3"——历史题材文学创作的历史真实》，
《人文杂志》2005 年第 5 期

45. 邹　红：《在历史与现实之间——历史剧〈赵氏孤儿〉》的改
编策略，《北京师范大学学报（社会科学版)》，2006 年第
2 期

46. 单　元：《从陈学昭的婚恋悲剧看中国的女性解放》，《嘉兴
学院学报》，2006 年第 4 期

47. 李春青：《关于历史题材创作的评价标准与方法问题》，《北京师范大学学报（社会科学版）》，2007 年第 2 期

48. 解志熙：《历史的悲剧与人性的悲剧——抗战时期的历史剧叙论》，《中国现代文学研究丛刊》，2007 年第 2 期

49. 邹 红：《中国话剧百年发展三维》，《文学评论》，2007 年第 3 期

50. 王家康：《孤岛时期阿英及其他作家历史剧中的女性叙事》，《文学评论》2007 年第 4 期

51. 张 莉：《"我们女子呵"——第一代女作家的现代女性意识片论》，《中国现代文学研究丛刊》，2008 年第 2 期

52. 熊 权：《论革命加恋爱概念的历史建构》，《中国现代文学研究丛刊》，2008 年第 5 期

53. 刘志华：《论顾一樵的历史剧创作》，《四川戏剧》，2011 年第 1 期。

54. 王立群：《历史建构与文学阐释——以〈史记？司马相如列传〉为中心》，《文学评论》，2011 年第 6 期

55. 铁爱花：《阴阳学说与宋代性别秩序的建构——以尊卑、内外之道为中心》，《历史教学》，2012 年第 2 期

学位论文：

1. 陈文联：《五四时期妇女解放思潮研究》，湖南师范大学博士学位论文，2002 年

2. 李 怡：《日本体验与中国现代文学的发生》，北京师范大学

博士学位论文，2003 年

3. 王家康：《抗战时期思想文化背景中的历史剧写作》，北京大学博士学位论文，2003 年

4. 田根胜：《近代戏剧的传承与开拓》，华东师范大学博士学位论文，2003 年

5. 王永恩：《明末清初戏曲作品中的女性形象研究》，中央戏剧学院学位博士论文，2005 年

6. 谢海平：《拓展与变异——启蒙思潮中的女性文学论》，山东大学博士学位论文，2007 年

7. 张文娟：《五四文学中的女子问题叙事——以同期女子解放思潮和运动事实为参照》，吉林大学博士学位论文，2008 年

8. 郭玉华：《重构历史的现实文本：历史题材话剧（1917－1949）改编研究》，北京师范大学博士学位论文，2009 年

9. 程春梅：《20 世纪中国文学中的贞节观》，山东大学博士学位论文，2012 年

10. 陈晓飞：《娜拉》的中国改写（1914—1948）》，天津师范大学硕士学位论文，2006 年

11. 黄 莹：《现代转型中的历史剧面貌——以现代西施剧为个案》，北京师范大学硕士学位论文，2007 年

12. 詹 颖：《从引领运动到"缺席"历史——艺术激变时代的林文铮》，四川大学硕士学位论文，2007 年

13. 杨 雪：《戏剧中的历史与历史中的戏剧——周贻白戏剧观研究》，中国艺术研究院硕士学位论文，2009 年

附录一　写作本书时参考的相关话剧作品

1915 年

包天笑：七幕剧《燕支井》，载《小说大观》第一集（1915
　　　年）。本文研究据王卫民编《中国早期话剧选》，北京：
　　　中国戏剧出版社 1989 年 3 月第 1 版。

1917 年

寒　蝉：五幕新脚本《中古时代之文明结婚》，载《余兴》第 25
　　　期（1917 年 2 月），上海：上海时报馆余兴部编辑。

1919 年

吴我尊：二幕史剧《乌江》，载《春柳》第 5 期（1919 年 4 月 1
　　　日）。

1922 年

北平（北京）女高师四年级学生：五幕剧《孔雀东南飞》，载
　　　1922 年 2 月《戏剧》第 2 卷第 2 号。季剑根
　　　据该剧翻译出版中英对照本《孔雀东南飞剧
　　　本》，上海：竞文书局 1935 年 8 月初版。本
　　　文研究根据《孔雀东南飞剧本》，上海竞文
　　　书局 1941 年 4 月再版。

1923 年

郭沫若：三景剧《卓文君》，原载《创造》季刊 2 卷 1 期（1923 年 5 月上旬）。郭沫若：《三个叛逆的女性》，上海光华书局 1926 年 4 月初版。本文研究据作者著戏剧集《三个叛逆的女性》，上海光华书局 1926 年 4 月初版。

1924 年

郭沫若：二幕剧《王昭君》，原载《创造》季刊 2 卷 2 期（1924 年 2 月下旬）。收郭沫若：《三个叛逆的女性》，上海光华书局 1926 年 4 月初版。本文研究据作者著戏剧集《三个叛逆的女性》，上海光华书局 1926 年 4 月初版。

1925 年

郭沫若：二幕剧《聂嫈》，上海光华书局 1925 年 9 月 1 日初版。本文研究据作者著戏剧集《三个叛逆的女性》，上海光华书局 1926 年 4 月初版。

顾一樵：五幕剧《项羽》，原载《大江》1 卷 2 期（1925 年 11 月 15 日）。1925 年 5 月 30 日再稿。收：顾一樵戏剧集《岳飞及其他》，上海：新月书店 1932 年 7 月初版。本文研究据《顾毓琇戏剧选》，北京：商务印书馆，1990 年 3 月初版。

1926 年

王独清：六场剧《杨贵妃之死》，载《创造月刊》1 卷 4 期

（1926 年 6 月 1 日），本文研究据上海乐华图书公司
1927 年单行本。

1927 年

（陈）学昭：四幕剧《文君之出》，作于 1927 年 12 月 25 日"圣
　　　　诞节夜，冷落的客舍。巴黎。"载《真美善》月刊
　　　　第 3 卷第 4 号（1929 年 2 月 16 日）。

1928 年

王独清：六幕十八场剧《貂蝉》，载《创造月刊》1 卷 8 期
　　　　（1928 年 1 月 1 日）。上海：乐华图书公司 1929 年 6 月
　　　　30 日付排，1929 年 10 月 1 日初版。单行本中有作者
　　　　1929 年 1 月 3 日所作自序，1929 年 7 月 29 日所作后记。
　　　　本文研究据上海乐华图书公司 1932 年 6 月 30 日再版。

左干臣：四幕剧《木兰从军（又名：女健者）》，题记作于 1928
　　　　年 6 月，原载《现代妇女》（刊数待考），单行本：上
　　　　海启智书局 1928 年 8 月初版。本文研究据上海启智书
　　　　局 1935 年版。

林语堂：独幕悲喜剧《子见南子》，尾注写于 1928 年 10 月 30
　　　　日。载《奔流》第 1 卷第 6 期（1928 年 11 月 20 日）。

1929 年

徐葆炎：三幕剧《妲己》，单行本，上海金屋书店，1929 年 1 月

初版。

熊佛西：独幕剧《兰芝与仲卿》，《东方杂志》第 26 卷第 1 号
（1929 年 1 月 10 日）。

1930 年

袁昌英：三幕剧《孔雀东南飞》，1929 年创作，收《孔雀东南飞
及其他独幕剧》，北京：商务印书馆 1930 年初版。

1932 年

顾一樵：四幕剧《西施》，1932 年 5 月 4 日再稿。初版待考。收
入《文学研究会创作丛书：西施及其他》，顾一樵、顾
青海着，北京：商务印书馆，1936 年 3 月初版。本文研
究据《顾毓琇戏剧选》，北京：商务印书馆，1990 年 3
月初版。

1933 年

陈白尘：独幕剧《虞姬》，载《文学》1 卷 3 号（1933 年 9 月）。

1934 年

顾青海：三幕剧《王昭君》，载《文学季刊》第 2 期（1934 年 4
月 1 日）。收"文学研究会创作丛书"，顾一樵、顾青
海著：《西施及其他》，北京：商务印书馆 1936 年 3 月
初版。本文研究据上海商务印书馆 1936 年 8 月再版。

顾青海：三幕剧《香妃》，载《文学季刊》1934 年第 3 期。本文研究据于善浦、董乃强编《香妃》，北京：书目文献出版社 1985 年 8 月初版。

林文铮：五幕三十六场悲剧《西施》，单行本，杭州：国立艺专艺专剧社，1934 年 10 月初版。

1935 年

舜　卿：三幕剧《西施》，载《女青年月刊》14 卷 4 期（1935 年 4 月 15 日）。

陈大悲：五幕乐剧（剧首标为"话剧"）《西施》，载 1935 年 9 月《广播周报》第 141—143 期。

1936 年

洪　深：独幕剧《汉宫秋》，载《东方杂志》33 卷 1 期（1936 年 1 月 1 日）。

夏　衍：三幕四场话剧《秋瑾传（又名：自由魂）》，作于 1936 年残冬，最初题为《自由魂》，载《光明》第 3 卷第 1、2 期（1936 年 12 月）。单行本：上海生活书店 1937 年 3 月初版。本文研究据《夏衍选集》，北京：人民文学出版社 1980 年版。

夏　衍：七场剧《赛金花》，载《文学》第 6 卷第 4 期（1936 年 4 月）。单行本：生活书店 1936 年 11 月初版。本文研究据：《夏衍剧作集》（第一卷），北京：中国戏剧出版社

1984 年 10 月第 1 版。

徐　訏：四幕剧《费宫人》，载《东方杂志》第 33 卷第 17 号（1936 年 9 月 1 日）。收《灯尾集》，宇宙风社 1939 年 9 月初版。本文研究据《东方杂志》本。

1937 年

熊佛西：四幕剧《赛金花（又名：落花梦）》，该剧原稿 1936 年 11 月完成于北平，连载于北平《实报》（1937 年 3 月 2 日至 31 日）；1937 年 3 月 21 日首演前三小时被禁于北平新新剧院（参《〈赛金花〉公演感言》，作者 1940 年 3 月 17 日写于成都）；1940 年作修正稿，为中央军校妇女工作队募捐公演于成都春熙大舞台；修正稿于 1940 年 3 月 11 日至 20 日公演于成都智育电影院。"实报丛书之廿九"，单行本：北平实报社 1937 年 3 月 20 日出版。本文研究据：重庆：华中图书公司 1944 年再版。

宋之的：五幕史剧《武则天》，上海生活书店 1937 年 6 月初版。本文研究据《宋之的剧作全集（一）》，北京：中国戏剧出版社 1986 年 6 月第 1 版。

1938 年

李朴园：独幕剧（十七场）《杨贵妃》，收《朴园史剧甲集》，长沙：商务印书馆，1938 年。

1939 年

杨村彬：四幕八场历史剧《秦良玉》，1938 年 7 月写剧于桂湖。
11 月写前言。单行本，"四川省立戏剧教育实验学校排
演用本之二"，成都：四川省立戏剧教育实验学校编纂
委员会 1939 年 1 月初版。

阿　英：四幕话剧《碧血花（又名：明末遗恨、葛嫩娘）》，初
版待考。本文研究据《阿英剧作选》，北京：中国戏剧
出版社，1980 年 4 月初版。

1940 年

于　伶：五幕话剧《大明英烈传》，1940 年 5 月为上海剧艺社演
出作。上海杂志公司 1941 年 7 月初版。本文研究据
《于伶剧作集》第三卷，北京：中国戏剧出版社 1986 年
6 月第 1 版。

周剑尘：四幕剧《梁红玉》，单行本：剧作协社出版，上海：新
艺书店发行。1940 年 3 月初版。

蒋　旗：五幕剧《陈圆圆》，后记作于 1940 年 1 月 25 日，上海。
单行本："历史剧丛刊之一"，上海国民书店 1940 年版。

周贻白：五幕话剧《李香君》，由中国旅行剧团于 1940 年 7 月 17
日至 8 月 15 日在上海璇宫戏院首演。"历史剧丛刊之
三"，单行本：上海：国民书店 1940 年初版。

周剑尘：四幕剧《西太后》，单行本：上海新艺书店，1940 年
初版。

恽　涵：七幕剧《卓文君》，"历史丛书第一种"，单行本：上海：毓文书店 1940 年 6 月版。

易　乔：三幕剧《巾帼英雄（又名：木兰从军)》，上海：潮锋出版社 1940 年 10 月初版。

颜一烟：四幕话剧《秋瑾》，1940 年 2 月初稿于延安杨家岭，1940 年"三，八"节在延安演出。本文研究据《延安文艺丛书》编委会编：《延安文艺丛书 第九卷：话剧卷》，长沙：湖南文艺出版社，1987 年 10 月新第 1 版。

1941 年

郭沫若：五幕剧《棠棣之花》，第一幕《聂母墓前》载《时事新报·学灯》双十节增刊（1920 年 10 月 9 日），第二幕单独发表于《创造季刊》1 卷 1 号（1922 年 3 月），1938 年扩展成五幕剧，1941 年 12 月 23 日整理毕。重庆作家书屋 1942 年 7 月初版。本文研究据《郭沫若全集·文学编》第 6 卷，北京：人民文学出版社 1986年版。

阿　英：五幕剧《洪宣娇》，1941 年由中国旅行剧团在兰心大戏院首演。作者附《公演前记》作于 1941 年 4 月 6 日。本文研究据《阿英剧作选》，北京：中国戏剧出版社 1980 年 4 月第 1 版。

四幕话剧《杨娥传》，1941 年 3 月写定（写作时间据作者 1941 年 3 月 20 日在上海作《〈杨娥传〉故事形成的经过》）。初版待考。本文研究据《阿英剧作选》，北京：中国戏剧出版社，1980 年 4 月第 1 版。

阳翰笙：六幕七场话剧《天国春秋》，1941 年 9 月 3 日脱稿。当年上演。单行本。重庆：群益出版社 1944 年 8 月初版。本文研究据《阳翰笙剧作集》上卷，北京：中国戏剧出版社 1982 年 12 月第 1 版。

舒　湮：五幕历史悲剧《董小宛》，单行本：舒湮主编"光明戏剧丛书"，上海光明书局，1941 年 7 月初版。

聂绀弩：拟剧《范蠡与西施》，收：聂绀弩等著《野草文丛之七・八》，香港：星群书店 1941 年 6 月版。

周贻白：四幕剧《花木兰》，上海：开明书店 1941 年 5 月版。本文研究据孔范今主编《中国现代文学补遗书系：戏剧卷一》，济南：明天出版社 1991 年 7 月初版。

1942 年

赵清阁：五幕剧《花木兰从军》，自序作于 1942 年 10 月 13 日"于北碚竹庐"。原剧名或为《花木兰》。重庆妇女月刊社 1943 年初版。本文研究据剧作集《雨打梨花》，重庆：妇女月刊社 1945 年 8 月初版。

1943 年

杨村彬："清宫外史"第一部《光绪亲政记》，1943 年重庆初版为四幕剧；1982 年北京第 1 版改为五幕剧。该剧于

1942 年底开始写作（创作时间据《杨村彬创作年表》，见：杨村彬著《导演艺术民族化求索集》，中国戏剧出版社 1991 年 9 月第 1 版）。该剧于 1943 年春由中央青年剧社在重庆抗建堂首演。剧本收茅盾主编"国讯文艺丛书"，单行本，重庆国讯书店 1943 年 10 月初版。本文研究据"现代戏剧创作丛书"单行本，北京：中国戏剧出版社 1982 年 10 月第 1 版。

孙家琇：四幕剧《复国（又名：吴越春秋)》，1943 年 9 月作序于乐山武汉大学。商务印书馆单行本，1944 年 8 月重庆初版，1946 年 3 月上海初版。

杨村彬："清宫外史"第二部《光绪变政记》，1944 年重庆初版为四幕剧；1987 年北京第 1 版改为九场剧。1944 年冬由中国电影制片厂、中国万岁剧团在重庆首演。国讯书店单行本，重庆 1944 年 10 月初版，上海 1946 年 3 月第 1 版。此剧写于 1944 年，1984 年作者又作了修改（据中国戏剧出版社单行本"内容说明"）。本文研究据"现代戏剧创作丛书"单行本，北京：中国戏剧出版社 1987 年 6 月第 1 版。

1944 年

周贻白：五幕话剧《连环计》，自序作于 1944 年 10 月，"梁溪寓次"。上海：世界书局 1944 年 10 月版。

姚　克：四幕历史剧《楚霸王》，孔另境主编"剧本丛刊第二集"单行本，上海世界书局 1944 年版。

四幕剧《清宫怨》（每幕二景加序幕），世界书局 1944
年版。本文研究据北京：人民文学出版社 1980 年 6 月
第 1 版。

周　彦：三幕剧《桃花扇》（每幕二场，并有"先声"、"余韵"、
"尾声"），作者代序《我怎样写〈桃花扇〉》于 1944 年
戏剧节作于重庆。"当今戏剧丛书"，单行本。重庆：当
今出版社 1944 年 10 月初版。

1945 年

吴景洲：四幕六场剧《长生殿：唐明皇与杨贵妃的故事》，单行
本，重庆：中华文化事业出版社 1945 年 3 月初版。

赵循伯：四幕剧《长恨歌》，正中书局单行本，1945 年 6 月重庆
初版，1947 年 2 月上海一版。

1946 年

田　汉：五幕剧《陈圆圆》，1946 年 2 月写于昆明。第一、二幕
连载于 1946 年 2 月 14 日至 4 月 14 日昆明《正义报》
之《副刊》。未发表的后三幕来自作者遗物中的手稿。
全剧首次完整发表于《田汉全集》，石家庄：花山文艺
出版社，2000 年初版。

欧阳予倩：三幕九场话剧《桃花扇》，1946 年 12 月作，北京：
中国戏剧出版社 1957 年初版。

附录二　关于古代女性形象的现当代戏剧剧目

1907 年

萧山湘灵子：八出传奇《轩亭冤（又名：鉴湖女侠，秋瑾含
　　　冤)》，1907 年 9 月作，距秋瑾被害仅一月半。有光绪
　　　年间上洋小说支卖社石印本及 1912 年上海振兴图书社
　　　石印本。录入张庚、黄菊盛主编的《中国近代文学大
　　　系·戏剧集一》，上海书店，1996 年 2 月版。

吴　梅：戏曲剧本《轩亭秋杂剧》，1907 年刊于《小说林》，共
　　　四出，颂赞秋瑾轩亭就义，文词典雅。

1908 年

月行窗主：多幕戏曲《女豪杰》，前四幕载《月月小说》第 22—
　　　23 号（1908 年 11—12 月）。其余未见发表。

龙禅居士：《碧血碑杂剧》载 1908 年《小说林》第 11 期。

啸　庐：《轩亭血传奇》，载 1908 年《小说林》第 12 期。

天宝宫人：十幕京剧《孽海花》，载《月月小说》第 17—21 号
　　　（1908 年 6—10 月）。

1913 年

武太虚等：十一幕剧《光绪与珍妃》，民鸣社 1913 年 11 月—

1916 年演出。口述整理本载上海市传统剧目编辑委员
会编《传统剧目汇编．通俗话剧》第五集，上海文艺
出版社，1959 年 2 月版。

1915 年

包天笑：七幕剧《燕支井》，载《小说大观》第一集（1915
　　　　年）。本文研究据王卫民编《中国早期话剧选》，北京：
　　　　中国戏剧出版社 1989 年 3 月第 1 版。

1917 年

欧阳予倩：八场京剧《孔雀东南飞》，据汉乐府民歌改编。1917
　　　　年前后作。北京：宝文堂书店，1955 年版。

寒　蝉：五幕新脚本《中古时代之文明结婚》，载《余兴》第 25
　　　　期（1917 年 2 月），上海：上海时报馆余兴部编辑。

吕月樵等：连台十二本京剧《西太后》，上海共舞台 1917 年首
　　　　演，载曾自融主编《京剧剧目辞典》，北京：中国戏剧
　　　　出版社，1989 年 6 月版。

1918 年

梅兰芳等：京剧《木兰从军》，载《古今戏剧大观》第 1 编，中
　　　　外书局，1921 年 4 月 10 日版。

周天悲：七幕新剧《安得海大闹龙舟》，载上海市传统剧目编辑
　　　　委员会编《传统剧目汇编．通俗话剧》第 5 集，上海文

艺出版社，1959 年 2 月版。

谢桐影等：九幕新剧《冯小青》，载上海市传统剧目编辑委员会
编《传统剧目汇编. 通俗话剧》第 4 集，上海文艺出版
社，1959 年 2 月版。

1919 年

吴我尊：二幕史剧《乌江》，载《春柳》第 5 期（1919 年 4 月 1
日）。

1920 年

郭沫若：诗剧《聂嫈墓前》，载 1920 年 10 月 9 日《时事新报.
学灯》双十节增刊。

1922 年

北平女高师四年级学生：五幕剧《孔雀东南飞》，载 1922 年 2 月
《戏剧》第 2 卷第 2 号。季剑根据该剧翻译出版中英对
照本《孔雀东南飞剧本》，上海：竞文书局 1935 年 8 月
初版。本文研究根据《孔雀东南飞剧本》，上海竞文书
局 1941 年 4 月再版。

斗斗山人：十八场戏曲《文君当垆》，载 1922 年 3 月 1—26 日天
津《大公报·余载》。

待　考：三十三场戏曲《红拂记（又名：三义图，风尘侠)》，
载 1922 年 3—5 月天津《大公报. 余载》。

1923 年

郭沫若：三景剧《卓文君》，原载《创造》季刊 2 卷 1 期（1923 年 5 月上旬）。郭沫若：《三个叛逆的女性》，上海光华书局 1926 年 4 月初版。本文研究据作者著戏剧集《三个叛逆的女性》，上海光华书局 1926 年 4 月初版。

1924 年

郭沫若：二幕剧《王昭君》，原载《创造》季刊 2 卷 2 期（1924 年 2 月下旬）。收郭沫若：《三个叛逆的女性》，上海光华书局 1926 年 4 月初版。本文研究据作者著戏剧集《三个叛逆的女性》，上海光华书局 1926 年 4 月初版。

1925 年

郭沫若：二幕剧《聂嫈》，上海光华书局 1925 年 9 月 1 日初版。本文研究据作者著戏剧集《三个叛逆的女性》，上海光华书局 1926 年 4 月初版。

顾一樵：五幕剧《项羽》，原载《大江》1 卷 2 期（1925 年 11 月 15 日）。1925 年 5 月 30 日再稿。收：顾一樵戏剧集《岳飞及其他》，上海：新月书店 1932 年 7 月初版。本文研究据《顾毓琇戏剧选》，北京：商务印书馆，1990 年 3 月初版。

凤　汉：四幕剧《孔雀东南飞》，第 1 幕载《清华文艺》1 卷 2 号（1925 年 10 月）。其余未见发表。

1926 年

开　心：讽刺笑剧《吕布与貂蝉》，载 1926 年 12 月 4—9 日《时
　　　　事新报·青光》。

王独清：王独清：六场剧《杨贵妃之死》，载《创造月刊》1 卷
　　　　4 期（1926 年 6 月 1 日），本文研究据上海乐华图书公
　　　　司 1927 年单行本。

1927 年

（陈）学昭：四幕剧《文君之出》，作于 1927 年 12 月 25 日"圣
　　　　诞节夜，冷落的客舍。巴黎。"载《真美善》月刊
　　　　第 3 卷第 4 号（1929 年 2 月 16 日）。

胡山源：五幕剧《风尘三侠》，上海商务印书馆，1927 年 11
　　　　月版。

朱季青：三幕剧《缇萦》，载佟晶心著《新旧戏曲之研究》，上
　　　　海戏剧研究会，1927 年版。

1928 年

左干臣：四幕剧《木兰从军（又名：女健者）》，题记作于 1928
　　　　年 6 月，原载《现代妇女》（刊数待考），单行本：上
　　　　海启智书局 1928 年 8 月初版。本文研究据上海启智书
　　　　局 1935 年版。

王独清：六幕十八场剧《貂蝉》，载《创造月刊》1 卷 8 期

（1928 年 1 月 1 日）。上海：乐华图书公司 1929 年 6 月
30 日付印，1929 年 10 月 1 日初版。单行本中有作者
1929 年 1 月 3 日所作自序，1929 年 7 月 29 日所作后记。
本文研究据上海乐华图书公司 1932 年 6 月 30 日再版。

杨荫深：三幕剧《盘石与蒲苇》，上海光华书局，1928 年 1
月版。

林语堂：独幕悲喜剧《子见南子》，尾注写于 1928 年 10 月 30
日。载《奔流》第 1 卷第 6 期（1928 年 11 月 20 日）。

1929 年

欧阳予倩：五幕歌剧《杨贵妃》，载《戏剧》第 1 卷第 1 期
（1929 年 5 月 25 日）。

熊佛西：独幕剧《兰芝与仲卿》，《东方杂志》第 26 卷第 1 号
（1929 年 1 月 10 日）。

陈学昭：四幕剧《文君之出》，载《真善美》月刊第 3 卷第 4 号
（1929 年 2 月 16 日）。

刘梅庵：二十四出戏曲《当垆艳》，大新书局，1929 年 7 月第
三版。

徐葆炎：三幕剧《妲己》，单行本，上海金屋书店，1929 年 1 月
初版。

1930 年

袁昌英：三幕剧《孔雀东南飞》，1929 年创作，收《孔雀东南飞

及其他独幕剧》，北京：商务印书馆 1930 年初版。

1931 年

郑文蔚：三幕剧《花木兰》，《前锋周刊》第 37—39 期（1931 年
3 月 29 日—4 月 12 日）连载。

1932 年

丕　夫：独幕曲剧《从军道上》，载《文艺战线》第 1 卷第 30
期（1932 年 10 月 17 日）。

林卜琳：三幕歌剧《X 光线里的西施》，平民大学，1932 年 10
月版。

顾一樵：四幕剧《西施》，1932 年 5 月 4 日再稿。初版待考。收
入《文学研究会创作丛书：西施及其他》，顾一樵、顾
青海著，北京：商务印书馆，1936 年 3 月初版。本文研
究据《顾毓琇戏剧选》，北京：商务印书馆，1990 年 3
月初版。

1933 年

胡　底：五幕剧《热河血》，1933 年 4 月中国工农红军总政治部
印发。

熊佛西：三幕剧《卧薪尝胆》，载《佛西戏剧》第 4 集，商务印
书馆，1933 年 3 月版。

王独清：独幕剧《凤仪亭》，载《独清自选集》，上海乐华图书

公司，1933 年 9 月版。

陈白尘：独幕剧《虞姬》，载《文学》1 卷 3 号（1933 年 9 月）。

赖子英：独幕剧《李师师》，载《文华艺术》月刊第 39 期
（1933 年 7 月）。

1934 年

林文铮：五幕三十六场悲剧《西施》，单行本，杭州：国立艺专
艺专剧社，1934 年 10 月初版。

顾青海：三幕剧《王昭君》，载《文学季刊》第 2 期（1934 年 4
月 1 日）。收"文学研究会创作丛书"，顾一樵、顾青
海著：《西施及其他》，北京：商务印书馆 1936 年 3 月
初版。本文研究据上海商务印书馆 1936 年 8 月再版。

胡开瑜：六幕剧《聂政》，载《少年义勇剧》上海乐华图书公
司，1934 年发行。

顾青海：三幕剧《香妃》，载《文学季刊》第 1 卷第 3 期（1934
年 7 月 1 日）。

1935 年

舜　卿：三幕剧《西施》，载《女青年月刊》14 卷 4 期（1935
年 4 月 15 日）。

陈大悲：五幕乐剧（剧首标为"话剧"）《西施》，载 1935 年 9
月《广播周报》第 141—143 期。

季　剑：五幕剧《孔雀东南飞》，竞文书局，1935 年 8 月版。

杨村彬："清宫外史"第二部《光绪变政记》，1944 年重庆初版
　　　　为四幕剧；1987 年北京第 1 版改为九场剧。1944 年冬
　　　　由中国电影制片厂、中国万岁剧团在重庆首演。国讯书
　　　　店单行本，重庆 1944 年 10 月初版，上海 1946 年 3 月第
　　　　1 版。此剧写于 1944 年，1984 年作者又作了修改（据
　　　　中国戏剧出版社单行本"内容说明"）。本文研究据
　　　　"现代戏剧创作丛书"单行本，北京：中国戏剧出版社
　　　　1987 年 6 月第 1 版。

1936 年

计志中等：四幕儿童剧《木兰从军》，《小学生分年补充读本》
　　　　（四年级）之《儿童剧本》（第 1 册），商务印书馆，
　　　　1936 年 3 月版。

顾仲彝：四幕剧《梁红玉》，上海开明书店，1936 年版。

顾一樵：四幕剧《西施》，1932 年 5 月 4 日再稿。初版待考。收
　　　　入《文学研究会创作丛书：西施及其他》，顾一樵、顾
　　　　青海着，北京：商务印书馆，1936 年 3 月初版。本文研
　　　　究据《顾毓琇戏剧选》，北京：商务印书馆，1990 年 3
　　　　月初版。

洪　深：独幕剧《汉宫秋》，载《东方杂志》33 卷 1 期（1936
　　　　年 1 月 1 日）。

朱文元：七场京剧《赛金花》，北平戏曲出版社，1936 年 11
　　　　月版。

夏　衍：七场剧《赛金花》，载《文学》第 6 卷第 4 期（1936 年 4 月）。单行本：生活书店 1936 年 11 月初版。本文研究据：《夏衍剧作集》（第一卷），北京：中国戏剧出版社 1984 年 10 月第 1 版。

　　　　三幕四场话剧《秋瑾传（又名：自由魂）》，作于 1936 年残冬，最初题为《自由魂》，载《光明》第 3 卷第 1、2 期（1936 年 12 月）。单行本：上海生活书店 1937 年 3 月初版。本文研究据《夏衍选集》，北京：人民文学出版社 1980 年版。

徐　訏：四幕剧《费宫人》，载《东方杂志》第 33 卷第 17 号（1936 年 9 月 1 日）。收《灯尾集》，宇宙风社 1939 年 9 月初版。本文研究据《东方杂志》本。

1937 年

朱双云：独幕歌剧《巾帼英雄》，汉口市各界抗战后援会 1939 年 7 月印行，载唐绍苇编述《一百种抗战剧本说明》，正中书局，1940 年 3 月版。

田　汉：六场京剧《明末遗恨》（上集），载 1937 年 3 月 17—26 日南京《新民报》日刊。

铁　群：二十场剧《纪念碑》，西安和记印书馆，1937 年 10 月。

欧阳予倩：十一场京剧《桃花扇》，1937 年作，后经多次修改，中国戏剧出版社，1959 年版。

宋之的：五幕史剧《武则天》，上海生活书店 1937 年 6 月初版。

本文研究据《宋之的剧作全集（一）》，北京：中国戏
剧出版社 1986 年 6 月第 1 版。

熊佛西：四幕剧《赛金花（又名：落花梦）》，该剧原稿 1936 年
11 月完成于北平，连载于北平《实报》（1937 年 3 月 2
日至 31 日）；1937 年 3 月 21 日首演前三小时被禁于北
平新新剧院（参《〈赛金花〉公演感言》，作者 1940 年
3 月 17 日写于成都）；1940 年作修正稿，为中央军校妇
女工作队募捐公演于成都春熙大舞台；修正稿于 1940
年 3 月 11 日至 20 日公演于成都智育电影院。"实报丛
书之廿九"，单行本：北平实报社 1937 年 3 月 20 日出
版。本文研究据：重庆：华中图书公司 1944 年再版。

1938 年

欧阳予倩：九场歌剧《梁红玉》，载《抗战戏剧》1 卷 4—5 期
（1938 年 1 月 1 日、16 日）。

李朴园：独幕剧（十七场）《杨贵妃》，收《朴园史剧甲集》，长
沙：商务印书馆，1938 年。

1939 年

龚　炯：三幕儿童史剧《木兰从军》，新儿童周刊社，1939 年 4
月版。

徐　訏：四幕历史剧《费宫人》，载《东方杂志》第 33 卷第 17
号（1936 年 9 月 1 日）。录自《灯尾集》，宇宙风社

1939 年 9 月版。

杨村彬：四幕八场历史剧《秦良玉》，1938 年 7 月写剧于桂湖。
　　　　11 月写前言。单行本，"四川省立戏剧教育实验学校排
　　　　演用本之二"，成都：四川省立戏剧教育实验学校编纂
　　　　委员会 1939 年 1 月初版。

阿　英：四幕话剧《碧血花（又名：明末遗恨、葛嫩娘）》，初
　　　　版待考。本文研究据《阿英剧作选》，北京：中国戏剧
　　　　出版社，1980 年 4 月初版。

1940 年

于　伶：五幕话剧《大明英烈传》，1940 年 5 月为上海剧艺社演
　　　　出作。上海杂志公司 1941 年 7 月初版。本文研究据
　　　　《于伶剧作集》第三卷，北京：中国戏剧出版社 1986 年
　　　　6 月第 1 版。

蒋　旗：五幕剧《陈圆圆》，后记作于 1940 年 1 月 25 日，上海。
　　　　单行本："历史剧丛刊之一"，上海国民书店 1940 年版。

周贻白：五幕话剧《李香君》，由中国旅行剧团于 1940 年 7 月 17
　　　　日至 8 月 15 日在上海璇宫戏院首演。"历史剧丛刊之
　　　　三"，单行本：上海：国民书店 1940 年初版。

恽　涵：七幕剧《卓文君》，"历史丛书第一种"，单行本：上
　　　　海：毓文书店 1940 年 6 月版。

周剑尘：四幕剧《梁红玉》，单行本：剧作协社出版，上海：新
　　　　艺书店发行。1940 年 3 月初版。

四幕剧《西太后》，单行本：上海新艺书店，1940 年
初版。

姚　克：四幕剧《清宫怨》，世界书局，1944 年印行。

颜一烟：四幕话剧《秋瑾》，1940 年 2 月初稿于延安杨家岭，
1940 年"三，八"节在延安演出。本文研究据《延安
文艺丛书》编委会编：《延安文艺丛书 第九卷：话剧
卷》，长沙：湖南文艺出版社，1987 年 10 月新第 1 版。

易　乔：三幕剧《巾帼英雄（又名：木兰从军）》，上海：潮锋
出版社 1940 年 10 月初版。

作者待考：二幕剧《费宫人刺虎》，载《戏剧杂志》第 4 卷第 1
期（1940 年 1 月）。

1941 年

郭沫若：五幕剧《棠棣之花》，第一幕《聂母墓前》载《时事新
报？学灯》双十节增刊（1920 年 10 月 9 日），第二幕
单独发表于《创造季刊》1 卷 1 号（1922 年 3 月），
1938 年扩展成五幕剧，1941 年 12 月 23 日整理毕。重
庆作家书屋 1942 年 7 月初版。本文研究据《郭沫若全
集·文学编》第 6 卷，北京：人民文学出版社 1986
年版。

周贻白：四幕剧《花木兰》，上海：开明书店 1941 年 5 月版。本
文研究据孔范今主编《中国现代文学补遗书系：戏剧卷
一》，济南：明天出版社 1991 年 7 月初版。

阿　英：五幕剧《洪宣娇》，1941 年由中国旅行剧团在兰心大戏
　　　院首演。作者附《公演前记》作于 1941 年 4 月 6 日。
　　　本文研究据《阿英剧作选》，北京：中国戏剧出版社
　　　1980 年 4 月第 1 版。

　　　四幕话剧《杨娥传》，1941 年 3 月写定（写作时间据作
　　　者 1941 年 3 月 20 日在上海作《〈杨娥传〉故事形成的
　　　经过》）。初版待考。本文研究据《阿英剧作选》，北
　　　京：中国戏剧出版社，1980 年 4 月第 1 版。

阳翰笙：六幕七场话剧《天国春秋》，1941 年 9 月 3 日脱稿。当
　　　年上演。单行本。重庆：群益出版社 1944 年 8 月初版。
　　　本文研究据《阳翰笙剧作集》上卷，北京：中国戏剧
　　　出版社 1982 年 12 月第 1 版。

聂绀弩：拟剧《范蠡与西施》，收：聂绀弩等著《野草文丛之
　　　七·八》，香港：星群书店 1941 年 6 月版。

1942 年

赵清阁：五幕剧《花木兰从军》，自序作于 1942 年 10 月 13 日
　　　"于北碚竹庐"。原剧名或为《花木兰》。重庆妇女月刊
　　　社 1943 年初版。本文研究据剧作集《雨打梨花》，重
　　　庆：妇女月刊社 1945 年 8 月初版。

欧阳予倩：二十场桂剧《木兰从军》，1942 年根据作者的同名电
　　　影改编，录自《欧阳予倩文集》第 2 卷，中国戏剧出版
　　　社，1980 年 8 月版。

郭沫若：五幕剧《棠棣之花》，第一幕原为 20 年代所作之《聂
母墓前》，第二幕曾单独发表于《创造季刊》第 1 卷第
1 号（1922 年 3 月），1938 年扩展成五幕剧，1941 年 12
月整理完毕，重庆作家书屋 1942 年 7 月出版。

1943 年

杨村彬："清宫外史"第一部《光绪亲政记》，1943 年重庆初版
为四幕剧；1982 年北京第 1 版改为五幕剧。该剧于
1942 年底开始写作（创作时间据《杨村彬创作年表》，
见：杨村彬著《导演艺术民族化求索集》，中国戏剧出
版社 1991 年 9 月第 1 版）。该剧于 1943 年春由中央青
年剧社在重庆抗建堂首演。剧本收茅盾主编"国讯文艺
丛书"，单行本，重庆国讯书店 1943 年 10 月初版。本
文研究据"现代戏剧创作丛书"单行本，北京：中国
戏剧出版社 1982 年 10 月第 1 版。

孙家琇：四幕剧《复国（又名：吴越春秋）》，1943 年 9 月作序
于乐山武汉大学。商务印书馆单行本，1944 年 8 月重庆
初版，1946 年 3 月上海初版。

1944 年

杨村彬："清宫外史"第二部《光绪变政记》，1944 年重庆初版
为四幕剧；1987 年北京第 1 版改为九场剧。1944 年冬
由中国电影制片厂、中国万岁剧团在重庆首演。国讯书

店单行本，重庆 1944 年 10 月初版，上海 1946 年 3 月第 1 版。此剧写于 1944 年，1984 年作者又作了修改（据中国戏剧出版社单行本"内容说明"）。本文研究据"现代戏剧创作丛书"单行本，北京：中国戏剧出版社 1987 年 6 月第 1 版。

周贻白：五幕话剧《连环计》，自序作于 1944 年 10 月，"梁溪寓次"。上海：世界书局 1944 年 10 月版。

孔另境：五幕历史剧《李太白》，世界书局，1944 年 1 月版。

周　彦：三幕剧《桃花扇》（每幕二场，并有"先声"、"余韵"、"尾声"），作者代序《我怎样写〈桃花扇〉》于 1944 年戏剧节作于重庆。"当今戏剧丛书"，单行本。重庆：当今出版社 1944 年 10 月初版。

姚　克：四幕历史剧《楚霸王》，孔另境主编"剧本丛刊第二集"单行本，上海世界书局 1944 年版。

四幕剧《清宫怨》（每幕二景加序幕），世界书局 1944 年版。本文研究据北京：人民文学出版社 1980 年 6 月第 1 版。

谭　雯：六幕剧《洛神赋》，载《风雨谈》第 10—12 期（1944 年 3 月、4 月、6 月）。

阿　英：四幕剧《钗头凤》，世界书局，1944 年 3 月版。

1945 年

许如辉：五幕古装乐剧《木兰从军》，中国兄弟出版事业书局，1945 年 4 月版。

吴景洲：四幕六场剧《长生殿：唐明皇与杨贵妃的故事》，单行本，重庆：中华文化事业出版社1945年3月初版。

赵循伯：四幕剧《长恨歌》，正中书局单行本，1945年6月重庆初版，1947年2月上海一版。

阿　英：五幕历史剧《李闯王》，1945年创作，新华书店1949年10月版。

徐筱汀：十八场剧《投笔从戎》，独立出版社，1945年10月版。

姚　克：四幕剧《美人计》，世界书局，1945年12月版。

1946年

田　汉：五幕剧《陈圆圆》，1946年2月写于昆明。第一、二幕连载于1946年2月14日至4月14日昆明《正义报》之《副刊》。未发表的后三幕来自作者遗物中的手稿。全剧首次完整发表于《田汉全集》，石家庄：花山文艺出版社，2000年初版。

欧阳予倩：三幕九场话剧《桃花扇》，1946年12月作，北京：中国戏剧出版社1957年初版。

1947年

传音科：三幕广播剧《卧薪尝胆》，《广播周报》第23、24期（1947年2月18日、25日）。

万籁天：三幕剧《唐宫秘史》，中国文化企业书局，1947年1月初版。

田　汉：十七场京剧《武则天》，连载于 1947 年 1—3 月上海
　　　《文汇报》。

太岳中学业余剧社：十九场戏曲《胜败图》，太岳新华书店，
　　　1947 年版。

十九场戏曲《红娘子》，太岳新华书店，1947 年 1 月版。

舒　湮：四幕历史悲剧《董小宛》，光明书局，1947 年 12 月版。

方君逸（吴天）：六场十二景抒情文艺剧《离恨天》，世界书局，
　　　1947 年印行。

1948 年

林刚白：四幕剧《文成公主》，贵阳文通书局，1948 年 4 月版。

1949 年

马少波：十六场戏曲《木兰从军》，新华书店 1949 年 8 月版。

附录三　现代历史剧女性形象家庭、政治
关系剧作分类汇总

1. 家庭关系中的现代历史剧女性形象

1.1 家庭关系中的女性与男性

1.1.1 父女关系：花木兰与花父、卓文君与卓父

左干臣：四幕剧《木兰从军（又名：女健者）》，题记作于 1928
　　　年 6 月，原载《现代妇女》（刊数待考），单行本：上

海启智书局 1928 年 8 月初版。本文研究据上海启智书
局 1935 年版。

周贻白：四幕剧《花木兰》，上海：开明书店 1941 年 5 月版。本
文研究据孔范今主编《中国现代文学补遗书系：戏剧卷
一》，济南：明天出版社 1991 年 7 月初版。

赵清阁：五幕剧《花木兰从军》，自序作于 1942 年 10 月 13 日
"于北碚竹庐"。原剧名或为《花木兰》。重庆妇女月刊
社 1943 年初版。本文研究据剧作集《雨打梨花》，重
庆：妇女月刊社 1945 年 8 月初版。

寒　蝉：五幕新脚本《中古时代之文明结婚》，载《余兴》第 25
期（1917 年 2 月），上海：上海时报馆余兴部编辑。

郭沫若：三景剧《卓文君》，原载《创造》季刊 2 卷 1 期（1923
年 5 月上旬）。郭沫若：《三个叛逆的女性》，上海光华
书局 1926 年 4 月初版。本文研究据作者著戏剧集《三
个叛逆的女性》，上海光华书局 1926 年 4 月初版。

恽　涵：七幕剧《卓文君》，"历史丛书第一种"，单行本：上
海：毓文书店 1940 年 6 月版。

1.1.2 夫妻关系：刘兰芝、董小宛、陈圆圆、貂蝉、妲己、武则
天、虞姬

北平女高师四年级学生：五幕剧《孔雀东南飞》，载 1922 年 2 月
《戏剧》第 2 卷第 2 号。季剑根据该剧翻译出版中英对
照本《孔雀东南飞剧本》，上海：竞文书局 1935 年 8 月
初版。本文研究根据《孔雀东南飞剧本》上海竞文书

局 1941 年 4 月再版。

杨荫深：三幕剧《盘石与蒲苇》，上海光华书局，1928 年 1
　　　　月版。

熊佛西：独幕剧《兰芝与仲卿》，《东方杂志》第 26 卷第 1 号
　　　　（1929 年 1 月 10 日）。

袁昌英：三幕剧《孔雀东南飞》，1929 年创作，收《孔雀东南飞
　　　　及其他独幕剧》，北京：商务印书馆 1930 年初版。

舒　湮：五幕历史悲剧《董小宛》，单行本：舒湮主编"光明戏
　　　　剧丛书"，上海光明书局，1941 年 7 月初版。

蒋　旗：五幕剧《陈圆圆》，后记作于 1940 年 1 月 25 日，上海。
　　　　单行本："历史剧丛刊之一"，上海国民书店 1940 年版。

田　汉：五幕剧《陈圆圆》，1946 年 2 月写于昆明。第一、二幕
　　　　连载于 1946 年 2 月 14 日至 4 月 14 日昆明《正义报》
　　　　之《副刊》。未发表的后三幕来自作者遗物中的手稿。
　　　　全剧首次完整发表于《田汉全集》，石家庄：花山文艺
　　　　出版社，2000 年初版。

王独清：六幕十八场剧《貂蝉》，载《创造月刊》1 卷 8 期
　　　　（1928 年 1 月 1 日）。上海：乐华图书公司 1929 年 6 月
　　　　30 日付排，1929 年 10 月 1 日初版。单行本中有作者
　　　　1929 年 1 月 3 日所作自序，1929 年 7 月 29 日所作后记。
　　　　本文研究据上海乐华图书公司 1932 年 6 月 30 日再版。

周贻白：五幕话剧《连环计》，自序作于 1944 年 10 月，"梁溪寓
　　　　次"。上海：世界书局 1944 年 10 月版。

徐葆炎：三幕剧《妲己》，单行本，上海金屋书店，1929 年 1 月
　　　　初版。

宋之的：五幕史剧《武则天》，上海生活书店 1937 年 6 月初版。
　　　　本文研究据《宋之的剧作全集（一）》，北京：中国戏
　　　　剧出版社 1986 年 6 月第 1 版。

吴我尊：二幕史剧《乌江》，载《春柳》第 5 期（1919 年 4 月 1 日）。

顾一樵：五幕剧《项羽》，原载《大江》1 卷 2 期（1925 年 11
　　　　月 15 日）。1925 年 5 月 30 日再稿。收：顾一樵戏剧集
　　　　《岳飞及其他》，上海：新月书店 1932 年 7 月初版。本
　　　　文研究据《顾毓琇戏剧选》，北京：商务印书馆，1990
　　　　年 3 月初版。

陈白尘：独幕剧《虞姬》，载《文学》1 卷 3 号（1933 年 9 月）。

姚　克：四幕历史剧《楚霸王》，孔另境主编"剧本丛刊第二
　　　　集"单行本，上海世界书局 1944 年版。

1.1.3 母子关系：慈禧、郑成功之母、梁红玉、秦良玉、秋瑾

武太虚等：十一幕剧《光绪与珍妃》，民鸣社 1913 年 11 月—
　　　　1916 年演出。口述整理本载上海市传统剧目编辑委员
　　　　会编《传统剧目汇编·通俗话剧》第五集，上海文艺
　　　　出版社，1959 年 2 月版。

包天笑：七幕剧《燕支井》，载《小说大观》第一集（1915
　　　　年）。本文研究据王卫民编《中国早期话剧选》，北京：
　　　　中国戏剧出版社 1989 年 3 月第 1 版。

周剑尘：四幕剧《西太后》，单行本：上海新艺书店，1940 年

初版。

杨村彬："清宫外史"第一部《光绪亲政记》，1943 年重庆初版
　　　　为四幕剧；1982 年北京第 1 版改为五幕剧。该剧于
　　　　1942 年底开始写作（创作时间据《杨村彬创作年表》，
　　　　见：杨村彬著《导演艺术民族化求索集》，中国戏剧出
　　　　版社 1991 年 9 月第 1 版）。该剧于 1943 年春由中央青
　　　　年剧社在重庆抗建堂首演。剧本收茅盾主编"国讯文艺
　　　　丛书"，单行本，重庆国讯书店 1943 年 10 月初版。本
　　　　文研究据"现代戏剧创作丛书"单行本，北京：中国
　　　　戏剧出版社 1982 年 10 月第 1 版。

　　　　"清宫外史"第二部《光绪变政记》，1944 年重庆初版
　　　　为四幕剧；1987 年北京第 1 版改为九场剧。1944 年冬
　　　　由中国电影制片厂、中国万岁剧团在重庆首演。国讯书
　　　　店单行本，重庆 1944 年 10 月初版，上海 1946 年 3 月第
　　　　1 版。此剧写于 1944 年，1984 年作者又作了修改（据
　　　　中国戏剧出版社单行本"内容说明"）。本文研究据
　　　　"现代戏剧创作丛书"单行本，北京：中国戏剧出版社
　　　　1987 年 6 月第 1 版。

姚　克：四幕剧《清宫怨》（每幕二景加序幕），世界书局 1944
　　　　年版。本文研究据北京：人民文学出版社 1980 年 6 月
　　　　第 1 版。

阿　英：四幕话剧《碧血花（又名：明末遗恨、葛嫩娘）》，初
　　　　版待考。本文研究据《阿英剧作选》，北京：中国戏剧

出版社，1980 年 4 月初版。

周剑尘：四幕剧《梁红玉》，单行本：剧作协社出版，上海：新
　　　　艺书店发行。1940 年 3 月初版。

杨村彬：四幕八场历史剧《秦良玉》，1938 年 7 月写剧于桂湖。
　　　　11 月写前言。单行本，"四川省立戏剧教育实验学校排
　　　　演用本之二"，成都：四川省立戏剧教育实验学校编纂
　　　　委员会 1939 年 1 月初版。

夏　衍：三幕四场话剧《秋瑾传（又名：自由魂）》，作于 1936
　　　　年残冬，最初题为《自由魂》，载《光明》第 3 卷第 1、
　　　　2 期（1936 年 12 月）。单行本：上海生活书店 1937 年 3
　　　　月初版。本文研究据《夏衍选集》，北京：人民文学出
　　　　版社 1980 年版。

颜一烟：四幕话剧《秋瑾》，1940 年 2 月初稿于延安杨家岭，
　　　　1940 年 "三，八" 节在延安演出。本文研究据《延安
　　　　文艺丛书》编委会编：《延安文艺丛书 第九卷：话剧
　　　　卷》，长沙：湖南文艺出版社，1987 年 10 月新第 1 版。

1.1.4 兄妹关系：杨国忠与杨贵妃、洪秀全与洪宣娇

李朴园：独幕剧（十七场）《杨贵妃》，收《朴园史剧甲集》，长
　　　　沙：商务印书馆，1938 年。

吴景洲：四幕六场剧《长生殿：唐明皇与杨贵妃的故事》，单行
　　　　本，重庆：中华文化事业出版社 1945 年 3 月初版。

赵循伯：四幕剧《长恨歌》，正中书局单行本，1945 年 6 月重庆
　　　　初版，1947 年 2 月上海一版。

阿　英：五幕剧《洪宣娇》，1941 年由中国旅行剧团在兰心大戏院首演。作者附《公演前记》作于 1941 年 4 月 6 日。本文研究据《阿英剧作选》，北京：中国戏剧出版社 1980 年 4 月第 1 版。

1.1.5 姐弟关系：花木兰与弟弟、聂嫈与聂政、西施与弟弟

左干臣：四幕剧《木兰从军（又名：女健者）》，题记作于 1928 年 6 月，原载《现代妇女》（刊数待考），单行本：上海启智书局 1928 年 8 月初版。本文研究据上海启智书局 1935 年版。

郭沫若：五幕剧《棠棣之花》，第一幕《聂母墓前》载《时事新报·学灯》双十节增刊（1920 年 10 月 9 日），第二幕单独发表于《创造季刊》1 卷 1 号（1922 年 3 月），1938 年扩展成五幕剧，1941 年 12 月 23 日整理毕。重庆作家书屋 1942 年 7 月初版。本文研究据《郭沫若全集·文学编》第 6 卷，北京：人民文学出版社 1986 年版。

孙家琇：四幕剧《复国（又名：吴越春秋)》，1943 年 9 月作序于乐山武汉大学。商务印书馆单行本，1944 年 8 月重庆初版，1946 年 3 月上海初版。

1.2 家庭关系中的女性与女性

1.2.1 母女关系：王昭君的母亲、酒家母、花木兰的母亲

郭沫若：二幕剧《王昭君》，原载《创造》季刊 2 卷 2 期（1924

年 2 月下旬）。收郭沫若：《三个叛逆的女性》，上海光华书局 1926 年 4 月初版。本文研究据作者著戏剧集《三个叛逆的女性》，上海光华书局 1926 年 4 月初版。

二幕剧《聂嫈》，上海光华书局 1925 年 9 月 1 日初版。本文研究据作者著戏剧集《三个叛逆的女性》，上海光华书局 1926 年 4 月初版。

左干臣：四幕剧《木兰从军（又名：女健者)》，题记作于 1928 年 6 月，原载《现代妇女》（刊数待考），单行本：上海启智书局 1928 年 8 月初版。本文研究据上海启智书局 1935 年版。

周贻白：四幕剧《花木兰》，上海：开明书店 1941 年 5 月版。本文研究据孔范今主编《中国现代文学补遗书系：戏剧卷一》，济南：明天出版社 1991 年 7 月初版。

赵清阁：五幕剧《花木兰从军》，自序作于 1942 年 10 月 13 日"于北碚竹庐"。原剧名或为《花木兰》。重庆妇女月刊社 1943 年初版。本文研究据剧作集《雨打梨花》，重庆：妇女月刊社 1945 年 8 月初版。

1.2.2 婆媳关系：刘兰芝的婆婆、卓文君的婆婆

北平女高师四年级学生：五幕剧《孔雀东南飞》，载 1922 年 2 月《戏剧》第 2 卷第 2 号。季剑根据该剧翻译出版中英对照本《孔雀东南飞剧本》，上海：竞文书局 1935 年 8 月初版。本文研究根据《孔雀东南飞剧本》上海竞文书局 1941 年 4 月再版。

杨荫深：三幕剧《盘石与蒲苇》，上海光华书局，1928 年 1 月版。

熊佛西：独幕剧《兰芝与仲卿》，《东方杂志》第 26 卷第 1 号（1929 年 1 月 10 日）。

袁昌英：三幕剧《孔雀东南飞》，1929 年创作，收《孔雀东南飞及其他独幕剧》，北京：商务印书馆 1930 年初版。

恽　涵：七幕剧《卓文君》，"历史丛书第一种"，单行本：上海：毓文书店 1940 年 6 月版。

1.2.3 情敌关系：武则天与王皇后、洪宣娇与傅善祥、西施与郑旦

宋之的：五幕史剧《武则天》，上海生活书店 1937 年 6 月初版。本文研究据《宋之的剧作全集（一）》，北京：中国戏剧出版社 1986 年 6 月第 1 版。

阳翰笙：六幕七场话剧《天国春秋》，1941 年 9 月 3 日脱稿。当年上演。单行本。重庆：群益出版社 1944 年 8 月初版。本文研究据《阳翰笙剧作集》上卷，北京：中国戏剧出版社 1982 年 12 月第 1 版。

林文铮：五幕三十六场悲剧《西施》，单行本，杭州：国立艺专艺专剧社，1934 年 10 月初版。

陈大悲：五幕乐剧（剧首标为"话剧"）《西施》，载 1935 年 9 月《广播周报》第 141—143 期。

舜　卿：三幕剧《西施》，载《女青年月刊》14 卷 4 期（1935 年 4 月 15 日）。

1.2.4 姐妹关系：杨贵妃与三国夫人、珍妃与瑾妃、武宸妃（武则天）与韩国夫人、聂嫈与酒家女、西施与卫倩、花木兰与番女、花木兰与民女范阿珍

吴景洲：四幕六场剧《长生殿：唐明皇与杨贵妃的故事》，单行本，重庆：中华文化事业出版社1945年3月初版。

赵循伯：四幕剧《长恨歌》，正中书局单行本，1945年6月重庆初版，1947年2月上海一版。

武太虚等：十一幕剧《光绪与珍妃》，民鸣社1913年11月–1916年演出。口述整理本载上海市传统剧目编辑委员会编《传统剧目汇编·通俗话剧》第五集，上海文艺出版社，1959年2月版。

宋之的：五幕史剧《武则天》，上海生活书店1937年6月初版。本文研究据《宋之的剧作全集（一）》，北京：中国戏剧出版社1986年6月第1版。

郭沫若：二幕剧《聂嫈》，上海光华书局1925年9月1日初版。本文研究据作者著戏剧集《三个叛逆的女性》，上海光华书局1926年4月初版。

舜　卿：三幕剧《西施》，载《女青年月刊》14卷4期（1935年4月15日）。

左干臣：四幕剧《木兰从军（又名：女健者）》，题记作于1928年6月，原载《现代妇女》（刊数待考），单行本：上海启智书局1928年8月初版。本文研究据上海启智书局1935年版。

赵清阁：五幕剧《花木兰从军》，自序作于 1942 年 10 月 13 日
"于北碚竹庐"。原剧名或为《花木兰》。重庆妇女月刊
社 1943 年初版。本文研究据剧作集《雨打梨花》，重
庆：妇女月刊社 1945 年 8 月初版。

2. 政治关系中的现代历史剧女性形象

2.1 关于君主专制

2.1.1 批判"家天下"

武太虚等：十一幕剧《光绪与珍妃》，民鸣社 1913 年 11 月 –
1916 年演出。口述整理本载上海市传统剧目编辑委员
会编《传统剧目汇编·通俗话剧》第五集，上海文艺
出版社，1959 年 2 月版。

郭沫若：三景剧《卓文君》，原载《创造》季刊 2 卷 1 期（1923
年 5 月上旬）。郭沫若：《三个叛逆的女性》，上海光华
书局 1926 年 4 月初版。本文研究据作者著戏剧集《三
个叛逆的女性》，上海光华书局 1926 年 4 月初版。

蒋　旗：五幕剧《陈圆圆》，后记作于 1940 年 1 月 25 日，上海。
单行本："历史剧丛刊之一"，上海国民书店 1940 年版。

杨村彬："清宫外史"第一部《光绪亲政记》，1943 年重庆初版
为四幕剧；1982 年北京第 1 版改为五幕剧。该剧于
1942 年底开始写作（创作时间据《杨村彬创作年表》，
见：杨村彬著《导演艺术民族化求索集》，中国戏剧出
版社 1991 年 9 月第 1 版）。该剧于 1943 年春由中央青

年剧社在重庆抗建堂首演。剧本收茅盾主编"国讯文艺丛书",单行本,重庆国讯书店 1943 年 10 月初版。本文研究据"现代戏剧创作丛书"单行本,北京:中国戏剧出版社 1982 年 10 月第 1 版。

"清宫外史"第二部《光绪变政记》,1944 年重庆初版为四幕剧;1987 年北京第 1 版改为九场剧。1944 年冬由中国电影制片厂、中国万岁剧团在重庆首演。国讯书店单行本,重庆 1944 年 10 月初版,上海 1946 年 3 月第 1 版。此剧写于 1944 年,1984 年作者又作了修改(据中国戏剧出版社单行本"内容说明")。本文研究据"现代戏剧创作丛书"单行本,北京:中国戏剧出版社 1987 年 6 月第 1 版。

姚　克：四幕剧《清宫怨》(每幕二景加序幕),世界书局 1944 年版。本文研究据北京:人民文学出版社 1980 年 6 月第 1 版。

2.1.2 反君主与反男权的统一

宋之的：五幕史剧《武则天》,上海生活书店 1937 年 6 月初版。本文研究据《宋之的剧作全集(一)》,北京:中国戏剧出版社 1986 年 6 月第 1 版。

李朴园：独幕剧(十七场)《杨贵妃》,收《朴园史剧甲集》,长沙:商务印书馆,1938 年。

2.1.3 赞颂民众力量

王独清：王独清:六场剧《杨贵妃之死》,载《创造月刊》1 卷 4 期(1926 年 6 月 1 日),本文研究据上海乐华图书公司 1927 年单行本。

王独清：六幕十八场剧《貂蝉》，载《创造月刊》1 卷 8 期
　　　　（1928 年 1 月 1 日）。上海：乐华图书公司 1929 年 6 月
　　　　30 日付排，1929 年 10 月 1 日初版。单行本中有作者
　　　　1929 年 1 月 3 日所作自序，1929 年 7 月 29 日所作后记。
　　　　本文研究据上海乐华图书公司 1932 年 6 月 30 日再版。

陈白尘：陈白尘：独幕剧《虞姬》，载《文学》1 卷 3 号（1933
　　　　年 9 月）。

2.1.4 御侮优先于反专制

左干臣：四幕剧《木兰从军（又名：女健者)》，题记作于 1928
　　　　年 6 月，原载《现代妇女》（刊数待考），单行本：上
　　　　海启智书局 1928 年 8 月初版。本文研究据上海启智书
　　　　局 1935 年版。

洪　深：独幕剧《汉宫秋》，载《东方杂志》33 卷 1 期（1936
　　　　年 1 月 1 日）。

舜　卿：三幕剧《西施》，载《女青年月刊》14 卷 4 期（1935
　　　　年 4 月 15 日）。

周剑尘：四幕剧《梁红玉》，单行本：剧作协社出版，上海：新
　　　　艺书店发行。1940 年 3 月初版。

2.1.5 仁君与忠臣

包天笑：七幕剧《燕支井》，载《小说大观》第一集（1915
　　　　年）。本文研究据王卫民编《中国早期话剧选》，北京：
　　　　中国戏剧出版社 1989 年 3 月第 1 版。

徐葆炎：三幕剧《妲己》，单行本，上海金屋书店，1929 年 1 月初版。

陈大悲：五幕乐剧（剧首标为"话剧"）《西施》，载 1935 年 9 月《广播周报》第 141—143 期。

徐　訏：四幕剧《费宫人》，载《东方杂志》第 33 卷第 17 号（1936 年 9 月 1 日）。收《灯尾集》，宇宙风社 1939 年 9 月初版。本文研究据《东方杂志》本。

杨村彬：四幕八场历史剧《秦良玉》，1938 年 7 月写剧于桂湖。11 月写前言。单行本，"四川省立戏剧教育实验学校排演用本之二"，成都：四川省立戏剧教育实验学校编纂委员会 1939 年 1 月初版。

蒋　旗：五幕剧《陈圆圆》，后记作于 1940 年 1 月 25 日，上海。单行本："历史剧丛刊之一"，上海国民书店 1940 年版。

四幕话剧《杨娥传》，1941 年 3 月写定（写作时间据作者 1941 年 3 月 20 日在上海作《〈杨娥传〉故事形成的经过》）。初版待考。本文研究据《阿英剧作选》，北京：中国戏剧出版社，1980 年 4 月第 1 版。

周贻白：五幕话剧《李香君》，由中国旅行剧团于 1940 年 7 月 17 日至 8 月 15 日在上海璇宫戏院首演。"历史剧丛刊之三"，单行本：上海：国民书店 1940 年初版。

周剑尘：四幕剧《梁红玉》，单行本：剧作协社出版，上海：新艺书店发行。1940 年 3 月初版。

聂绀弩：拟剧《范蠡与西施》，收：聂绀弩等著《野草文丛之七·八》，香港：星群书店 1941 年 6 月版。

孙家琇：四幕剧《复国（又名：吴越春秋）》，1943 年 9 月作序于乐山武汉大学。商务印书馆单行本，1944 年 8 月重庆初版，1946 年 3 月上海初版。

周　彦：三幕剧《桃花扇》（每幕二场，并有"先声"、"余韵"、"尾声"），作者代序《我怎样写〈桃花扇〉》于 1944 年戏剧节作于重庆。"当今戏剧丛书"，单行本。重庆：当今出版社 1944 年 10 月初版。

周贻白：五幕话剧《连环计》，自序作于 1944 年 10 月，"梁溪寓次"。上海：世界书局 1944 年 10 月版。

赵循伯：四幕剧《长恨歌》，正中书局单行本，1945 年 6 月重庆初版，1947 年 2 月上海一版。

田　汉：五幕剧《陈圆圆》，1946 年 2 月写于昆明。第一、二幕连载于 1946 年 2 月 14 日至 4 月 14 日昆明《正义报》之《副刊》。未发表的后三幕来自作者遗物中的手稿。全剧首次完整发表于《田汉全集》，石家庄：花山文艺出版社，2000 年初版。

2.2 关于民族御侮

王独清：王独清：六场剧《杨贵妃之死》，载《创造月刊》1 卷 4 期（1926 年 6 月 1 日），本文研究据上海乐华图书公司 1927 年单行本。

顾一樵：四幕剧《西施》，1932 年 5 月 4 日再稿。初版待考。收入《文学研究会创作丛书：西施及其他》，顾一樵、顾青海着，北平：商务印书馆，1936 年 3 月初版。本文研究据《顾毓琇戏剧选》，北京：商务印书馆，1990 年 3 月初版。

顾青海：三幕剧《香妃》，载《文学季刊》第 1 卷第 3 期（1934 年 7 月 1 日）。

顾青海：三幕剧《王昭君》，载《文学季刊》第 1 卷第 2 期（1934 年 4 月 1 日）。收"文学研究会创作丛书"，顾一樵、顾青海著：《西施及其他》，北京：商务印书馆 1936 年 3 月初版。本文研究据上海商务印书馆 1936 年 8 月再版。

林文铮：五幕三十六场悲剧《西施》，单行本，杭州：国立艺专艺专剧社，1934 年 10 月初版。

熊佛西：四幕剧《赛金花（又名：落花梦)》，该剧原稿 1936 年 11 月完成于北平，连载于北平《实报》（1937 年 3 月 2 日至 31 日）；1937 年 3 月 21 日首演前三小时被禁于北平新新剧院（参《〈赛金花〉公演感言》，作者 1940 年 3 月 17 日写于成都）；1940 年作修正稿，为中央军校妇女工作队募捐公演于成都春熙大舞台；修正稿于 1940 年 3 月 11 日至 20 日公演于成都智育电影院。"实报丛书之廿九"，单行本：北平实报社 1937 年 3 月 20 日出版。本文研究据：重庆：华中图书公司 1944 年再版。

夏　衍：七场剧《赛金花》，载《文学》第 6 卷第 4 期（1936 年

4 月）。单行本：生活书店 1936 年 11 月初版。本文研究据：《夏衍剧作集》（第一卷），北京：中国戏剧出版社 1984 年 10 月第 1 版。

三幕四场话剧《秋瑾传（又名：自由魂）》，作于 1936 年残冬，最初题为《自由魂》，载《光明》第 3 卷第 1、2 期（1936 年 12 月）。单行本：上海生活书店 1937 年 3 月初版。本文研究据《夏衍选集》，北京：人民文学出版社 1980 年版。

杨村彬：四幕八场历史剧《秦良玉》，1938 年 7 月写剧于桂湖。11 月写前言。单行本，"四川省立戏剧教育实验学校排演用本之二"，成都：四川省立戏剧教育实验学校编纂委员会 1939 年 1 月初版。

阿　英：四幕话剧《碧血花（又名：明末遗恨、葛嫩娘）》，初版待考。本文研究据《阿英剧作选》，北京：中国戏剧出版社，1980 年 4 月初版。

于　伶：五幕话剧《大明英烈传》，1940 年 5 月为上海剧艺社演出作。上海杂志公司 1941 年 7 月初版。本文研究据《于伶剧作集》第三卷，北京：中国戏剧出版社 1986 年 6 月第 1 版。

蒋　旗：五幕剧《陈圆圆》，后记作于 1940 年 1 月 25 日，上海。单行本："历史剧丛刊之一"，上海国民书店 1940 年版。

周贻白：五幕话剧《李香君》，由中国旅行剧团于 1940 年 7 月 17 日至 8 月 15 日在上海璇宫戏院首演。"历史剧丛刊之三", 单行本: 上海: 国民书店 1940 年初版。

周剑尘: 四幕剧《梁红玉》, 单行本: 剧作协社出版, 上海: 新艺书店发行。1940 年 3 月初版。

颜一烟: 四幕话剧《秋瑾》, 1940 年 2 月初稿于延安杨家岭, 1940 年 "三·八" 节在延安演出。本文研究据《延安文艺丛书》编委会编:《延安文艺丛书 第九卷: 话剧卷》, 长沙: 湖南文艺出版社, 1987 年 10 月新第 1 版。

舒 湮: 四幕历史悲剧《董小宛》, 光明书局, 1947 年 12 月版。

阿 英: 五幕剧《洪宣娇》, 1941 年由中国旅行剧团在兰心大戏院首演。作者附《公演前记》作于 1941 年 4 月 6 日。本文研究据《阿英剧作选》, 北京: 中国戏剧出版社 1980 年 4 月第 1 版。

阳翰笙: 六幕七场话剧《天国春秋》, 1941 年 9 月 3 日脱稿。当年上演。单行本。重庆: 群益出版社 1944 年 8 月初版。本文研究据《阳翰笙剧作集》上卷, 北京: 中国戏剧出版社 1982 年 12 月第 1 版。

顾仲彝: 四幕剧《梁红玉》, 上海开明书店, 1936 年版。

周贻白: 四幕剧《花木兰》, 上海: 开明书店 1941 年 5 月版。本文研究据孔范今主编《中国现代文学补遗书系: 戏剧卷一》, 济南: 明天出版社 1991 年 7 月初版。

赵清阁: 五幕剧《花木兰从军》, 自序作于 1942 年 10 月 13 日 "于北碚竹庐"。原剧名或为《花木兰》。重庆妇女月刊社 1943 年初版。本文研究据剧作集《雨打梨花》, 重庆：妇女月刊社 1945 年 8 月初版。

周　彦：三幕剧《桃花扇》（每幕二场，并有"先声"、"余韵"、"尾声"），作者代序《我怎样写〈桃花扇〉》于 1944 年戏剧节作于重庆。"当今戏剧丛书"，单行本。重庆：当今出版社 1944 年 10 月初版。

吴景洲：四幕六场剧《长生殿：唐明皇与杨贵妃的故事》，单行本，重庆：中华文化事业出版社 1945 年 3 月初版。

欧阳予倩：三幕九场话剧《桃花扇》，1946 年 12 月作，北京：中国戏剧出版社 1957 年初版。

致　谢

　　本论文是在导师邹红教授的悉心指导下完成的。在我攻读硕士、博士学位期间，邹老师在学习和生活各方面均给予了我无微不至的帮助和支持。从论文的选题到论文的撰写与修改，每一个环节中都凝聚着她的心血与汗水。邹老师无私忘我的敬业精神、严谨求实的学术作风，为我今后继续治学树立了标杆。在将近十年时间的相处过程中，邹老师还使我明白了许多待人接物与为人处世的道理，她对我的言传身教使我终身受益！同时，真诚地感谢邹老师的先生张海明教授多年来对我学习、生活的关心和照顾。师恩永远难忘。借此机会，我要向两位恩师表达我最诚挚的感激！

　　在这段对我意义重大的求学阶段中，我还得到了来自众多师友的关心和帮助。

　　感谢北京师范大学文学院现当代文学研究所的刘勇教授、钱振纲教授、李怡教授、黄开发教授、陈晖教授在开题和预答辩中提供的指导和帮助；

　　感谢朋友吴岳军、王灵玲、郭玉华、王伟、钱卫不辞辛劳，在查找资料方面对我的鼎力相助；

　　感谢朋友安娜、蔡秋彦、周翔华、李君卿、赵东波、玉珍措姆、朱成相、陈柏炜、张蠡岳、顾江薇对我的陪伴和鼓励；

　　感谢刘卫宁阿姨、钱汝虎叔叔在我陷入低谷时给予的热心关怀和重要帮助。

　　我还要深深地感谢我的家人们多年来的默默付出，感谢我的父母和丈夫对我学业的充分理解和全力支持。如果没有他们，我无法想象自己将如何度过这段极具挑战性的学习生涯。

　　谨以此论文献给所有关怀、帮助、支持、鼓励我的师长、亲人和朋友们！

黄　莹

2019 年 2 月 16 日

作者攻读学位期间的学术活动及成果

1. 2007 年 12 月赴浙江绍兴参加"曹禺研究规划暨纪念《雷雨》首演和话剧百年国际学术研讨会",并在会上宣读关于曹禺研究的学术论文:《钱理群与新时期曹禺研究》。该文发表于《中国文学研究》2008 年第 4 期,并转载于《曹禺研究》第五辑(曹禺研究会编,北京:中国文史出版社 2008 年 11 月版)。

2. 2009 年下半年获北京师范大学博士研究生出国访学基金项目资助,赴德国慕尼黑大学访学。重点考察德语国家的戏剧演出状况,并在德国慕尼黑大学、奥地利维也纳大学面向该校戏剧系研究生发表题为《中国电影与戏剧中的霸王别姬题材》的英语学术报告。

3. 博士期间独立撰写《现代戏剧中的西施传说》一文,系教育部哲学社会科学研究重大课题攻关项目《历史题材创作和改编中的重大问题研究》(项目批准号 04JZD0035)最终研究成果之一。

4. 参与编辑《曹禺研究:1979—2009》(邹红主编,长春:吉林文史出版社 2010 年出版),独立编纂的《曹禺研究论文索引(1979—2009)》(约两千五百条,八万六千字)作为该书附录收入。

5. 独立发表:《形式对意蕴的彰显——论总政话剧团新版〈日出〉的改编》,《戏剧文学》2009 年第 1 期。

6. 以第一作者发表:《在阿兰的两次睁眼之间——对赛珍珠的小说〈大地〉文本细读的一个途径》,《宿州学院学报》2009 年第 4 期。